大连大学双一流建设专项资助项目

PHILOSOPHY

人民日报学术文库

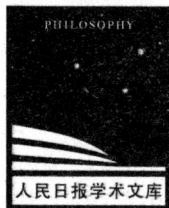

历史的记忆与想象

陈广通 ｜著

人民日报出版社

北京

图书在版编目（CIP）数据

历史的记忆与想象 / 陈广通著 . —北京：人民日报出版社，2022.11

ISBN 978 - 7 - 5115 - 7547 - 0

Ⅰ.①历… Ⅱ.①陈… Ⅲ.①中国文学—现代文学—文学研究—文集②中国文学—当代文学—文学研究—文集 Ⅳ.①I206.6-53

中国版本图书馆 CIP 数据核字（2022）第 195498 号

书　　名：历史的记忆与想象
　　　　　LISHI DE JIYI YU XIANGXIANG

著　　者：陈广通

出 版 人：刘华新
责任编辑：马苏娜
封面设计：中联华文

出版发行：人民日报出版社

社　　址：北京金台西路 2 号
邮政编码：100733
发行热线：（010）65369509　65369527　65369846　65369512
邮购热线：（010）65369530　65363527
编辑热线：（010）65369518
网　　址：www.peopledailypress.com
经　　销：新华书店
印　　刷：三河市华东印刷有限公司
法律顾问：北京科宇律师事务所　　（010）83622312

开　　本：710mm×1000mm　1/16
字　　数：206 千字
印　　张：15
版次印次：2023 年 1 月第 1 版　　2023 年 1 月第 1 次印刷

书　　号：ISBN 978 - 7 - 5115 - 7547 - 0
定　　价：95.00 元

序

王卫平

　　时光荏苒，岁月如梭。自己作为 1977 年恢复高考之后的第一届大学生，转眼已毕业整整 40 年，这 40 年一直在高等院校工作，承担着人才培养、科学研究、社会服务和文化传承的责任。除本科教学外，在硕士生、博士生的培养上倾注了更多的心血。回想起来，从 1995 年起担任硕士研究生导师，已有 26 年，从 2007 年起担任博士生导师，已有 14 年，培养的硕士研究生已有 100 多人，培养的博士研究生也有20 多人。

　　这些学生，应该说，各有专长和优点。其中，在学术研究方面显出特长并给我留下深刻印象的是陈广通。他是 2014 年考入我院的硕士研究生，被分配在我的门下。他来自农村，身材不高，其貌不扬，言语不多，从形象到气质都透露出一个地道农民的朴实和淳厚。但他在学术思考和论文写作方面显出了超出同届硕士生甚至博士生的能力，大有鹤立鸡群、羊群里出个骆驼的感觉。他的学历背景并不突出，是参加工作多年后才自学考上的研究生。也许在这个过程中养成了读书和思考的习惯。我在指导他的过程中，发现他酷爱读书，他读的专业书籍比同届的其他研究生多得多。同时又善于独立思考，同学们反映，经常看到他在校园里独来独往，似在思考问题，我也曾看到他一个人边走路边思考的情景。有了这样的阅读基础和善于思考的品性，他硕士研究生三年的论文写作就"一写而不可收"了。

　　每隔一段时间，他就会找我，说写了一篇文章、又写了一篇文章，让我帮他看看。我看后颇为惊奇，甚至有些兴奋，因为他的文章或多或少都会有些新意，尤其是行文和学术话语比较成熟，甚至像一个写论文的老手。我也不遗余力地帮他修改、完善并推荐发表。就这样，三年下来，他居然写出了19篇大大小小的论文，且多数都顺利发表了，有不少还是 C 刊、核心期刊。2015 年和 2016 年，他以遥遥领先的分数两次获得国家级奖学金，令所有参加奖学金评审的导师和院领导刮目相看，印象十分深刻。在评审会上，我曾对其他评委说，我带了 100 多名硕士生、博士生，还是第一次遇到像他这样会写文章的学生，并多次鼓励他硕士毕业后要继续深造——攻读博士学位，将来在大学做学问。我认为这是最适合他的职业选择，也是他自己的人生梦想。

　　转眼三年过去了，广通即将硕士毕业。他的想法很简单，就近跟我读博士，但被我谢绝了。我虽然知道他选择我是对我的信赖，也知道他的想法是就近、方便，免得到外地去折腾，而且彼此都较为了解，但我还是语重心长地对他说："你应该选名校，选名导，'211'都不行，应该是'985'，这样才能为将来的发展奠定基础。你的本科、硕士都不是名校。依你现在的能力，博士具备考名校的基础，只是还缺乏一点信心。"他的想法、他的缺乏信心也完全可以理解，因为几乎所有的学校，一个导师只招一名博士生，而报考的人有"N个"，这放在谁身上都会有压力的，因而，缺乏信心是自然而然的。

但作为学生，他还是接受了我的意见。说实话，他如果跟着我继续攻读博士，依他的能力，是能够考上的，我指导他也不会费力。但我认为，这样做是自私的，说得严重点，是对学生的前途不负责任。于是，我不遗余力地帮他推荐，报考名校。这样，他以优异成绩考入了吉林大学，导师是吉林大学终身教授、著名的现代文学史家刘中树先生。我认为，这一步，广通走得非常精彩，面试时也赢得了"考官"的高度评价。

博士三年，广通在刘中树导师的悉心指导下，在吉林大学其他博导的高水平教授和熏陶下，科研继续高歌猛进，一路领先，发表了多篇论文，获得了博士生国家级奖学金，并如期毕业，获得了博士学位。如今，他已成为一名大学教师、青年才俊。

收在这本集子里的论文就是他三年硕士、三年博士时期积攒下来的学术硕果，现在，要结集出版，嘱我写序，我自然回想起他攻读硕士、攻读博士过程中的点点滴滴，令人难忘，也让我骄傲。

从这本论集来看，广通思考的问题、涉及的领域还是比较宽广的。从现代文学到当代文学，从大陆文学到台湾文学，从小说到哲学到音乐。尤其像《宿命的悲剧——作为哲学范畴的宿命观念在中国现代文学中的投射》《中国现代小说与音乐》《风景的呈现及其价值与意义》《故事·景观·心理——海派小说叙事结构的流变》等篇章，往往具有宏观的视野，体现作者驾驭复杂学术问题的能力，文中总能有新视角、新见解，让人产生读下去的热望。微观探讨像对余华创作性格的解读，以"天真的叙述者"名之，显得别致而又贴切，能够道别人所未道。

当然，作为刚刚走上学术研究之路的青年研究者，本书又是他第一本铅印的文字，书中的青涩和稚嫩在所难免。在研究方向的确立和研究问题的选取上，还缺乏一个稳定的方向和主攻的学术问题，给人的感觉是：想到或抓到一个问题，经过自己的深思熟虑，认为能写出一篇有新意的文章，于是抓紧写出，写完，对这个问题的思考也就过去了。这样，一个个问题没有内在的关联，缺失了系统的考量，显得四面出击，"打一枪换一个地方"，没有形成一个完整而系统的研究领域和学术思想，这样是不利于长远发展和将来对重大项目的攻关的。希望广通能沉静下来，认真总结和反思自己的学术历程和写作经验，精心规划自己的研究方向和长远目标，相信他能在中国现代文学研究的道路上走得更稳、更远，我相信他的能力，他有这个能力。

2021 年 10 月 12 日于大连家中

目　录
CONTENTS

第三辑

第一辑

宿命的悲剧

——作为哲学范畴的宿命观念在中国现代文学中的投射

　　在世界范围内，宿命论最早可追溯至古埃及，之后传到希腊，又经过诸多辗转曲折传回东方。在中国古代，《论语》就有"生死有命，富贵在天"之说。《庄子·达生篇》云："不知吾所以然而然，命也。"后来随着一些宗教传入中土之后，这种观念更是大行其道。宿命论者认为在冥冥之中有一个主宰造化的力量掌控着人世间的一切，它规定了万物的荣枯、人事的兴衰，对此人类是无能为力的，只能顺应天命。很多具有所谓"现代意识""科学头脑"的人一再否定这种带有强烈迷信色彩的哲学观念，对其加以挞伐，认为这种观念是消极的，是对人生的悲观，因此无益于世道人心。而在笔者看来，单就文学创作来说，"宿命论"无疑是一个巨大的生发点。人们相信"命由天定"的根本原因在于原始时期的蒙昧，而只有蒙昧才会激起探索的欲望，文学恰恰是人类探索、发现宇宙和人生的一个窗口。这种探索与发现赋予了文学以哲学高度，哲学高度也正是拥有终极关怀的人文学者、作家、诗人们的一种最高追求。曹文轩教授认为中国当代作家们之所以"只能一直在生活的表层艰难匍匐，而不能拔地而起，凌空翱翔，俯瞰生活全景，看到生活的腹地和全部复杂的生活机关"，原因就在于中国当代文学缺少"强劲的精神翅膀"——"这对翅膀便是哲学"。① 而我们从二十世纪二三十年代

---

① 曹文轩. 中国八十年代文学现象研究［M］. 北京：北京大学出版社，1988：348-349.

的废名、沈从文等人的作品中早已发现了这对哲学的翅膀。这样的话，如果我们把作为哲学观念的"宿命论"称为文学的"原动力"之一，应该不会有太多人反对吧。这一"原动力"在西方孕育出了《俄狄浦斯王》《麦克白》《李尔王》《德伯家的苔丝》等伟大作品，而在中国现代文学的发展进程中，我们从废名、沈从文、曹禺、钱锺书、汪曾祺等作家的创作中看到了些许端倪。

一

首先，带有宿命论色彩的文学作品表现出的第一个特点是神秘感。这里的神秘感不限于对于原始习俗中鬼蜮、宗教的浮面展示，更多的是指存在于宇宙中的人类不可知力量掌管一切、人类无法把握自我命运的一种思考。我们不断地领会到"上帝或神的力量是不可知的，人们对此力量只有顺从，才会获得上帝对生命意义的启示"，而"上帝或神所启示的世界，是非理性的、神秘的，然而却是美的、真的，因此也是真实的"①。曹禺创作《雷雨》的动机就是探索这种神秘的力量。剧中人物如繁漪、周萍等从始至终都处于一种"郁热"状态中，他们疯狂地追逐着、挣扎着，却不知道是什么让他们处于如此境地。周萍与繁漪犯禁、与四凤相爱，可一个是继母、一个是妹妹，这到底是谁的安排？在被遗弃三十年后，侍萍又回到了令她终生悲痛的周公馆，这当然不是她自己的主动选择。《日出》中的群丑一个个处心积虑、"惨淡经营"，可最终还是难逃从未出场的金八爷魔掌的笼罩。《原野》中的黑森林里那一声声"辽远而有些含糊，凄厉"的召唤难道就只是焦母发出的吗？张爱玲的白流苏的命运肯定是比七巧和长安要好那么一点点，可在心灵

① 伍蠡甫. 现代西方文论选［M］. 上海：上海译文出版社，1983：39.

上她们也都一样"是绣在屏风上的鸟——悒郁的紫色缎子屏风上，织金云朵里的一只白鸟。年深月久了，羽毛暗了，霉了，给虫蛀了，死也还死在屏风上"。最后只留给我们一个"苍凉的手势"。钱锺书的《围城》是大家公认的现代文学史上最成功的讽刺作品，然而笔者思考的是另一方面："围城"使男男女女欲进还退，到底是什么使他们来了又回、成了又败、梦了又醒？是性格的悲剧还是造化弄人？钱锺书的讽刺之作生发了宇宙人生的哲思。

　　神秘是具有理性思维的人对蒙昧状态的解说，这当然不排除原始朴质状态的延伸。关键在于，对于不可知事物的想象是人类前进的动力。问题是当代还有多少人在严肃思考宇宙、人生的奥秘？对于无法穷尽的自然，我们已经背离得太远，那些让许多当代人心潮澎湃的只不过是乱搅尘埃的喧嚣，又有几个人能够静下心来体味生命本真的安寂？（原因在于海德格尔所谓的现代科学之"去蔽"使人类失去了在蒙昧中思悟探索的动力）是的，寂寞包围了我，那我为什么不能与自然融为一体？正如翠翠一样，她的心里只有美好，大老的触礁、爷爷的仙逝，她无法理解，这是命运的悲哀。但大自然长养了她，那么她就是完美的。如果我们回到人类原初时代，就可以清楚地看到那些对于"理性人"而言的神秘其实也是一种自然之态，自在地活着才是生命的真谛。

　　其次，和神秘性相伴随的是对自然的崇拜。人是渺小的，大自然无穷无尽，面对洪荒，我们无所适从，最好的应付方式是随性、委运。沈从文的《凤子》为我们树立了典型的表率。他认为膜拜使我们"明白神之存在"，而那些"庄严"和"美丽"只有从"人生情感的素朴、观念的单纯，以及环境的牧歌性"中来寻找。① 废名的作品对此做了同样的诠释，《竹林的故事》《河上柳》《桥》《阿妹》《半年》……篇篇都是经典。《竹林的故事》里，只是三姑娘那"热闹起来"的"小小手掌"已足以让我们见出素朴情感、单纯的观念和牧歌性的环境，更不用说那"摇网从水里探起，一滴滴的

---

① ［美］夏志清. 中国现代小说史［M］. 上海：复旦大学出版社，2005：133-134.

水点打在水上",伴着水击枝条的嚓嚓作响。这里的自然是清新的、质朴的,我们谁都应该保有那种对于自然的崇敬,因为它带给我们如此多的美丽——"美丽得让人哀伤"。然而,这自然是太博大了,也许身处其中的人物并不感到异样,那是因为她们心灵的美好已与大自然融为一体。可是当我们抽身出来,立到一个旁观的位置,同时运用理性之光加以烛照,就会发现无论是夜里梦见攀崖摘下虎耳草的翠翠,还是守护一汪碧潭的三三,抑或荡舟戏水的细竹,她们也只不过是自然天幕下一个个小小的黑点。她们如此柔弱,以至于一阵细细清风就已模糊了她们的存在;她们如此娇嫩,以至于一阵轻轻的微雨就会淹没她们的身影。但是,身处自然的她们并不曾想到这些,所以她们也只是和父兄们一起投入敬谢神灵的祝祷中,因为她们与父兄们一样感受到了"神"的存在。

大自然是生命的初起处,是神秘力量的来源地,接近自然才能接近生命,所以宿命论者的写作多与大自然相关。废名、沈从文巅峰时期作品中的故事都发生于乡村。曹禺的成名作题目就叫作《雷雨》,失去目标的复仇故事发生在原野(《原野》)。这里的"大自然描绘"不是"仅仅用来渲染气氛、烘托情绪、导引人物出场或是借以抒情咏志的一般意义上的风景描写"①,大自然在他们的作品中是作为一个角色出现的——而且是主要角色。它不仅是人类探索的对象,同时也是人类生命的本身。

最后,带有宿命论色彩的作品大多数带有或强或弱的偶然性,这是因为命运充满了偶然性。在一般文艺理论的探讨中,大多数人都认同偶然性是叙事性作品情节构成的主导因素,往往被作家们用来当作制造关目、生成趣味、吸引读者的有效手段。但我们在此所说的偶然性显然不是一种外在的对于"材料"的组合,而是一种内在的与作家对于生命的独特体味相联系的,伴随着个体命运之流升降起伏的"结构"。它不是为了使作品情节波澜起伏、紧张刺激,从而吸引读者,相反,这些作品的情节恰恰多是平缓的。《旅店》

---

① 曹文轩. 中国八十年代文学现象研究 [M]. 北京:北京大学出版社,1988:157.

故事发生的当天并没有什么特别之处，只不过是若干年迎来送往中的一次，然而就是在这样一个普通的日子，一个素常规矩的女主人产生了春情。《阿金》讲述的是一段极普通的求亲故事，只有赴媒人之约与友人的善意劝阻。主人公在"思考一天"的承诺下，无聊来到赌场，输光了所有的钱，亲事当然告吹。《媚金·豹子·与那羊》的故事似乎带点传奇性：一个最美的少年与一个最美的少女的爱恋。可故事本身也并无出奇之处，是沈从文惯写的山洞幽会。在他的其他作品中这种约会往往是美妙的，在这里却出现了意外。豹子仅仅是为了找寻一只白羊耽误了时间，媚金已自绝洞中。《边城》无非是端午节看赛船、中秋节看灯以及少年小儿女心事的一些小事情，更多的是对于乡村渡口人事、习俗、风景的描绘，甚至让我们觉得作者不是把风景作为故事的陪衬，反而是把故事嵌进了背景中。正是在这种不紧不慢的叙述中，"偶然"发生了，大老死了、老船夫也死了，年幼的翠翠对此毫无准备，对于命运的打击来袭，她心无设防。爷爷之死并无征兆，前一天晚上"祖孙两人"还"默默的躺在床上听雨声雷声"。待到天亮翠翠醒来也还未发觉任何异样。看到白塔坍倒，她"摇了祖父许久，祖父还不作声"，才知道这老人已经死去。过渡人叫船不应，"还以为老船夫一家睡觉没醒呢"。直到这时，翠翠也仍然是懵懂的，在别人帮她操办爷爷的丧事时她也只是那么"痴痴的站着"。在此，我们看到了生命的无常、造化的残忍。面对这种不期而来的变故，我们毫无办法。在这些作品中，我们感受到的偶然性已经不仅仅作为情节发展、转变的契机，而是关于生命之河流淌中的"结构"性存在。这种偶然性是人事命运"结构"的必然归宿。

历史的变化从来就不是一蹴而就的事，它是一条缓缓流淌的长河，每一步的变动都会千难万险，它是"一寸一寸那么的"，而不是在某个时间点上来一个与从前截然不同的大翻转。正是在这"一寸一寸"的缓慢前行过程中包含了无数偶然，它们叠加到一起才促成了历史在某一阶段的耳目一新。人的命运也是如此，在我们从虚无中走来的那一天开始，就在一步步地向虚无走去，而在那最后一天到来之前又会有众多偶然不断上演，它们推动着人事不断向必然的最终结局演进。关于《围城》中鸿渐与柔嘉的感情破裂，夏志清在《中国现代小说史》里设想了一系列"如果"：如果之前在鸿渐到家时没有偶然听到陆太太与柔嘉的谈话，如果在大街上游荡时他的钱包没有被偷，如果他的钱还是那么散放在各个口袋，如果柔嘉等到了鸿渐回来一起吃饭，如果陆太太并没来过……那么鸿渐会不会有一个好一点的心情，来实践他与柔嘉重新和好的打算呢？我们从性格、从时代各方面来对人物命运所做的分析到底能否站住脚？（虽然笔者并不完全反对性格决定论，但是上述的种种"如果"我们该如何解释呢）这种偶然性的频发，加上那冥冥之中存在的力量的强大，使处于大自然之中的人总是成为被捉弄的对象，这在曹禺的作品里表现得尤为突出。《雷雨》里周萍与四凤热恋，最后却得知她是自己的亲妹妹，内心的打击可想而知。《日出》里的群丑无论怎样也把握不了自己的命运。《原野》中的仇虎专程回来报仇，仇人却早已死去……他们就像是一个个木偶，被命运牵着鼻子遛来遛去，根本无法实践自己的意愿。

二

纵使有诸多偶然性，我们仍然可以看到中国现代作家们的从容淡泊，这就是中国现代宿命论者与西方《俄狄浦斯王》《哈姆雷特》《李尔王》作者们的最大不同所在。高秀芹女士在谈到汪曾祺的时候说到他的小说在"观念上的平和疏淡和叙述的平淡"，他把距离拉远，"把各种急功近利的感情缓和下来，悲伤、浮躁、大喜大悲、死去活来等等都被过滤得淡而又淡，心态上呈现出没有功利的平和散淡，相应地，叙述话语也是一样的舒淡平和"①。这必定是源于汪曾祺"小说是回忆"的总体观念。而这一观念在废名、沈从文的作品中也已见端倪（汪是沈的学生，沈是废的受影响者，三者传承关系相当明显），表现在文字上就呈现出一种"平淡自然"的风格。这是沈从文的《边城》：

> 翠翠哭了一整天，同时也忙了一整天，到这时已倦极，把头靠在棺前眯着了。两长年同马兵吃了宵夜，喝过两杯酒，精神还虎虎的，便轮流把丧堂歌唱下去。但只一会儿，翠翠又醒了，仿佛梦到什么，惊醒后明白祖父已死，于是又幽幽的哭起来。

这段里有"忙了一整天""喝过两杯酒""把丧堂歌唱下去""祖父已死""幽幽的哭起来"，这其中的任何一个场景都有可能激起人心里的波澜。而作者的叙述竟似流水一般缓慢流淌，这可以从四个"了"字、"倦极"、"唱下去"和"梦到什么"这些用词中感受出来。

同时，作品中人物也大多是静观大千、委运任化者。沈从文《会明》中的同名主人公一开始的唯一愿望与志向就是把身上的那面军旗插到边疆的堡上去，然而插到堡上做什么？有什么意义？他并不了了。他就只这一个单纯的心愿，可只有这一个心愿也不是非要实现不可。当部队驻扎乡村等待战事时，他又从饲养小鸡、孵化小鸡中得到了乐趣。最后决定仗不打了，插旗愿望彻底无法实现时，他也无甚遗憾。"回到原防"，会明仍然也还做他的火夫。"他喂鸡，很细心地料理它们。多余的草烟至少能对付四十天。一切说来他是很幸福的。"他也还满足，没有什么抱怨，没有什么向往，他的日子平缓如水……同样能够从容面对生命的是《黔小景》《夜》和《生》中的老

---

① 温儒敏，赵祖谟. 中国现当代文学专题研究［M］. 北京：北京大学出版社，2002：276.

人们。风烛残年，当亲人们一个个离去，看透生死轮回的他们已了无牵挂。他们沉默着领受命运派定的一切，缄口不语。但从作者那疏放、清隽的笔调中，细心的读者还是会感受到这些老人内心深处的凄凉。

这种"平淡自然"的风格也可以从取材和对于题材的处理方式中看出来，"京派小说选取的题材一般是平和的。即使写到一些时代性强的尖锐的题材，这派作家也有自己很不相同的处理方法"①。从《边城》《桃园》《竹林的故事》《浣衣母》《柏子》等作品中我们确实难以见到急风暴雨般的斗争。要知道废名和沈从文所处的可是一个"风沙扑面，虎狼成群"的时代。作为京派代表作家的二人有着这一派所共有的取材范围，因为他们认为文学应远离政治，所以他们的作品多取材于平淡琐碎的日常生活，他们截取了时代大潮冲击之外的自然景观、乡野生活、传统习俗作为自己的观照对象。即使是面对死亡这种人生大难时他们也从不刻意渲染，仍能写出"几乎无事的悲剧"。他们的作品绝少见到尖锐的矛盾与敌对的斗争。而非京派的曹禺的同类作品也是在一步步地走向了契诃夫，大概轨迹是从《雷雨》到《日出》再到《北京人》。② 这与西方表现宿命观念的作品写急遽争斗冲突的方式是截然不同的，这一不同可以归结为民族心态和对于自然宇宙的理解的问题，是一个东西方迥异的哲学传统问题。废名和沈从文都有中国古代哲学的背景，废名信佛、沈从文慕道，正是佛的相空观念与道的委运意识使他们即使面对悲剧也还是能够淡然处之。在"风沙扑面，虎狼成群"的时代，作家们能够潜心经营自己的一方天地，保持这种超脱淡漠的心境，是非常难能可贵的。又是汪曾祺承续了这种淡然，一方面是因为他自身的超然心境，另一方面也是因为他赶上了相对开放的时代。

在上文所引的作品中我们不难看出其中大多数都是悲剧，这也正是这些作品之所以深刻的原因之一。鲁迅说"悲剧将人生有价值的东西毁灭给人

---

① 严家炎. 中国现代小说流派史 [M]. 武汉：长江文艺出版社，2009：233.
② 钱理群，等. 中国现代文学三十年 [M]. 北京：北京大学出版社，1998：323.

看"。正是在这毁灭中人们感到了巨大的"恐惧",从而心灵受到震撼,平静下来后会认真思考宇宙、人生的奥秘。这是悲剧的力量。"雷雨"击溃人心,"日出"之后我们却已离开,二老是否会回还?"围城"破了又补,对于这些曾经的美丽之消逝,我们是不是只有归结为命运? 是不是只有沈从文"诗人才女为世界缝的衣裳也有穿蔽时/给蛆去啮去喂是大家共负的老账!"这宿命的诗句才是最好的解释? 即使在当代,命运仍让我们无从把握。又是汪曾祺,《异秉》里羡慕王二的众人的未来命运我们如何知道?《受戒》里美好如梦的小英子与明海日后的结局能否如我们的设想? 这也只有让命运本身来解答了。汪曾祺好写"最后一个",这"最后"二字难道没有悲剧的苍凉感吗? 与此类似的还有李杭育的《最后一个渔佬儿》,他们的未来只有上苍明白。美好的事物难逃败落。连叔本华这种大哲学家也一直在追问:"大自然能否究诘呢?"① 最后却不得不承认死亡是逃避、摆脱痛苦的最好方式。而王国维则以身赴死实践了这一"片面真理"——这也是真理的一种。但,笔者始终认为叔本华的本意是对于永恒的追求,他认为当人"在向往着生命之为生命时,必然会看到生命中的常住不灭"②。从这个意义上说,翠翠是永恒的,三姑娘是永恒的,小英子永恒,大自然永恒……

中国文学或许自古缺少具有高度哲学内涵与人类悲悯精神的真正悲剧,有的多是"对现实的浮光掠影的、缺乏足够沉思的表面描述。这些悲剧,基本上都是一些社会性悲剧。它们是在颇为简单化的伦理观念下得以推动的",最终得到的结果只是"一种悲悲切切、可怜兮兮的情感品味"③。"悲剧精神的真正觉醒,发生于现代文学史。直到此时,中国文学才在不同于旧有的文字中生长出真正的悲剧精神,也才有真正的悲剧诞生。"④ "在中国古代文化

① [德] 叔本华. 作为意志与表象的世界 [M]. 石冲白, 译. 北京: 商务印书馆, 1982: 1.
② [德] 叔本华. 作为意志与表象的世界 [M]. 石冲白, 译. 北京: 商务印书馆, 1982: 386.
③ 曹文轩. 20 世纪末中国文学现象研究 [M]. 北京: 作家出版社, 2002: 20-22.
④ 曹文轩. 20 世纪末中国文学现象研究 [M]. 北京: 作家出版社, 2002: 22.

中，人生本身被看成是正剧的、喜剧的，悲剧只是那些遇到特殊的变故而改变了自己正常命运的人，是那些被坏人和社会灾难破坏了自己平静生活的人。而到了鲁迅这里，人的生存本身就是悲剧性的。"① 到了曹禺、钱锺书、张爱玲等，进一步揭示出了人的命运悲剧和存在悲剧。正是经过上述作家的不懈努力，中国文学的悲剧创作才实现了与世界文学的平等层次上的对话。

三

　　不论是废名、沈从文、曹禺，还是钱锺书、张爱玲，我们发现中国现代文坛上具有宿命观念的作家大多数是独立于他们所处时代的主流话语之外的，且多具有哲学背景。只不过在宿命观念的理解和表达方面有很大差异。从宿命观念的来源来说，沈从文、废名更多继承的是中国古代哲学的衣钵。面对命运的悲剧，沈从文把个体生命投放到自然中去，企求通过人与自然达成的和谐来泯灭尘世的丑恶，同时消解命运给予个人的寂寞。这种寂寞是作家对于生命的个人体悟与现实落差太大而产生的空寥感，这是人生的大悲剧。正如鲁迅所说："吾行太远，孑然失其侣……吾见放于父母之邦矣！"② 虽然在鲁迅那里，这种寂寞有尼采的哲学来源，但用在沈从文身上也未尝不可。我们须注意到的是沈从文用以消融这种寂寞的方法——与自然同在，这显然与老子的哲学观念是相关的。"老子的哲学思想认为宇宙内部包含着一个根本的存在即'道'，其形状是难以捉摸的'无'，其作用是无为，是没有人为的自然界"③，只有在自然界中，才能以委运的姿态化解宿命的悲剧。

---

① 王富仁. 中国文化的守夜人——鲁迅 [M]. 北京：人民文学出版社，2002：366.
② 钱理群. 心灵的探寻 [M]. 北京：生活·读书·新知三联书店，2014：155.
③ ［日］东山魁夷. 和风景的对话 [M]. 陈德文，译. 北京：人民文学出版社，2013：52.

废名对人生悲剧的处理多依赖于一种对佛的虔敬。他的作品中会屡屡出现一座寺庙，寺庙是俗人们烧香祈灵的地方，同时也是作者明心见性的地方。他也不多说，常常是那么一句半句的灵光乍现，就把人世悲欢看破识透了。曹禺接受的哲学影响主要是西方式的，他"在《雷雨》中所揭示的'生命编码'，即戏剧'意象'中所内含的人的生存困境"①，这种"生存困境"主要来自现代主义文学的发现，比如，象征主义、神秘主义、表现主义、荒诞派等。张爱玲则中西合璧、把传统与现代结合到了一起，不过她的哲学性似乎没有前面几位作家那么强，对于命运的理解与体会多来自普泛化的文化意义。"她的父亲是一个遗少式的人物"，"母亲则是一个果敢的新式女性，敢于出洋留学，敢于离婚，她的生活情趣及艺术品位都是更为西方化的"②。这样的家庭背景自然对作家的人生观产生了深刻影响。钱锺书学贯中西，对西方文学多有涉猎，其作品中的宿命意识与西方现代主义文学精神的影响也是分不开的。

中国文学素有"文以载道""感时忧国"的传统。正是这一传统（当然也有官方的倡导）使现代的一些主流作家把思考的方向主要集中在文学创作对于现实社会乃至政治斗争的意义上，反而忽略（甚至是有意忽视）了文学对于普遍人类命运的关心，使文学走向了一条狭窄的道路。这样，文学就沦为了斗争的工具，而不是思考的途径。在这样的情势之下，废名、沈从文、曹禺、钱锺书、张爱玲，在他们创作的当时并没有得到评论界的普遍承认，而是在若干年后才被作为出土文物一样挖掘出来。这是时代的悲剧，更是文学的悲剧。然而，经典总不会被埋没，经过时间的淘洗之后，那些亮闪闪的金子最终放射出了光芒。在他们生活的那个年代里，文学被政治意识形态紧紧束缚，"革命文学"的声音几乎压倒了一切。他们通过文学对命运所做的

---

① 钱理群，等. 中国现代文学三十年［M］. 北京：北京大学出版社，1998：319.
② 温儒敏，赵祖谟. 中国现当代文学专题研究［M］. 北京：北京大学出版社，2002：128.

哲学思考是对于那个时代主流文学的一个珍贵的丰富与补充，由于他们的存在，我们才感到那时的文学尚未枯萎，尚有生命。这些作家的创作无疑代表了那个时代中国文学艺术的最高水平，他们以自己独立的思考和对命运的探索，不仅坚守住了文学的良心，而且将文学提高到生命哲学和存在哲学的高度，充分印证了中外哲人所反复强调的哲学之于文学的关键作用。曹文轩就反复强调文学家的"哲学根柢"，认为它是"统率作品全局的灵魂，而且，它沉入作品的底部，通过结构、情节、主题、人物、语言等散射出它的智光"，"使作品获得了巨大的张力和诱人思索的魅力"。"没有哲学的学科是无力的，没有哲学的文学是贫血的。""惊世骇俗，令人为之一振的具有深度的文学作品只能出现在文学与哲学的交汇点上。"① 加缪说："伟大的小说家都是哲学小说家。"② 上述作家，正是从命运、宿命生发出了伟大的文学，赋予了文学以哲学的高度和人性的深度，他们的作品显示了作者对人生、对生活、对生命、对存在、对宇宙的深刻的哲学思考，他们的创作也就具有了非凡的价值和意义。宿命是人世间最沉重的话题之一，也是横亘千古的文学主题。古今中外，那些具有大智慧的哲人大多肯定命运的存在，看到冥冥之中的宿命的不可抗拒，从而赋予了文学以神秘感、无穷的魅力和最高的水平。正如王富仁所说："如果说孔尚任的《桃花扇》标志着中国古代戏剧作品悲剧艺术的最高水平，曹雪芹的《红楼梦》则标志着中国古代长篇小说悲剧艺术的最高水平。""因为只有在这两部作品中，我们才感到有一种超越于所有具体人物的抽象的力量。决定着它的悲剧的是这个抽象的力量，而不是其中的哪个具体人物。"③ 到了现代，上述作家继续探索着"这个抽象的力量"，也就是人、人类的宿命问题。作家对生活，对整个世界进行哲学思考，揭示出人类的生存本相、生存状态和生存困境，从而将中国现代文学提升到

① 曹文轩. 中国八十年代文学现象研究［M］. 北京：北京大学出版社，1988：349-350.
② 张梦阳. 阿 Q 与中国当代文学的典型问题［J］. 文学评论，2000（3）.
③ 王富仁. 中国文化的守夜人——鲁迅［M］. 北京：人民文学出版社，2002：353.

一个新的高度，在探索人类宿命的同时，使作品具有了更为深沉、博大的内涵，印证了"小说的突破主要在于哲学的突破，哲学又需通过个性化的人物形象体现，创造典型的难处在'形而上与形而下的结合部'"① 的论断。

到了当代，在"十七年"和"文革"十年里，那"强劲的精神翅膀"惨遭摧折，宿命思想在中国文学中几近绝迹，中国文学只能艰难地匍匐于地。随着新时期思想的解放，文学中的宿命观念才逐渐回归。继承现代作家们宿命传统的是贾平凹、史铁生、余华等人，他们为这一观念注入了更多的现代意识。作为"先锋小说"代表人物的余华，我们从他的《难逃劫数》《古典爱情》《鲜血梅花》《此文献给少女杨柳》等中短篇直到长篇《活着》甚至新近的《第七天》《文城》等一系列作品中，可以很轻易地寻到一条宿命的线索。虽然这些作品在形式上与新文学的前三十年已经截然不同，但宿命观念的神秘性、偶然性、人的无法自主性在其中是一应俱全。这就说明，作为人类探索、认识世界的最初动力，宿命观念是最接近人生、最具人文关怀的哲学观念，即使在某些历史阶段会遭受严酷打压，但只要人类生命不止、探索不止，它也就将永存于文艺的殿堂。在新时期，作为哲学范畴的宿命观念在文学中体现得最充分也最有价值和精神高度的是史铁生。他以宿命的自足心态消解内心沉重的悲剧体验，把咀嚼痛苦看作生命的常态，为我们回答了关于人、人的困境、人的宿命、人类的命运等许多问题，正如当代著名哲学学者、作家周国平所说"史铁生提升了中国当代文学的精神高度"②。但从总体来看，这样的作家在中国当代仍属凤毛麟角，原因正像曹文轩所分析的那样，中国当代文学观念"是在一种实用主义成分较重的文化传统中确立的"，"它缺乏必要的哲学背景"。这使"中国当代文学从一开始，就站在一个没有哲学背景而只有政治背景的舞台上"③。中国当代作家大都没有哲

---

① 张梦阳. 阿Q与中国当代文学的典型问题 [J]. 文学评论, 2000 (3).

② 王觅. 坚守生命尊严　秉持文学理想——史铁生文学创作研讨会在京召开 [N]. 文艺报, 2012-01-06.

③ 曹文轩. 20世纪末中国文学现象研究 [M]. 北京：作家出版社, 2002：364-365.

学背景，这是与中国现代作家的一个很大的不同，他们是在没有哲学氛围的环境中成长起来的，这一点与西方现代作家更有很大的不同，它在很大程度上制约着中国当代文学的精神高度和思想深度。莫言曾深有感触地说："当代小说的突破早已不是形式上的突破，而是哲学上的突破。"① 在哥伦比亚大学的演讲中，莫言进一步强调："我想，时至二十一世纪，一个有良心有抱负的作家，他应该站得更高一些，看得更远一些。他应该站在人类的立场上进行他的写作，他应该为人类的前途焦虑或是担忧，他苦苦思索的应该是人类的命运，他应该把自己的创作提升到哲学的高度，只有这样的写作才是有价值的。"② 贾平凹也痛感自己"哲学意识太差"，觉得自己"形而上与形而下结合部的工作还没有做好"③。这都是经验之谈，值得广大作家汲取，也说明作为哲学范畴的宿命观念在文学中的不可或缺。

初刊于《华中师范大学学报》（人文社会科学版）2016 年第 1 期

① 张梦阳. 阿 Q 与中国当代文学的典型问题 [J]. 文学评论，2000 (3).
② 莫言. 用耳朵阅读 [M]. 天津：百花文艺出版社，2012：37.
③ 张梦阳. 阿 Q 与中国当代文学的典型问题 [J]. 文学评论，2000 (3).

中国现代小说与音乐

在各种类型的文学作品中，与音乐关系最紧密的是诗歌。在中国文学中，自古以来诗歌与音乐就是一体的，各自独立发展是后来的事。五四文学革命倡白话、废文言，极力要使诗歌挣脱格律的束缚，但没有使其摆脱音乐性。比如，郭沫若强调情绪的世界是一个节奏的世界，诗歌形式要符合内在情绪节奏的变化规律。闻一多的诗歌"三美"说中就有"音乐美"。到了二十世纪三十年代，戴望舒主张诗应该去掉音乐的成分，但他自己的诗并不缺乏音乐的质素，只不过换了一种表现方式而已。因为音乐的质素并不仅限于格律、押韵等外在形式的追求，还包括由作品的内容生成的节奏、情调和氛围。这就为我们研究小说的音乐性提供了可能。中国现当代小说家中有不少人明确声称自己的创作与音乐有关系。鲁迅认为音乐的要素在任何艺术中都存在，沈从文"认识自己的生命，是从音乐而来"①，张爱玲自幼就酷爱音乐，王蒙更是有意识地将音乐的技巧运用于小说创作中，因为他"喜欢音乐，离不开音乐"，余华专门写有《音乐影响了我的写作》，还在《收获》杂志开过谈音乐的专栏……但我们需要注意，音乐进入以上作家的创作，并不仅仅是作为一种技巧被使用，更多的是一种交融与化合。本文将从节奏、结构和背景三方面展开对于这种化合的讨论。

---

① 沈从文. 关于西南漆器及其它 [A]. 沈从文全集：第27卷 [M]. 太原：北岳文艺出版社，2002：20.

一

节奏是一种感觉，它来自作品的整体，是作家情绪的自然流露。失败的作品没有节奏感，会让人感觉单调乏味，使人无法卒读。成功的作品会使阅读产生跌宕起伏的感觉，而读者在阅读的当时不会特意关注这种感觉生成的原因，只会随着这种感觉一直走向小说的深处。他"只不过获得了一种享受，并没有意识到这种乐趣因何而来，只有当这种享受已经过去……才会试图去解释它"①。沈从文的《边城》除了结尾处爷爷的仙逝和二老的出走简直就没有什么情节，只不过是一些生活中的小事情，《长河》《三三》等作品也是如此。废名的小说比之沈从文更加"去情节化"，整整一部《桥》写的大都是放牛、上学、游湖、洗衣之类的琐事，读者难以从中读到引人入胜的情节。类似的作品还有他的《菱荡》《浣衣母》《初恋》《阿妹》《鹧鸪》《竹林的故事》《河上柳》等。鲁迅的《故乡》《祝福》《在酒楼上》等作品同样没有写大风大浪。然而这些作品并没有让我们束之高阁，反而使读者爱不释手。其原因除了它们所表现的思想，就该算是作品的节奏了。但在阅读时我们并没有注意去解释，而只是在享受。这种节奏来自作者的内在情感心绪，没错，小说就是"情绪的体操"。情绪的节奏实际上是作家内在的韵律，是作家"自我心理体验过程中情绪的流动，这种情绪的流动在主导情感的左右下，往往形成一种既变化又统一的基调。当这种情感韵律与外在的语言韵律完美结合时，就达到了声情相应。于是，心灵就通过韵律获得了感性的表征，韵律又通过心灵获得了生命的流动"②。这段话用于小说创作仍然有效。

① ［英］福斯特. 小说面面观［M］. 冯涛，译. 北京：人民文学出版社，2009：134.
② 王确. 文学理论教程［M］. 北京：人民教育出版社，2003：243.

正是内心情感的节奏决定了小说叙述的节奏。沈从文作品中的主导情绪是愁，废名的主导心境是净，鲁迅的情绪体验是忧。愁、净、忧使作家内心或沉郁，或空灵，或愤激，这些因子相互纠缠就使作品出现了节奏。

小说中的节奏首先表现在语句的长短搭配上。没有哪个成功的作家在写作中只用长句，也不会只用短句，句子往往是长短不一，参差错落。可并不是只要有长有短就可以出现节奏，这需要一种打磨功夫，在反复试验调整中才能产生如宋词一样错落有致的效果。严家炎把京派小说的语言特色归纳为"简约、古朴、活泼、明净"①，其实远不止于此。这一派小说的诗化倾向相当明显，表现在语言上就是诗歌节奏所带来的弹性。废名、沈从文这样的名家暂且不论，我们以萧乾的《梦之谷》为例。"我"在头天夜晚的联欢会上唱了一支歌，引起娜妲丽亚的身世感怀，她哭了。今天"我"在傍晚的夕阳里来向她道歉，也想给她些许安慰。是这样一个场景：

我走进了那芭蕉园，我叩了门，她走出来了。

呵，正像今早黎明，我揉着睡眼，揉出窗外那片晴蓝一样，立在我面前的苗条影子又是那么活泼，那么微笑的了。而且，微笑里，且焕发着一种罕见的光辉，照耀着我整个的心灵。

随着，我的心也豁然放了晴。

长短交错，参差有致，统领整个叙述的是"我"阳光一样的心情，因为"我"看到了她。这个见面如此简单，只用三句话交代了整个过程。"我走进了那芭蕉园，我叩了门，她走出来了。"第一句是"我"的行程，句子比后文稍长，是不是隐喻"我"叩门前有点犹豫、有点忐忑的心情呢？后面短句是两个人的对话，一来一往，淡若烟霞。照面之后"我"顾虑全消，因为她的微笑让我的心"豁然放了晴"。而在早晨，"我"的心情是这样：

① 严家炎. 中国现代小说流派史［M］. 武汉：长江文艺出版社，2009：235.

　　　　雷闪在天空闹腾了一夜。我的心也随着由窗口投进来的闪亮和
隆隆声翻着滚。在昏沉中，我估算着明天将是一个大雨滂沱的日
子，然而醒来，一夜雷闪却把污浊的天空洗涤成一片悦目的晴蓝。
　　　　天晴了，我的心却依然沉沉地阴着，没法放晴。

　　句式的安排与情绪的起伏相辅相成，诗一样的语言恰到好处。"我"的
心没法放晴的原因是，"我"觉得：

　　　　呃，我的歌哪配赚取那么宝贝的泪呵。我忘了身份，不自禁地
拍着她的肩头。雨点坠着，天空刷着的闪电映出垂挂在她额上晶莹
的泪。我的手湿了，有雨珠，也有她的泪珠呵！

　　读到这里的时候，我们不会去数每句话用了几个字，只会和作者一同哀
怜娜妲丽亚所受的苦难，这是一种"享受"，在这样的叙述面前，我们已经
拉不开审美距离，我们同样被情所困。
　　节奏又表现为利用重复造成连绵不断、回环往复的效果，这种效果有利
于表现主体内心延续不绝、微妙难言的情思。"字句与章节的反复带来乐感
的回环，回环的乐调便于传达情感的流动……不仅增加了音乐美，也加强了
抒情效果。"① 重复可以是字词的重复，可以是句子的重复，也可以是整个
叙述过程中某个叙述单位的重复。这种手法在中国古诗中早已有之，如《诗
经》中的大部分作品，《古诗十九首》里的《行行重行行》《青青河畔草》
《青青陵上柏》《迢迢牵牛星》以及唐诗中大量的叠字运用等。在现当代小
说中，这种手法也并不鲜见。张爱玲《金锁记》中酸梅汤下滴的意象是人们
常举的例子："酸梅汤沿着桌子一滴一滴朝下滴，像迟迟的夜漏——一滴，

　　　───────────

　　① 　王确. 文学理论教程［M］. 北京：人民教育出版社，2003：242.

一滴……一更，二更……一年，一百年。真长，这寂寂的一刹那。"七巧将丫头和老妈子全都骂跑后，独对寂静，只有酸梅汤在滴。一滴一滴永不停息，只那一瞬像是穿越了百年。七巧的心里是愤怒、惶恐还是寂寞？她无暇多想，因为她还想再看季泽一眼，于是"跌跌绊绊"地向楼上窗口跑去。身后剩下的酸梅汤还是那么一滴一滴寂寞地流着。与"一滴，一滴"具有相同功效的是"一分钟，一刻，一刻，啃进她心里去"。这是因为"长安所最怕的就是中间隔的这一晚"，这是生怕被爱人误解急于解释时的迫切心情，时间过得那么慢，可是她一刻也不想等了。另外，同样是这篇《金锁记》，作者在开头和结尾反复使用了"三十年前"这一时间定语，目的就是要强调所要表现的爱与恨的极端热烈、残酷与在时间拷打下苍凉人生的周而复始，而这些并不需要作者做出抽象的语言描述，只在"三十年前"的反复出现中所有的情感都随着下沉的月亮和死了的人越来越浓。那"三十年前的故事"到最后也"没完——完不了"。这里又是一个重复，我们好像看到了作者在独对暗空哀叹着。又好像是那个一生不甘的女主人公佝偻着鬼魅一样的身体，在咬牙切齿歇斯底里着……类似的重复还有《红玫瑰与白玫瑰》中"太阳还在头上，一点一点往下掉……再往下掉，往下掉""振保又把洋伞朝水上打——打碎它！打碎它！"等。

叙述是一条河，不可能永远平缓寂静地流淌，总会时不时出现波浪。而且河床不是一条笔直的线，它会曲曲折折，千回百转终归大海。波浪、曲折就是节奏，作品的中心即大海。曹文轩把这种波浪和曲折叫作"摇摆"。"就小说情节的摇摆、反复而言，小说与诗并无两样。荡出、收回、再荡出、再收回，也有一个'韵脚'等在那里——等着情节的回归。而就在这一次又一次的回归之中，小说也有了旋律——圆满的小说都应有一种旋律感"①。沈从文的《长河》写的是对于美好过去的乐与这种美好行将过去的哀，小说并没有一直写乐，也没有一直写哀。前四章写边地乡村生活的宁静自足与外

---

① 曹文轩. 小说门［M］. 北京：作家出版社，2002：253.

来变动给这种生活的冲击，这两种力量始终纠结在一处。到了《摘橘子——黑中俏和枣子脸》一章，过去的乐达到了极致，橘园采摘是沈从文牧歌理想的最后表达。章末是一幅宁静的画面，然而这宁静里隐隐透露着危机的到来，世界处在"迷蒙雾气中"，"摇曳不定"的灯光照着人心彷徨。老水手自诩"什么都不怕"，让"要来的你尽管来"。世界是真的不随人心所愿，要来的终归还是会来。果不其然，第六章《买橘子》中即来了一个买橘子的保安队长，他让读者见识到了新时代洪流冲击下的人心不古。《买橘子》就是对《摘橘子——黑中俏和枣子脸》的一个翻转，这两章前后各有四章，恰巧处于全篇中部，是一次有力的腾挪。后四章又回到前四章两相纠结的模式，最后以一个玩笑似的理想结束。整部作品环环绕绕，行文也是曲折往复，总不是那么一泻而下或一览无余。如水的叙述有急有缓，沈从文懂得水从哪里来，流到哪里止。

节奏对于小说创作的成功至关重要，它使叙述和抒情生动活泼，"以其美妙的消长起伏令我们惊喜，使我们倍感新鲜、满怀期冀"①。以上作家的创作，借助节奏使小说给人如诗一样的美感为中国现代小说的发展注入了新鲜的活力。

有心的读者会发现我们这里所谈的主要是叙述的整体节奏，而没有涉及单个字词的音调的高低、长短、轻重所生成的节奏。单纯的字音节奏优势在诗歌中更为普遍、明显，小说中不是没有，只是它并不作为小说创作艺术的主要手段。也有人以具体小说作品为例对这种节奏形式进行条分缕析，不过总让人感觉有所牵强，毕竟相对而言小说是叙述的艺术，而不是文字的艺术。这样说并不是否认这种节奏在小说中的作用，相反，"这种节奏如果使用得好，就能够使我们更完好地理解作品本文；它有强调作用；它使文章紧凑；它建立不同层次的变化，提示了平行对比的关系；它把白话组织起来，

---

① ［英］福斯特. 小说面面观 ［M］. 冯涛，译. 北京：人民文学出版社，2009：149.

而组织就是艺术"①。

二

　　福斯特在《小说面面观》里讨论小说的音乐性节奏时，所举的例子是普鲁斯特《追忆似水年华》中反复出现的凡特伊奏鸣曲中的一个小乐句②，而瞿世镜在《音乐　美术　文学——意识流小说比较研究》中讨论意识流小说与音乐时把这个小乐句用于结构性的"主导动机"的例证。③ 可见节奏与结构的密切关系，这种紧密关系告诉我们小说的结构也可能具有音乐性。中国现当代小说所涉及的音乐结构技巧主要是主导动机和复调的运用。

　　音乐中的主导动机是指在整个乐章演奏的过程中反复出现的，用以表现作品主题或者人物性格的旋律。它是音乐特别是歌剧的基本情节结构单元，具有提示和强调的作用。小说中的主导动机实际上就是一个象征性的意象，可以是一段音乐、一件物品，也可以是某个抽象性印象。它在作品中反复出现，不断调动读者的"注意"。张爱玲的《倾城之恋》虽然是个团圆的结局，但整个作品传达出来的仍是张爱玲标志性的"苍凉"意味。"咿咿呀呀"的胡琴声对这种意味的生成功不可没。胡琴声在作品中出现了三次，首尾相互照应，加上一次中间部分。胡琴的音色本就悲哀凄清，是符合张爱玲对于音乐的理解的。而张爱玲对于音乐的感觉也就是她对于人生的悲剧式领悟。以胡琴声开头等于是给作品定了个调，这个基调是张爱玲的大部分作品

---

① ［美］勒内·韦勒克，等. 文学理论［M］. 刘象愚，等. 译. 北京：文化艺术出版社，2010：177-178.

② ［英］福斯特. 小说面面观［M］. 冯涛，译. 北京：人民文学出版社，2009：148.

③ 瞿世镜. 音乐　美术　文学——意识流小说比较研究［M］. 上海：学林出版社，1991：96.

乃至整个生命的底色，说不尽的故事在胡琴声中开始。流苏在白公馆的受气、争吵、抗争全都从胡琴的背景中展开，看起来那么嘈杂，听起来又那么遥远。胡琴响起的地方是"沉沉的破阳台"，从这里传出的一幕幕故事都已陈旧。当流苏决定改变自己的命运，白公馆的一切就都"不与她相干了"，又是琴声的暗示。当故事结束，复现了开头那段："胡琴咿咿呀呀拉着，在万盏灯火的夜晚，拉过来又拉过去，说不尽的苍凉的故事——不问也罢！"流苏已经找到自己的归宿，但为什么还是从前的琴声？之所以"有这么圆满的收场"只是因为它是一个传奇，但如果没有偶然，传奇也就不奇了。偶然的故事结束后留下的还是"说不尽的苍凉"。和《倾城之恋》类似结构的还有上文提到的《金锁记》，只不过在《金锁记》中主导动机由胡琴声换成了"三十年前的月亮"。同样以月亮作为主导动机的还有鲁迅的《故乡》。王蒙的《组织部来了个年轻人》可以找出两个类似主导动机的象征或暗示：一本书——《拖拉机站长和总农艺师》，一支曲子——《意大利随想曲》。《拖拉机站长和总农艺师》在作品中一共出现了四次，这四次分别出现在不同人的手里，它在林震手里时象征的是一种理想，当它在刘世吾和韩常新手里的时候就有了批判意义。诗一般的《意大利随想曲》是青春、追求，是友爱，它的出现都是在林震与赵慧文的谈话过程中，像是一首衬乐，这就使这首曲子有了结构和背景双重意义。虽然中国现当代小说中不乏这种音乐手法，但我们要留心的是这种手法的运用并不是对于音乐结构方法的挪用，归根结底，音乐与小说还是有区别的。对方法的移植是不切实际的，也是没有必要的。所以以上所讨论的"主导动机"在小说中的使用也只是就其大端而言，取一个近似的说法。

与主导动机同样只能取其近似性说法的是复调，这是人们关于音乐之于小说结构的影响谈及最多的话题之一。音乐上的复调是指在一首乐曲中有两条以上的旋律线，各旋律线上的音符相互对应。这些旋律线同时奏响，各自独立又时而交织在一起，生成一种对话效果。小说中的复调是创作者在创作时有意或无意按照音乐结构进行实际操作，以期达到一种"对位"效应，从而实现对复杂现实与人物内心世界的整体把握。整部作品的结构中存在多种主题，这些主题呈多线发展，齐头并进又各自独立，却被同一动机牢牢粘连在一起，偶有交错又立刻分道扬镳。主题可以化为"众多的各自独立而不相融合的声音和意识，由具有充分价值的不同声音组成真正的复调……不是众多性格和命运构成一个统一的客观世界，在作者统一的意识支配下层层展开；这里恰是众多的地位平等的意识连同它们各自的世界，结合在某个统一的事件之中，而互相间不发生融合"①。在西方，这种小说家的突出代表有陀思妥耶夫斯基、布洛赫、福克纳以及后来的米兰·昆德拉等。中国现代作家对于这种结构的灵活运用者首推鲁迅，他那些具有自我辩难性质的小说都可以归为这种复调结构。比如《孤独者》，其中"我"与魏连殳进行了三次辩论，分别是关于人性、孤独和人生的意义。鲁迅创作《孤独者》时正值"五四"落潮，他本人也是"荷戟独彷徨"。对于一些重大的社会人生以及个人问题的思索使他内心处于矛盾、痛苦状态，小说中人物之间的辩论事实上是作者内心苦思不得其解的问题的形象演绎，是作者灵魂深处"众多的各自独立而不相融合的声音和意识"的相互冲突与对撞。这些不同的声音使小说具有了某些复调结构的特点。鲁迅写于同一时期的《在酒楼上》也具备这种相似性，相互辩难的声音一个还是"我"，另一个换成了吕纬甫。

复调不仅表现为言语的驳难，还可以表现为以形象化的方式表达出来的作家的社会人生经验，可以作为范例的是老舍。"《离婚》幽默的语言和漫画式的人物描写，使小说具有鲜明的讽刺主调。然而老舍踏实于日常经验的朴素态度，也使小说在喜剧的喧闹中隐含着对现实现象难以明断的某种困惑与无奈，透露出老舍在讽刺中产阶级市民庸俗生活时，面对人生意义和新旧文化的判断，内心深处难以厘清的某种矛盾和暧昧。这使小说超越了单纯的

① ［苏联］巴赫金. 陀斯妥耶夫诗学问题 ［M］. 白春仁，欣亚铃，译. 石家庄：河北教育出版社，1998：4-5.

讽刺，而呈现出某种复调的特征。"① 关于文学创作写什么与怎么写的问题的纠结产生了"张爱玲政治书写的复调性"②，但这已经不只是艺术技巧上的问题了，它关乎一个作家的意识形态认识、思想道德取舍等重大问题，是一种泛化的复调。在当代作家中有意识运用这种结构的是史铁生，他的《我的丁一之旅》和《务虚笔记》用的也是与鲁迅相似的灵魂智辩的复调式结构。前者"借助史铁生（丁一今世）、'我'（丁一之灵魂）、丁一（丁一之肉身）的人物对话，探究爱情真谛，辩驳信任关系，诘问灵魂归所"③，后者把人物变成符号作为作者的不同观念、意识的载体，从而展开辩驳性的互动关系。

　　如前所述，技巧只是一个可以改造和借用的工具，没有放之四海而皆准的道理。对于复调的运用也是这样，当它来到小说中时，我们不能把它完全和音乐等同起来。如果说小说需要很大程度上的感觉，那么音乐就完全是一件感觉的艺术。不管有多少旋律线的音乐，只要听者进入那种感觉场中，他就有可能对纠结在一起的时间线团做出情绪上的共鸣。小说则不同，它终归没有那么多音乐式的知觉形象，毕竟文字的东西有时候是需要梳理的。所以说小说中的复调与音乐中的复调还是有区别的。就像以上所举作品中，相互驳难的线索也就那么三两个，多了就真的会乱套。

三

　　接下来讨论一个不用梳理的，要的是一种体味，这就是小说中的背景。

---

① 杨联芬. 暧昧的复调：析老舍小说《离婚》[J]. 名作欣赏，2015（7）：14.

② 鹿义霞. 张爱玲政治书写的复调性 [J]. 中国现代文学研究丛刊，2015（1）：74.

③ 张建波. 逆游的行魂——史铁生论 [M]. 济南：山东人民出版社，2012：195-196.

仍然以中国现当代作品为例。"写作小说的任务就是要想象一个世界——一个首先是画面，最终以词语形式存在的世界"①，画面即在背景下主体与物象的融合，这个背景可以是有形的，当然也可以是无形的，音乐背景就属于后者。还是从沈从文开始，沈从文对音乐多生命感受，少理论阐释。所以他运用自然中的各种声音造成一片与作品主旨相契合的氛围和情调，我们把这种声音的组合叫作"天籁之音"：

在那远山脚边，黄昏的紫雾迷漫着，似乎雾的本身在流动又似乎将一切流动。天空的月还很小，敌不过它身前后左右的大星星光明。田塍两旁已割尽了禾苗的稻田里，还留着短短的白色根株。田中打禾后剩下的稻草，堆成大垛大垛，如同一间一间小屋。身前后左右一片繁密而细碎的虫声，如一队音乐师奏着庄严凄清的秋夜之曲。金铃子的"叮……"像小铜钲般清越，尤其使人沉醉。经行处，间或还听到路旁草间小生物的窸窣。

秋虫细碎的乐声，还有与之相谐的紫雾流动轻擦空气的无声，又有亮过月亮的众星星同时眨眼的叮叮声，像是秋夜窗前的风铃那么清越又宁静。这是《夜渔》中天真的"茂儿同他五叔，慢慢的在一带长蛇般黄土田塍上走着"的背景，一幅儿时纯真洁净的画面。然而这里并不全是快乐心情，如果读完沈从文全部作品我们将会发现，其实这段引文里深藏着作家对于美好时光逝去的惋惜，所以这个场景发生在秋天。人类生活在各种声音里，有嘈杂、有喧嚣，生活本来就有而且需要一些底色。文学是生活的返照，那它也就一样需要背景。当背景的声音与内心的情绪律动谐和一处时，嘈杂和喧嚣也就无所存在，与自然同在的人会体味到天籁的曼妙。当然，这种曼妙同时

---

① ［土耳其］奥尔罕·帕慕克. 天真的和感伤的小说家［M］. 彭发胜，译. 上海：上海人民出版社，2012：106.

包括了美和忧伤。

进一步讨论一下背景的暗示作用，再次以张爱玲的《金锁记》为例。"在张爱玲的创作中，不可轻视挂钟的嘀嗒声、小贩的叫卖声、乞丐的歌唱声和公鸡的啼鸣声、电话的铃声……它们虽然只是简单的乐声，如果用得好，也能在作品中产生大作用。"① 这种方法在她的《封锁》《十八春》等作品中也有运用，与上文沈从文《夜渔》中的各种声音的作用是一样的，所以放下不论，需要关注的是张爱玲《金锁记》中的纯音乐。当长安迫于母亲的压力犹犹豫豫拒绝了童世舫之后，一个人在深秋的公园走远，这个下午她偶然遇见了口琴声，与口琴声协和的歌词是："告诉我那故事，往日我最心爱的那故事。许久以前，许久以前……"这口琴声就是一个背景，一个暗示。幽幽的声响让她感到时间的久远，对于童世舫的所有念想都像是烟消云散，剩下的只有披了一脸的一串串泪珠……长安之所以对口琴声如此敏感是因为在之前她也把玩过，歌词也完全一样。在这里我们又一次体验到了结构，和着同一段歌词的口琴声在整部文本中出现了三次，又一个主导动机。作为背景的音乐在当代作品中也不乏其例，莫言《檀香刑》中的猫腔，贾平凹《秦腔》中的秦腔，《废都》中周敏在古城墙上吹的埙声和庄之蝶听的哀乐，王安忆《小鲍庄》中的唱古声，张炜《古船》中跛四的笛声……其中以《废都》给笔者印象最为深刻。周敏本是潼关县城的一个浪子闲汉，可是吹得一口好埙。在作品开头与唐宛儿私奔到西京后，几乎每天晚上都会到古城墙上吹埙。埙是一种古老的乐器，声音厚重幽远，有些历史的沧桑感，有时却如鬼魅的呜咽。当寂静的夜晚，周敏立在墙头吹响的时候，那声音是可以笼罩全城的，等于是给发生在城内的故事做了一个顶恰当的背景。故事是关于颓废、破败与堕落，埙又那么沉重悲凉，似是一首挽歌。庄之蝶是喜欢这挽歌的，然而他还嫌不够，所以他又听上了哀乐。第一次在小酒馆里听到的时候他就喜欢上了，以后把它带到了家里，是不是他自己内心深处也感觉到

---

① 刘锋杰. 张爱玲的意象世界 [M]. 银川：宁夏人民出版社，2006：174.

了命之将尽呢？

背景其实是造境的工具，特别是音乐性的背景设置，有了它就等于给了作品一个情调。现在有一些所谓"嬉笑怒骂皆成文章"的小说，为了吸引读者阅读，甚至不惜拿出泼皮无赖或是泼妇骂街的架势，这就使作品没了情调。情调是一种文人情怀，一种感觉、一种姿态，讲的是一种审美，却又不是狭隘的唯美。在小说的叙述中，音乐背景所提供的浓郁、深刻或空灵、超脱的情调起到的不只是增光添彩的作用。英雄的壮美与才士的风雅都因音乐的衬托变得完满起来，欢乐与苦难也得到了更为丰富的诠释。高吼秦腔可以是极乐的倾泻，也可以是深悲的流露；拉弦唱古可以是苍凉的低吟，也可以是欢快的轻歌；自然的声音可以是生灵的悸动，当然也可以是天启的授意。所以对于音乐背景的体味需要人的灵性与聪慧，这当然是对创作者和接受者双方面的要求。因为"音乐的叙述需要更多的神秘体验"①，这种"神秘体验"也是创作者"内心的需要"。当主体融入神秘的背景后，他与世界的关系也就被激活了。"音乐……通过听觉来到，是以一种看来不能解释的途径直接影响人们的幻想和情感。"② 生命本如歌，当某些思想、意绪无法以言语传达时，形象画面的呈现与音乐背景的暗示两者结合无疑是一个巧妙的选择。音乐以其极富象征性的背景构造赋予了中国现当代小说或是阔大幽远，或是精致圆融的境界。正是这些充满生命律动的音乐背景在某种程度上使得中国现当代小说脱离单调和乏味，从而避免了一些机械概念解说式作品给中国文学带来的负面效应。

音乐是理解世界的最恰当方式。余华认为音乐与小说创作都是为了"解决自我和现实的紧张关系"③。没错，当一个有思想的人处于与现实的对立状态，与现实的"关系""紧张"到无以复加，他绞尽脑汁无法解释的时候

---

① 余华. 音乐影响了我的写作 [M]. 北京：作家出版社，2014：87.

② 余华. 音乐影响了我的写作 [M]. 北京：作家出版社，2014：83.

③ 余华. 音乐影响了我的写作 [M]. 北京：作家出版社，2014：88.

那就只有求助于形象。文字造就的形象仍然有理性的参与，可是他已筋疲力尽，他不能也不想做过多的说明，那就只有让感觉来说话。把想说而说不出的诉诸音乐，让曲折委婉的声音伴随思绪的环环绕绕，文字遗漏的话语全在无言的音乐里得到补充阐释。小说与音乐是一种共谋关系，二者之间是一个微妙的契合，而不仅仅是对于技巧的借用。它们之间应是通过作家情绪产生的沟通，它们的共谋产生的是诗——感觉的，哲学的。二者结合到一起造成一个"境"，在这个"境"里有缥缈的触知，也有理性的解释。一切又都那么无声无息，对于世界的理解也都化入了这个包罗万象的"境"里。似乎有点神秘，然而，只有把情绪诉诸听觉才能更接近生命与世界的奥义。当代诗歌渐趋式微，写诗者与读诗者越来越少。是不是我们只有做出以下理解才能寻到些许安慰：相对于诗歌，小说是一种新的文体形式，它已经取代了诗在文坛的地位（尽管也不乏对小说危机的讨论）。不要把诗仅仅看作一种文体形式，诗应是一种感觉、一种意识，即所谓的诗性。那么一个有诗性的作家创作出的小说应该也就是诗吧。

　　初刊于《哈尔滨工业大学学报》（社会科学版）2016 年第 3 期，原标题为《中国现当代小说与音乐》

作为意象存在的"故乡"

对于故乡的言说在中国传统文学中从没间断过,然而其中"故乡"一词多为实指,寓意也多限于思念故土的情感意义。其意指并没有脱出"乡愁"界域,即对于年华老去、游子思归、世事无常的惋叹,不论是"君自故乡来,应知故乡事",还是"举头望明月,低头思故乡",抑或"少小离家老大回,乡音无改鬓毛衰"等,都没有突破古老的"乡愁"范围。只有到了现代文学中,以鲁迅为始的乡土文学创作才具有了"乡愁"意蕴之外的多重旨归,同时也没有刻意斩断传统故乡回忆的不绝如缕。从此以后,现当代乡土文学创作"作为一种象征化了的记忆行为,承担了非传统怀乡之作所能想象"的使命①,从这个意义上说"故乡"已经成为一种意象式的存在。它所承担的社会人生批判意义、自我意识形态立场的确认、对于固有传统文化的坚守以及文本写作的发生动机功用等,都是对于传统文学故乡想象的发展。本文将讨论现当代文学中的"故乡"叙述对传统"乡愁"感怀的充实、承继和发展,以期对"故乡"进入现当代文学的过程做出接近于"史"的把握,并以此估定"故乡"在文学创作中的重大意义。

一、"故乡"作为思想启蒙与文化批判的试验田

绝大多数研究者都承认鲁迅作为现代乡土小说的开创者之功,他以战士

---

① 赵园. 地之子 [M]. 北京:北京大学出版社,2007:19.

的姿态屹立于中国新文学的高峰。不可否认鲁迅的小说创作为"故乡"在现代文学中的意义生成做了最初的拓展。时代造就了鲁迅，那么鲁迅"故乡"想象的发端当然与时代有关。"五四"时期最响亮的声音莫过于中国知识分子在"现代化"的企望下所秉持的启蒙与革命话语，因此诸君子才将"思想革命与文化批判作为促进中国现代化转型的基本策略"①，这一策略在鲁迅的文学创作中以"故乡"为载体。在鲁迅的笔锋下，故乡是封建思想的发源地，也是腐朽文化的保温床，所有的残忍、麻木都在这里一一复现。中国新文学的"开山之作"《狂人日记》虽然难逃借鉴果戈理之虞，但它确实与中国社会文化环境相契合，也正因如此才得到诸多研究者的广泛认可。"吃人"二字使人触目惊心，因而有了批判旧时礼教与道德、规范与制度的极为现实的显在意义。其中的故事都发生于故乡，因为我们在其中第一次看到了"赵家的狗"（《阿Q正传》的故事里未庄的老爷姓赵）和"很好的月"（《故乡》中的少年闰土在皎洁的月光下）。批判最彻底的当然要数《阿Q正传》，那里的上层专制与下层麻木在对比中达到了无以复加的地步（虽然也不乏对阿Q的怜悯，而恰恰是这一怜悯透露出鲁迅作为文学家的伟大）。《孔乙己》则更接近传统，鲁镇的士大夫梦想在"曲尺柜台"下轰然倒塌，空留一声"怒其不争"的愤懑嗟叹。以上三篇作品表明"鲁迅是站在'五四'启蒙知识分子的立场来书写乡土的，其全部乡土小说都渗透着对'乡土人'那种无法适应现代社会与文化变革的精神状态的真诚而强烈的痛心和批判态度"②。然而，嗟叹从另一方面透露出了鲁迅对于传统文化的暧昧态度，这当是绵延不断的"乡愁"主题的继续。对于故乡恶俗批判之外的对于梦魇里的"故乡人"之深深同情以及对传统文化的留恋表现在《祝福》《社戏》和《故乡》中，祥林嫂的悲惨人生、小伙伴们的亲密无间、闰土的纯真烂漫，甚至杨二嫂那圆规身段，无不渗透着作者无边的悲悯与惆怅。这必然是

---

① 丁帆. 中国乡土小说史［M］. 北京：北京大学出版社，2007：60.

② 丁帆. 中国乡土小说史［M］. 北京：北京大学出版社，2007：31.

出于故乡所赋予人的地缘与血缘双重联系下的生命线索，它使人魂牵梦绕，即使是纠结于"理性之光"的烛照也无从阻挡那诡秘的自然之神。

受鲁迅影响提携的早期乡土派承袭了这种从故乡人事的苦难出发的特质，他们的"故乡"充斥着风俗的鄙陋与制度的残忍。这种鄙陋与残忍"真切地反映了辛亥革命前后到北伐战争时期中国农村的现实生活，表现了农村在长期封建统治下形成的惊人的闭塞、落后、野蛮、破败，表现了农民在土豪压迫、军阀混战、帝国主义势力逐步渗入下极其悲惨的处境"①。这种处境的表现往往以作者在其所生长的故乡的耳闻目睹为基础，彭家煌、台静农、许钦文、许杰、王鲁彦等人无不是从故乡走出，"侨寓"之后反观故乡生活，遂有隐现于"乡愁"背后的暴露与批判。他们的创作虽没有把农民所受苦难完全归咎于故乡本身的存在，但对水葬、典妻、大妻小夫、械斗等风俗习气的描述无不显露出作者对于故乡野蛮、闭塞形态下的传统"礼治"的反对立场。这些作品有《惨雾》《赌徒吉顺》《丛悥》《活鬼》《水葬》《拜堂》等，无论是其中的男尊女卑还是草菅人命都使封建宗法制的惨无人道昭然若揭。

另类的是王鲁彦写冥婚的《菊英的出嫁》和台静农"超度鬼魂"的《红灯》，这两篇作品延续了传统意义上怀念故乡的母题。《菊英的出嫁》以故乡风俗的描摹中透露出"写实"方法内在的纠结而使人印象深刻②，作品中的冥婚属于"不那么野蛮残酷"的习俗。通过这篇作品王鲁彦将闭塞、落后的故乡的悲惨一扫而光，代之的是一抹温馨祥和的气息。作者虽无鲁迅式的遒劲笔力，但做到"如实描写"还是没有什么大的问题的。其中的母亲已经淡化了失去女儿的伤痛，菊英的病和死再也无法撼动老年人止水一样的心，剩下的唯有对于女儿的深深祝福和爱怜。看她为女儿选门户、合八字、

① 严家炎. 中国现代小说流派史［M］. 武汉：长江文艺出版社，2009：68.

② ［美］王德威. 想像中国的方法［M］. 北京：生活·读书·新知三联书店，1998：229.

办嫁妆，读者哪还会有残酷无情的想象？这里母亲的认真快乐与臆想中女儿的高兴害羞融为一体，留给我们的只是单纯的爱和感动。我们不会忘记，这些都发生于故乡的土地上。《红灯》不只是生活苦难或情趣的浮面展示，其中包含了人对于永恒的古老向往甚至生发出了宇宙无尽的哲思，这也是相当难得的。所以说早期乡土小说即便产生于民主革命大潮下，也实未脱却"乡愁"的老调。之所以出现这种现象固然可视作"写实规范相生相克"的结果，但也昭示出故乡之所以为故乡的毕生难忘的思古情怀，这种情怀神秘幽远，无法割舍，后文还会提及。

二、"故乡"作为现代文明的参照系

与上述偏于激进的启蒙话语涵盖下的故乡叙事相较，沈从文像是比较保守的一个存在。他以小说在"故乡"里坚守着亲手造就的人性"小庙"，企图守住边地传统文化中的优美、健康与自然，并以此抵御现代文明的巨大冲击。好像在那偏远的故乡一隅任何事情都可化丑为美，然后见证人性善良的好梦。翠翠、夭夭、三三、萧萧们的身上没有一处污点，她们的美是天生的，是故乡风物长养了她们。对于一切事情都那么真诚，没有一丝心机，她们永远活在少女时代。而成了年的吊脚楼上的女人与黑猫之流反而以其随性不羁更见其真，她们是生意人，但她们最懂得义利取舍，从来不会被铜臭气味脏了手脚。随性自然是她们的不成信条的人生信条。连故乡的山水都让人心醉神迷、陶然忘返，不论是树林、渡船、白塔、野烧、河水，都不是单纯的物质存在，它们承载的是故乡所代表的传统的自然人生方式。故乡人在这些风景下坦然地生、从容地死，一切都如自然一样自然而然。说他们是隐忍着，那就是一种坚忍，但我们从没看出他们有任何苦痛的挣扎。老人和小孩子都看惯了生死流变，也就都欣然接受了造化给予自己的一份安排。《湘行散记》《湘西》是对于昔日故乡难再的怅叹，仍是时间左右下世事流变的感喟，"乡愁"的基调也颇为浓厚。

但是如果仅仅把沈从文的故乡叙述看作一曲乡间牧歌，只是对于美好故乡生活的怀念，那就有窄化之嫌。作为京派文学代表的沈从文，当然崇尚那种与当下政治拉开充分距离的和平静穆之美。但"故乡的人事风华，不论悲欢美丑，毕竟透露着作者寻找乌托邦式的寄托，也难逃政治、文化乃至经济的意识形态兴味"①。中国文人从来不乏"感时忧国"的心胸，沈从文当然也不例外。在他看来，他的来自故乡的乌托邦想象实为民族再造的一个有效且一劳永逸的途径。《边城》构造的不仅仅是一个世外桃源，同时也是作者所主张的现实国家形态，它的基础是故乡健康、优美人性的张扬。在最初的文本生成过程中沈从文从不别置一喙，只把故乡人事呈于纸上，像是他一贯追求的人生方式一样自然。但是在《长河》中我们不难发现"他平淡谨约的文字所掩盖"的"浪漫激进的写作姿态"②。从故乡的传统文化反观现代文明并对其实施批判是沈从文创作的又一个主题，代表作品为《八骏图》《或人的太太》《绅士的太太》《蜜柑》等。这些作品与湘西系列形成了巨大的反差，一边是城市的颓败，另一边是乡村的纯净，两相对比形成了沈从文创作的"乡村叙述总体及其对照的世界"。对比的双方是现代和传统，基点是故乡的纯美人性，从这个意义上我们说"故乡"是现代文明的参照系。

与沈从文的创作一样有现代文明批判意义的是二十世纪三十年代的现代派诗人，这些诗人包括戴望舒、林庚、卞之琳、金克木、废名等。但在他们的诗作中故乡已不是一个实体性存在，而是通过想象再造出的精神家园，已经在内心深处幻化成了一个意象，从这方面说这一派诗人的故乡想象是新文学开始以来最具现代性的。但是从诗艺上来说，他们走的是中西结合的道路，在传统诗境的沿袭过程中也自觉不自觉地继承了古老文化中故乡中心旨归的"乡愁"内涵。最"现代"又最传统，这是一个二律背反式的问题。

---

① ［美］王德威. 想像中国的方法［M］. 北京：生活·读书·新知三联书店，1998：227.

② ［美］王德威. 想像中国的方法［M］. 北京：生活·读书·新知三联书店，1998：227.

他们从故乡来到城市，与现代都市生活格格不入，更兼战争风云笼罩下极度黑暗混乱的社会现实让他们无所适从。来自波德莱尔、艾略特等西方现代派诗人的影响，使他们在东方古国发现了"荒原"式的现实，于是他们寻找、放弃、再寻找……却始终无所依傍，"时代病"由此而生。他们拖着"病体"成为时代的漂泊寻梦者，想象中的故乡是他们最无奈的安慰。这是戴望舒的《百合子》："百合子是怀乡病的可怜的患者/因为她的家是在灿烂的樱花丛里的/我们徒然有百尺的高楼和沉迷的香夜/但温煦的阳光和朴素的木屋总常在她缅想中。"这首诗虽然以一个日本舞女的名字为题，表现在其中的诗人对于现代生活的不适感以及对于故乡的怀念却历历在目。自知无果的找寻使他们内心的寂寞无处排解，想要回到人类的原初，"故乡"也就成了个体生命唯一的归宿。"辽远的国土的怀念者"是"寂寞的生物"，他们把自造的"故乡"当作了漂泊灵魂的落脚地，但是"辽远的国土"所在的诗人并不明了，怀揣的还是自己的"寂寞"。类似的诗还有林庚的《夜》、卞之琳的《寂寞》等。

　　二十世纪三十年代现代派诗人的寂寞是面对现代文明所产生的"现代情绪"，在那个混乱荒凉的世界里他们左右不适、进退两难。从起初的"寻梦者"变为"倦行人"，心累了之后发出"不如归去"的浩叹，梦影里满蕴的是浓浓乡愁，实现了以传统题材对现代情绪的表现。他们关于"回归与放逐"的表现"绝非对古老'乡土主题'的简单承袭，那里有中国现代知识分子对于其命运的最早憬悟与表达"①。面对同样的命运他们有不同的选择，有人汇入了人群，有人走进了城市的深处，更有人提着自己那份独有、仅有的寂寞一意孤行，行走便是目的。对于前者而言，"故乡"当然会随着新的热情与愉悦的产生而淡化，后者却满怀着挥之不去的沉忧隐痛继续他们宿命的挣扎。虽永无回头之日，但也"仍无妨于情感的顾盼"，不过那已是诀别之后，他们不能转身，也只是偶尔回顾而已。

_____

①　赵园. 地之子 [M]. 北京：北京大学出版社，2007：27.

三、"故乡"作为自由主义者远离政治旋涡的遁逃薮和革命者抵抗侵略的"根据地"

二十世纪三十年代的现代派诗人们借助于生活中的微小事物吟咏寂寞，在革命年代里规避了政治话语的束缚，在艺术上取得了较高成就。京派作家也大多采取与政治疏离的态度，他们写乡土或许很有一些内隐的策略意义，在这条道路上走得最远的是早期的周作人和后来的林语堂。

"五四"落潮后，中国知识分子陷入了普遍的迷茫与彷徨中，很多人从此意志消沉、一蹶不振。周作人也从最初的对于"为人生"的"人的文学""平民文学"的激进倡导者转变为自我性灵的保守书写者。提倡"独抒性灵"的《自己的园地》这个题目就已经带有了浓浓的乡土味，自我性灵的抒发也正是借对于故乡的回忆完成。这一样是一种策略，"当20世纪30年代的形势把他推到稍嫌孤立的地隅时，周作人没有有意识地改变自己，以投奔集团的道路，事实上却也有所挣扎，那力量便是故乡生活的追忆与回味"①。似乎只要进入了故乡回忆的境界中，剧烈的风雨飘摇就被挡在了门外。他就那么一个人观夕阳、看秋荷、咀嚼中年滋味，世间的一切都和他无关。周作人在《故乡的野菜》《乌篷船》等作品中把故乡风景的印象作为美好想象占据他整个情感世界，可以视作其对芜杂现实的逃离。故乡的一切都那么真淳，足慰苍涩、枯槁的情怀。然而在周作人那里，故乡也同样是一个幻想，他想回去，可是已经回不去了。那就只好在内心深处徒劳再造，对此他心知肚明："凡怀乡怀国以及怀古，所怀者都无非空想中的情景，若讲事实一样没有什么可爱。"② 所以他努力构建出幻梦中的意象世界，使"故乡"成为时代风雨侵蚀之外的安居之所。他看风景从绍兴出发，却又可以超越绍兴。他游西湖、咏苍蝇、品苦雨、谈"目连戏"最终莫不归到"故乡"二

① 关峰. 周作人的文学世界［M］. 北京：社会科学文献出版社，2011：152.
② 关峰. 周作人的文学世界［M］. 北京：社会科学文献出版社，2011：151.

字，可这故乡事实上是真的泯灭了，从这个意义上说周作人也是"侨寓"北京的他者。他者也好，自我也罢，周作人想要的是避过时代洪流关于民族、关于良心的纠结。然而时代的力量太强大，他最终还是失败了，在人生道路上抹上了最为遗憾的污点。

另一个"逃离者"是周作人在《沉默》里提到的林语堂，二人文学观念相近，创作风格也类似。他曾说："那些青山，如果没有其他影响，至少曾令我远离政治，这已经是其功不小了。"① 他好像真正达到了"偊偊乎耕而不顾"的境界。他从故乡来，早年的农耕生活使其有底气对现实的政治意识形态保持超然态度，然则意识形态的笼罩在当时的中国是避不掉的。林语堂用英语写作的《吾国与吾民》《生活的艺术》等作品，在中西比较中将中国古老文化传向西方，这不能不说是对于民族文化的一大贡献。

在风雨如磐的岁月里，周作人、林语堂躲进自我小天地提倡"独抒性灵"，写出了精致典雅的美文。而以时代风云为观照者也写出了很多优秀的作品，东北作家群在乡愁情绪下表现民族抗争主题，成为其中的佼佼者。萧军的《八月的乡村》以故乡人民对日反抗斗争为题材，将"作者的心血和失去的天空，土地，受难的人民，以至失去的茂草，高粱，蝈蝈，蚊子，搅成一团，鲜红的在读者眼前展开，显示着中国的一份和全部，现在和未来，死路与活路"②。鲁迅这段话的概括力是相当强的，"失去的天空，土地，受难的人民"暗示的是作者的流离失所，因此才有"乡愁"。"失去的茂草，高粱，蝈蝈，蚊子"是作者的日夜思念，所谓故土难离，作者回望过去就只有把满腔热血倾注净尽。故乡的风物粗犷阔大，故乡的人民英勇雄强，陈柱司令、铁鹰队长们以劳动者的手抓起枪杆，在祖辈生活的故土上洒下鲜血和热泪。在《八月的乡村》中，被奴役与压迫的人们直接拿起武器与敌人拼

---

① 赵园. 地之子 [M]. 北京：北京大学出版社，2007：6.
② 鲁迅. 田军作"八月的乡村"序 [A].《鲁迅全集》（第6卷）[M]. 北京：同心出版社，2014：161.

杀，而《生死场》表现更多的是一种隐忍，但这种隐忍背后透露出的是韧性与顽强。萧红"以女性作者的细致的观察和越轨的笔致"，"力透纸背"地写出了"北方人民的对于生的坚强，对于死的挣扎"①。作品正是从对故乡人生命和精神状态的关注中表现出"抗日话语适应了当时民族解放斗争的时代需要"②。

四、"故乡"在当代

从上述的分析中我们发现，新文学中的"故乡"叙述始终没有逃离文化、政治等方面的规约，它所承载的意义随着时代的发展而发展。但源于基本的"人之常情"，传统的"乡愁"主题一直在延续。而当新文学发展到第三个十年后，关于乡土的言说日益被纳入了"革命话语"的框架。大概在1942年毛泽东同志《在延安文艺座谈会上的讲话》发表前后，新文学对于"故乡"的叙述戛然而止。如此断言并不是说有关乡村的记忆从中国作家脑海中消失了，反而是农村题材的作品自此大行其道，原因是"工农兵"路线的倡导，但这时的乡村书写被置于政治、经济政策下。曾经激起作家们叙述动机的那个地缘与血缘联系紧密的现实或精神存在已经被挤出个人思考的中心，代之而起的是同一类人对于同一片土地的齐声合唱，歌哭的对象已不是作家各自心中那片独一无二的童年故土。以此看来，此时关于农民农村的言说只能算是"农村题材"创作，与传统的"故乡"想象无关，因为传统的思乡线索已经中断。虽有少量作品涉及"故乡"，但艺术上足可观者少之又少。虽然不乏赵树理、孙犁这种创新者，但对于"故乡"的精神建构已经被政治、革命话语所掩盖。这种情况从二十世纪四十年代的解放区开始，经过"十七年"一直延续到"文革"结束后。

---

① 鲁迅. 萧红作"生死场"序［A］.《鲁迅全集》（第6卷）［M］. 北京：同心出版社，2014：231.

② 丁帆. 中国乡土小说史［M］. 北京：北京大学出版社，2007：114.

新时期以来，中国现代化进程日益加快，漂泊于都市的现代人的精神失落感却日益加深。随着时代的发展、生活的延续，他们越来越感受到自我被城市所吞噬。急遽追求物欲满足的人们行色匆匆，在偶尔休憩的瞬间突然发现自己已经被寂寞包围，痛定思痛后终于意识到缺少的是生命本初的人性之"根"。于是开始寻觅，可是"根"只在"故乡"，问题是他们已经回不去了，所以故乡又一次幻化为意象，给现代人孤寂、渐趋苍老的心灵以些许安慰。对于这种情感、生命体验的表达一度成为新时期之后文学创作的主潮，这次"集体性的精神还乡，较之前此的怀乡之作，更仪式化……回乡，为了寻求救赎之道，为了净化"①。可以纳入这一潮流下的"故乡"有贾平凹的商州、莫言的高密东北乡、李杭育的葛川江等。作家们各自在心中重造着昔日的故乡，以此来抵御现实的冲击。在他们心中"故乡"已经成为生命的源头，是精神危机下唯一可寻的那束稻草。"人类学家观察到原始人类有关人与特定地域之间神秘联系的感知"②，这种感知或许会延续在某个人的整个生命过程中，而且在生命某个特定时刻会被突然放大，所以人们在面对失落时最先想到的就是"回归"。这一主题在受"寻根文学"影响的苏童那里是再明显不过的，而且从《1934 年的逃亡》开始一直坚持到了近年的《黄雀记》。苏童是那些"即使没有乡土，心灵也会造它一个出来"的人的代表③，枫杨树并不是一个地理意义上的存在，但是在这片精神想象的故土上，苏童完成了他逃亡—回归的主题叙述。

从都市漂泊者寻找精神皈依这个角度看，这时对于"故乡"的渴望与二十世纪三十年代现代派诗所表现的情绪状态是有相似之处的，但二者的起因并不相同。后者的沉重在某种程度上发生于"非'左'即'右'"的选择，前者没有强迫的外部力量，可是在没有外部压力下的"自我"选择更加让人

---

① 赵园. 地之子 [M]. 北京：北京大学出版社，2007：18.
② 赵园. 地之子 [M]. 北京：北京大学出版社，2007：12.
③ 赵园. 地之子 [M]. 北京：北京大学出版社，2007：18.

纠结。很吊诡的是没有强制选择的情况下的无从选择，这正是经历了西方现代派影响并沉淀之后的二十一世纪中国文学对二十世纪的深入发展所在。最明显的是苏童们并没有停留于寂寞的低吟，他们向前追溯了人类从故乡"逃亡"的内因和外因。外因是这个时代对于物质、欲望的普遍的歇斯底里的攫取，内因是贪婪无厌的人性。当表面的物质欲求被满足后，人们终于在精神空虚的浮躁里回归了理性，于是想到了"故乡"。讽刺的是，在时代大潮的裹挟下任何人都无言以对。作品中的人物有的皈依佛道，然而当格非《春尽江南》里的家玉遇到了佛的时候，她为什么还是会错过？这确实是个问题，难道真的是宿命？苏童的《黄雀记》给出了一个轮回的体味，五龙从故乡来又回故乡去，可是终于死在归去的途中。这个问题单靠文学解决不了，必须有哲学的参与——突破愁绪的思想穿透力。我们至今没有发现有谁能逍遥于"故乡"之外。"那些被迫舍弃与本源的接近而离开故乡的人，总是感到那么惆怅悔恨"①，故乡始终是让人无法抹去的记忆。

五、为什么说文学需要"故乡"

此题相当于本文的结论，笔者给出三个依据。依据一，文学创作虽然起于个人感觉，但是它不能没有现实基础。莫言说他"对（故乡）那块土地充满了仇恨，它耗干了祖先们的血汗，也正在消耗着我的生命"②，可是随后他又说"对于生你养你、埋葬着你祖先灵骨的那块土地，你可以爱它，也可以恨它，但你无法摆脱它"③。从精神方面说，人与故乡的血缘联系无论如何都是割不断的，他的生活经验、感情寄托以及对于世界的原初认识都来

---

① 丁帆. 中国乡土小说史［M］. 北京：北京大学出版社，2007：27.
② 莫言. 我的故乡与我的小说［A］. 孔范今. 莫言研究资料［C］. 济南：山东文艺出版社，2006：24.
③ 莫言. 我的故乡与我的小说［A］. 孔范今. 莫言研究资料［C］. 济南：山东文艺出版社，2006：25.

源于故乡，"故乡""是他小说中源源不断的灵感和题材"①。这是一个历史现象，从鲁迅开创中国现代文学的那一天起，"故乡"就从来没有缺席过。就鲁迅本人来说，无论是《呐喊》《彷徨》还是《朝花夕拾》，甚至是杂文都没有抹去"故乡"的存在。之后的周作人、郁达夫、沈从文、废名，早期乡土派、三十年代现代派、九叶派，新时期直到现在乃至"十七年""文革"，"故乡"的"灵感"和"题材"功用谁人可以否认？依据二，从"五四"开始中国文学就一直倾力于"走向世界"的梦想，鲁迅、周作人都表达过"民族的才是世界的"这一观点。通过乡土写作张扬中国传统文化精神，以此作为中国文学与世界对话的不二法门，在后来的"寻根文学"倡行中得到了继承，莫言获诺贝尔文学奖虽然谈不上是划时代的大事件，但也算是这一努力的初步成果。这一策略并非无中生有，拉丁美洲文学爆炸让许多中国作家奉为榜样。依据三，在现代生活重压下，无根感唤起了重造"故乡"的渴望，如果土地不消失，它就有可能成为通过文学找回自我的有效途径。

随着中国城市化进程不断加快，人们似乎有理由相信乡土文学的消失是一个不可避免的"大趋势"，在 2015 年 6 月举行的《中国乡土小说名作大系》郑州首发式上贾平凹也表达了类似的观点。从表面上看，这好像是一个不争的事实：越来越多的农村人口进入城市，后代将完完全全生于城市、长于城市，"故乡"的概念之于未来的人们将越来越模糊。然而，对于"故乡"的书写在某种程度上并不一定与乡土文学等同，如果我们把它当作一种情感的抒发和思想的表达途径，那么它对于文学创作的意义就仍然存在。退一步讲，即使在遥远的将来人们不再依靠"土里刨食"生活，但毕竟人还是要生存在大地上，作为我们的"情感和思考对象"的"想象的乡愁"② 的文

---

① 程光炜. 作家与故乡［J］. 小说评论，2015（1）：66-67.
② ［美］王德威. 抒情传统与中国现代性［M］. 北京：生活·读书·新知三联书店，2010：173.

化意义依然重大。这层意义现在已经初露端倪，在这个"不断裂变的时代"，"乡土（故乡）在很大程度上是知识分子的文化想象与情感的依托，并不完全具有现实存在的意义"①，这是"根"对于"人"的本源意义。虽然许多作家、学者关于"乡土小说"如何赓续的担心也并不是毫无道理，然而笔者相信：有"人"就一定有文学，有文学就必定有"故乡"。不论是实体还是虚指，"故乡"作为一个自古以来就深印于作家意识深处的文学想象资源这一事实本身就说明了它对于文学创作的原发性功用。而从二十世纪初开始直到如今，"故乡"在文学创作中所承担的各种重大的个体或社会意义更是表现出作为文学意象的"故乡"的旺盛生命力，它可以随着时代的发展而发展，在不同的历史阶段焕发出不一样的光彩。

初刊于《玉溪师范学院学报》2015 年第 7 期，原标题为《中国现当代文学中的故乡想象》

---

① 李明桑. 新世纪乡土小说的传统书写 [J]. 文艺评论，2015（3）：88.

风景的呈现及其价值与意义

风景描绘是小说创作的重要组成部分，"就小说史而言，无论是东方的还是西方的小说，却从一开始就自然而然地将风景看作自己血肉之躯的一部分。虽然开始时它并没有特别明确的风景意识，但将风景写进小说，在古代小说家们那里成为顺理成章的事情"①。在中国古代文学发展的过程中从来就不缺乏风景描绘的传统。如果有人稍加留意，就会很轻易地发现中国古代文学对于风景的言说几乎可以构成一部文学风景发展史了。从我国第一部诗歌总集《诗经》开始，风景就已经在创作中占据了相当重要的地位。随着魏晋南北朝之际文学艺术自觉时代的到来，山水诗中的风景描写更是取得了独立的审美意义。景物本身就是诗歌创作的目的，不再承担审美之外的任何功用。初唐以后，文学作品中的风景在普遍意义上真正与思想、意志、情绪融为一体，同时又保持自己的独立审美价值，盛唐达到鼎盛。到宋代仍未衰落，散文方面则有过之而无不及。明清两代诗文中的风景运用比前代虽无特殊之处，但也不乏精彩篇章。就小说而言，中国古代的风景描写也仍有传统，虽然少见作家们有明确的理论倡导，但在作品中对于风景的描绘也从没中断过。特别是到了《红楼梦》出现时，风景在小说中的描写已经达到了相当高的水准。《红楼梦》中虽然少有大段大段的景物描画，但只是在关键处看似随意地轻点几笔，境界就已然全出。"五四"前后，经过对于传统的创

---

① 曹文轩. 小说门 [M]. 北京：作家出版社，2002：275.

造性转化和对于外来方法的借鉴，中国现代小说中的风景呈现出一片繁荣的态势。本文要讨论的正是中国现代小说中风景描画的繁荣及其意义与价值，并尝试指出它所存在的缺失。

一、丰富繁盛的风景格调

中国现代小说对于风景的描绘是精彩纷呈的，大致来说有以下几类。

（一）破败、凋落的风景

中国现代文学史上最早的小说流派应该算是早期乡土小说。也是这个流派开始了中国新文学对于风景的透视与把握。这个流派对于中国现代小说发展的第一个贡献是"第一次提供了中国农村宗法形态和半殖民地形态的宽广而真实的图画。初期乡土小说相当真切地反映了辛亥前后到北伐战争时期中国农村的现实生活，表现了农村在长期封建统治下形成的惊人的闭塞、落后、野蛮、破败，表现了农民在土豪压迫、军阀混战、帝国主义势力逐步渗入下极其悲惨的处境"①。与此内容相适应，早期乡土小说作家所描写的风景也多是破败、凋落，气氛是阴冷的，色彩是暗淡的。研究者多有把鲁迅划为早期乡土派的，但他的创作具有多方面的开拓性，乡土小说的创作道路也正是由他开创。鲁迅《故乡》的开头部分为我们描画出了一番晦暗阴冷、满眼望去尽是苍凉的景象，一切都是死气沉沉，"没有一丝活气"。而劲风悲响，奏出一个没落时代的哀歌。早期乡土小说中也有一些明丽的画面，不过那只是作为人物悲惨处境的一种反衬。台静农就经常使用"以乐景写哀"的方法。②《拜堂》写的是主人公与寡嫂成亲的故事，拜堂成亲本来是一个喜庆场面，可是其中所揭示的中国农民所背负肩扛的传统观念的因袭重担是多么沉重。人们并不是没有对于美好生活的向往，他们也有对人性天性欲求的合理要求。问题是在那样一个黑暗腐朽、专制封建的年代，他们对于新生活

---

① 严家炎. 中国现代小说流派史 [M]. 武汉：长江文艺出版社，2009：68.
② 严家炎. 中国现代小说流派史 [M]. 武汉：长江文艺出版社，2009：66.

的追求似乎都成了一件见不得人的事情。在实施的时候他们心里承受着巨大压力，以至于心惊胆战，"做贼心虚"。

> 她们三个一起在这黑的路上缓缓走着了，灯笼残烛的微光，更加黯弱。柳条迎着夜风摇摆，荻柴沙沙地响，好像幽灵出现在黑夜中的一种阴森的可怕，顿时使这三个女人不禁地感觉着恐怖的侵袭。汪大嫂更是胆小，几乎全身战栗得要叫起来了。

《拜堂》中这段风景描写，无疑对于揭示人物的心理起到了重大作用。而像《红灯》《新坟》等篇章中多处运用了"以乐景写哀"的手法。

在小说中同样多写农村凋敝、破败风景的是三十年代以茅盾为首的社会剖析派。这个流派以科学的世界观为指导，极力辨析近现代中国社会的性质，同时希图以他们规模宏大的文学创作来概括现代中国社会的全貌。他们与早期乡土小说一样也描绘农村的破败，这里的风景也同样不是美丽的。如茅盾的"农村三部曲"和《霜叶红似二月花》等作品中都有这种描绘。这个流派的作家善于以客观冷静的"再现"方式来勾画农村残破的风景。吴组缃《樊家铺》的开头就是一段乡村景象白描，就是把这个村子的外在形貌用笔勾勒。那"乱石砌成的大路"、裂了缝的土墙、屋梁、顶棚展现给读者的仍然是一片衰败、残破的画面。从这样的画面中我们可以想象到村人的贫穷，以及他们生活的窘迫状态。

（二）淡然恬静的风景

同样写乡土小说的现代作家是废名，但他的"乡土"与前面所述的早期乡土小说是有所不同的。废名给"乡土"增添了另一种意义，研究者们把它叫作"乡土田园小说"。顾名思义，废名是通过"田园"把"乡土"提升到了不同于"土滋味""泥气息"的中国古代士大夫的审美趣味上。我们可以在他的作品中领略到陶诗风范与唐人风致，他有意识地以诗入小说，把小说当绝句来写，那么他的作品中就自然少不了风景的点缀。常常在不经意间，或是直接引用，或是反用其意，在叙述的间隙就把诗带进了字里行间。最常见的还是这种小境界的创造：

> 一条线排着，十来重瓦屋，泥墙，石灰画得砖块分明，太阳底下更有一种光泽，表示陶家村总是兴旺的。屋后竹林，绿叶堆成了台阶的样子，倾斜至河岸，河水沿竹子打一个弯，潺潺流过。这里离城才是真近，中间就只有河，城墙的一段正对了竹子临水而立，竹林里一条小路，城上也窥得见，不当心河边忽然站了一个人——陶家村人出来挑水。落山的太阳射不过陶家村的时候（这时游城的很多），少不了有人攀了城垛子探首望水，但结果城上人望城下人，仿佛不会说水清竹叶绿——城下人亦望城上。

这是《菱荡》中的"风景"，结构手法像是唐诗中的意象组合，瓦屋、阳光、竹林、河岸、流水，每一个意象都没有过多形容，只那么被作者轻轻安放在所属位置，搭建出一幅清新的画面，更加上人物悄然而出（他们或者被叙述者看，或者相互之间看，同样默然无语），静谧分明，不带一丝声响。其中透露出的道家宁静淡泊的人生态度又颇具摩诘风范。废名小说中的风景并没有浓重的色彩，就那么自然随意，似乎是一阵微微的清风，又像是一抹薄薄的流云。正是在这清风流云上面表现了作家的淡然清澈。

与废名风格相似的风景勾画高手是沈从文。沈被夏志清称赞为"中国现代文学中最伟大的印象主义者"①，这话是不错的。《静》中，岳珉登楼远望那段描写确实美妙无穷。《边城》更是达到了人事风景的浑然一体，开头的那段风景描写是沈从文的经典之笔，常常被众多论者所引用，而且不管是论沈从文思想的还是论沈从文艺术的都可以信手引来。正是这样的水光山色哺

---

① ［美］夏志清. 中国现代小说史［M］. 上海：复旦大学出版社，2005：147.

育了翠翠这样天真诚挚、柔美多情的少女。而且细心体会过的作者会有这样一种感觉：如果把《边城》中的风景从作品中剥离出去，整个故事就将变得了无生趣。整部作品就是一首优美无比的田园诗，这里有野渡横舟的孤野，有晓风柳岸的淡然，却又比废名多了一分壁立千仞的峭拔……

（三）浓酽滞重的风景

滞重浓酽的风格在"革命小说"的风景中表现得最为突出，与以废名、沈从文为代表的轻柔淡然风格恰成对比。这个流派有鲜明的政治目的和社会功利追求，那就是直接配合无产阶级革命运动。至于它对于中国现代小说的发展到底有多大贡献我们暂且不论，这里我们要讨论的仍然是它的风景。"革命小说"，要表现的自然是革命斗争，革命斗争必然残酷、惨烈，必然充满了血与火，所以"革命小说"也就少不了狂暴、呼喊、怒吼，其中的风景也就必然风起云涌、巨浪滔天。难得的是作家们也多少能做到风景与人物心情和故事情节的统一，重要的是我们可以感觉到风起云涌、巨浪滔天所唤起的力感，有时还真的让人产生了"内模仿"的冲动。洪灵菲的《流亡》中，即使处于革命低潮时期，主人公面对的仍然是激情澎湃的风景：

> 斜阳壮丽，万道红光，浴着远海。有生命的，自由的欢乐的浪花在跳跃着，在奔流着，在一齐趋赴红光照映的美境下去！

这里的万道红光显然与上文废名《菱荡》中太阳底下的光泽有异，废名只在于使平淡变得亮闪闪，凡俗的生活在他笔下晶莹剔透，洪灵菲却让壮丽斜阳的万道红光涂染了主人公内心的壮烈激情。海上的斜阳、浪花在一个满怀革命理想、积极乐观、有必胜信念的革命者看来无疑是壮丽的、宏伟的、博大的，这些壮观的景色就如他对于革命事业的赤心一样坚不可摧。静的牢不可破，动的无坚不摧。浓酽则表现为"革命风景"喷薄出的鲜红与灰黄颜色，鲜红是革命热血的奔流，灰黄是人民苦难的象征。

还有一种和"革命风景"同样沉重浓郁的，但更多表现个人压抑的风景展现。代表作家是郁达夫。他的作品多抒写动荡时代中个人的主观情绪，表现在时代潮流冲击下的青年人内心的苦闷、彷徨、忧郁和哀伤。所以作品中的风景也让人感到灰暗、阴冷、压抑、局促。《沉沦》里的主人公热爱国家、向往自由、追求个性解放，却为社会抛弃。只身来到异国他乡，他所处环境下的风景不管是室外还是室内，都是一味的空旷，人处其中只感孤单无助。更有一些"沉沉的黑影"如鬼如魅，加重了他内心的恐惧。《春风沉醉的晚上》《青烟》也是哀怨、悲愁的调子，风景也多灰暗、阴沉，满蕴着由经济生活的困窘与精神世界的饱受压抑而带来的凄恻与悲凉。与郁达夫这种格调相仿的是女作家庐隐，她也注重哀婉凄切的环境气氛的烘托。《海滨故人》是她的代表作。

（四）浮华、绮艳的风景

这种风格的风景来自现代小说史上最具现代色彩的流派——新感觉派的组接。这个流派的代表人物有施蛰存、刘呐鸥和穆时英。后两位多写繁华都市纸醉金迷的快节奏生活以及在这种生活表面覆盖下资本主义殖民地众生的变态与淫糜。"中国新感觉派创作的第一个显著特色是在快速的节奏中表现大都市的生活，尤其表现半殖民地都市的畸形和病态方面。"[1] 这就使刘、穆的"都市风景线"充斥了浮华、绮艳与变态的繁杂。穆时英的《夜总会里的五个人》中那段描写街面景色变化的文字五光十色、光影交错，让人目眩神迷。病态社会里这种资本主义畸形发达的文明带给我们的也正是这种烂肉桃花一样的体验。刘呐鸥的《两个时间的不感症者》中赛马开始前那段环境描写中，本来是"晴朗的午后"，却充满了"赌心狂热的人们"，这是否可以理解为没落时代的垂死挣扎呢？"光闪闪的汗珠"蒸腾出的是一股腐烂、陈朽的"尘埃、嘴沫、暗泪和马粪的臭气"。

---

① 严家炎. 中国现代小说流派史［M］. 武汉：长江文艺出版社，2009：140.

施蛰存更进一步，他深入了人的心理风景。《梅雨之夕》里那位带了雨具的男子送没带雨具的女子回家，一路上内心风景何等微妙，也可说是波澜起伏、曲折幽微了。而这所有一切都发生在那霏霏淫雨里。《春阳》则展现的是一位表偶少妇的悲情心理。然而，心理必然来自现实，必是半封建半殖民地化的社会现实才让她有了如此的命运，才让她如此纠结，为了保住所得的遗产，她也只能这么孤单地活着。可她也有人类原始的情欲，这个该如何满足？这无疑昭示了她的悲剧所在。而她的悲情心理是通过"满街满屋的暖太阳"烘托出来的。毫无疑问，新感觉派在发现了都市风景错乱的同时，也给健康的现代文学风景增添了一抹有些病态的因子。从艺术角度来看，这也是一种丰富与补充。

二、繁盛的原因

风景之所以在现代小说中展现得精彩纷呈，原因是多方面的。首先，如前所述，从中国文学诞生的那天起，风景就已成为文学作品中极其重要的元素（虽然理论上的阐释者并不多）。它有时被用来营造气氛，有时被当作人物性格的反衬，有时作为一种象征，还可以用以构造意境……总之从古代至现代，风景在文学中从来就没缺席过，它已经绵延了几千年，形成了传统，而传统的血脉是不可能被割断的。"五四"先驱者们破旧立新的态度异常坚定、决绝，可也并不是如后来"寻根文学"一些鼓吹者所言的完全割断了"传统的脐带"。先驱者们的义无反顾或许是有意为之的一种策略与姿态，他们是为了尽快建立起新文学的秩序，立稳脚跟，与世界对话。态度是决断的，但提倡新文学者也是实在无法割舍传统文学的千年积淀。鲁迅的诗歌多为旧体，有的作品中渗透了儒家孝道思想，也有的作品与佛学思想不无关系。郭沫若那么极端地发出时代的战叫，仍无法丢弃心中古典文学的浸染。他的《凤凰涅槃》就有对于"天人合一"境界的陶醉，他本人也曾承认陶渊明、王维对他的影响。既然传统无法割断，那么文学中的风景也当然步入了现代，并接受着现代技巧的改造与重铸。比如，传统的道家"天人合一"思想、"物我两忘"境界，前者如前面讲到的郭沫若，后者以废名为例。废名是现代作家中的写景高手。他在谈到自己的创作时说自己是有意把小说当成绝句来写的。而引入作品中的诗句，或是化用的诗句，又以风景诗为多。他有本事做到不露痕迹、自然而然，使景中有情、情中有景，常常是叙述过程中仿佛不经意间就来那么一句半句，或是那么随意的一句写景妙语。初一读到有点意外，反复咀嚼就情趣顿生了。

"五四"以后外国文学作品的大量译介，也是风景在现代小说中繁盛的一个原因。被介绍进中国的大都是有着世界级影响力的作家，其中不乏写景的大手笔：托尔斯泰、屠格涅夫、川端康成……他们的创作使中国作家对于风景在小说创作中的意义有了新的不同以往的理解。比如，风景在叙事节奏、小说结构等方面的作用是之前的中国作家很少思考的。外国此类小说的阅读为中国作家开了眼界，提供了新的借鉴。与此同时，外国各种文学思潮也大量涌入，其中最具影响力的莫过于浪漫主义、现实主义和自然主义。在最初传入时，人们并没有重视现实主义和自然主义的明确分野，但它们都强调加强实地描写，加强细节、局部的真实以取得"可信"的效果。浪漫主义则凌空高蹈，并不在意细枝末节的相像，只求内心情感的畅达抒发。这样就使风景的描写也呈现出了不同的风貌。前者细而精，后者粗而略，具体表现各有特色。同时泛神论、卢梭返归自然等哲学思想的传入也对小说中的风景运用造成颇大的影响。泛神论认为神存在于自然万物中，"我"也是自然的一部分，神即万物，那么"我"亦即神。这就要求把个人融入自然，拥抱宇宙，放眼众生。这是一种对于自然的崇拜，也是一种敬畏。

同时，中国现代小说中风景描写的繁荣也与作家个人的人生经历、审美主张、创作追求有关。以京派为例。这一派小说家大都生长于农村，日后通过各种努力在城市中觅得了自己的位置，然而他们无法忘怀故乡的人事。是故乡的那片土地滋养了他们，使他们在童年时期已经开始产生了关于世界、人生、艺术观念的萌芽。小孩子喜欢与大自然亲近，风景自然也就给了他们最初的生活体验，或纯净或朴厚，都在他们的生活道路上印下深深的痕迹。当他们日后从事创作时会回想起曾经让他们心潮澎湃或恬淡宁静的风景，并把他们对于世态、历史的看法融入风景的描绘中。最典型的是沈从文，湘西山水自然优美，他在《从文自传》里就写到自己童年时期对于大自然的热爱。常常是和小伙伴们一起逃学，到附近山上河里游玩嬉戏，他们上山爬树、下河泅泳、捉鸟摸鱼……宁可被罚挨打，也还是初衷不改。于是大自然像长养翠翠一样长养着他，他也从自然环境中学到了从学校里所学不到的丰富知识，渐渐地感知体悟，竟把整个生命都融了进去。于是当顽童沈岳焕成为作家沈从文时，这种深切的生命体验也就自然发展成为他一贯的美学趣味与艺术追求。

三、缺陷与不足

朱光潜在《文艺心理学》中把美分为两类：刚性美与柔性美，在中国古典美学中叫作"阳刚"与"阴柔"，康德称作"雄伟"与"秀美"。大体而言，关于"美"的这一分类是具有很大包容性的，风景描写也无非就这两种，或是这两种风格的综合。"古道西风"属于前者，"小桥流水"属于后者。我们写风景也无非是造这两种境界，或两者兼而有之。① 可美创造的原则是"适宜"，处理任何事物都有个"度"的问题，我们不能"过"，也不能"不及"。莱辛对于《拉奥孔》的评论是论者们经常会举的一个例子：拉奥孔被巨蟒缠身，那是非常痛苦的事情，但是雕塑家并没有让拉奥孔开口大叫，而只是让他垂头叹息。如果开口大叫，那就必然把痛苦表现到了极点，而在最高处是没有下落的余地的。我们的想象也随之停止，就失去了意味。一些现代作家描写风景时却常常在"度"这个问题上处理不当，把握不好

---

① 朱光潜. 文艺心理学 ［M］. 上海：复旦大学出版社，2011：212.

"雄伟"到何处止，"秀美"到哪里停。"雄伟"的形象是指在"物理"和"精神"两方面足够大的形象，它带有"阻拒"性，初看使人惊惧。而这只是瞬间，接下来通过主体心灵的领悟是会发生转变的，主体会在忘我的境界中与物合一。① 但有的作家正是一味寻求在这个"巨大"上用力，似乎越"巨大"越好，结果却适得其反，形象过于"巨大"超过了正常人的心理承受限度是会让人感到"恐怖"的。这样，主体心灵就被从审美静观的状态里拉回了实际生活的运作机制中，失去了审美体验所需的"心理距离"。最后"美"也就沦为了"丑"，创作失败。现代小说中不乏这样的例子。"秀美"的事物多小巧、精致、轻柔、绵软，它可让人愉悦，引人怜惜、诱人爱慕。但是，如果处理不当就会显出矫揉造作，有刻意为文的痕迹，甚至还可能让人产生哗众取宠的感觉。河边的洗衣少女，头发上斜插一枝红花，临水自照，我们会感觉秀丽可爱——那就是一道美丽的风景。相反，如果把这位少女换成一位白发苍苍的老奶奶，那不就很滑稽了吗？"五四"以来有不少这类作品，特别是鸳鸯蝴蝶派之类的才子佳人小说。可是，这个小说流派的存活时间并不短，究其原因应该是与社会环境和时代风潮有关。

现代小说中风景描绘的另一个缺点是浮泛的问题。不论是《诗经》《古诗十九首》，还是唐诗宋词元曲，它们莫不把写景作为艺术表现的重要组成部分，它们能把景、事、人和谐地统一到一起，我们读起来并没有游离之感。现代文学中有不少作品文字并不粗俗，却总有些让人感觉虚假、繁缛，问题出在哪里呢？一言以蔽之：人景分离。优秀的作品总是将景物描绘与人物行动、情绪流动相结合，突出的是人物的细微动作所引发的风姿摇曳。并不是为了写景而写景，而是做到了"物、情、意"的三位一体。反观那些失败的作品，却只将传统中用滥了的套语强加附会，这样看上去很美，仔细体会却了无滋味。

事实上这也涉及了风景在小说中与在诗词中的不同作用和意义的问题。

---

① 朱光潜. 文艺心理学［M］. 上海：复旦大学出版社，2011：220-222.

在古代诗词中，风景大都是作为诗人情志的载体或是映射而存在的。风景的描摹过程事实上也是情感流泻的过程，诗人们把情与景统一到一起造成一个有广泛延展性与纵深感的审美空间，达到的不只是"情景交融"，这种意境甚至会上升到哲理体悟与思索的高度。有时读者会很轻易地发现在古代最优秀的写景诗中"物、情、意"是三位一体的，如果把景作为一个独立的元素从整首诗中抽离出去，那么这首诗也就一无所有了，景也失去了它作为整个诗境有机体组成部分的特定意义。就像黑格尔所说：砍下的手已经不是手了。在作为叙事文学的小说中，风景的意义却并不被认为如此重大（至少现代作家是很少有人谈论到风景之于小说的意义的）。小说中的风景一般是被作为整个情节或者人物的陪衬而存在，或者烘托气氛，或者反衬性格，如果将风景抽出，故事的完整性并不受到质的破坏。即使像《边城》那样浑然天成的作品，如果没有风景，它的事件也仍可完整，只不过整个艺术效果与作者的美学精神将大打折扣而已。这正是现代作家的短板，他们没有把风景在文学中的意义提升到应有的高度。丁帆教授说："在中国人的'风景'观念中，自然景观与人文景观是两种不同的理念与模式，在中国人的审美世界里，'风景'就是自然风光之谓，至多是王维式的'画中有诗，诗中有画'的'道法自然'意境。"① 此说诚然，但笔者还是微有异议。我们看看中国古代诗中的一流作品，那里的风景显然没有仅仅停留在"画中有诗，诗中有画"的层次上。比如柳宗元的《江雪》，谁能说它没有人文意义？更不用说苏轼《题西林壁》这种一目了然的妙理小诗，它已经有了相对、转化等哲学思辨意义涵盖于其中。而且"道法自然"难道不是一种哲学思想？中国小说中的风景有没有这种哲学意义上的提升呢？古代小说里当然少见。唐传奇、宋元话本里的风景描写绝少，到了明清章回小说，风景描写有所发展，但也很少有能激起读者哲思体悟的。在西学东渐与有意无意之间对传统进行转化

---

① 丁帆. 新世纪中国文学应该如何表现"风景"［J］. 徐州师范大学学报（哲学社会科学版），2012（3）：18.

的过程中，中国现代小说的风景描写显然也顺应潮流有了巨大进步。但"五四新文学运动以后，即使将'风景'和人文内涵相呼应，也仅仅是在文学为政治服务的狭隘层面进行勾连而已，而非与大文化以及整个民族文化记忆相契合，更谈不上在'人'的哲学层面做深入思考了。从这个角度来说，'五四'启蒙者们没有深刻地认识到'风景'在文化和文学中更深远宏大的人文意义"①。这是一个相当普遍的现象。不过，也不能一概而论，沈从文就"在其景物描写之中更多地是注入了老庄哲学的意蕴"②。鲁迅也"注意到了'风景'在小说中所起着的重要作用，即便是'安特莱夫式的阴冷'，也是透着一份哲学深度的表达，这才是鲁迅小说与众多乡土题材作家的殊异之处——不忽视'风景'在整个作品中所起的对人物、情节和主题的定调作用"③。

关于风景在小说写作中的意义，曹文轩在他的《小说门》中从引入与过渡、调节节奏、营造气氛、烘托与反衬、静呈奥义、孕育美感、风格与流派的生成七方面进行了详细论述④，此不赘述，在这里我们要重点考察的是引风景入小说这一行为本身对于中国作家以及小说发展的意义。对于某些作家来说，风景使他们形成了自己独特的标志与印记，不仅仅是风格上的，有时候风景甚至可能会是作品生命系统完整呈现的必备要素。以沈从文为例，在他的小说中风景绝不是可有可无的点缀。诚如上文所述，如果把《边城》中的风景抽离出去，故事的完整性当然不会受到大的损害。问题在于，如果没有了风景，那么整部作品所表现出的作家的情感与哲学体悟也将了无存在。因为在《边城》中，风景本身即一种"结构"。它不是作为"背景"而存在，而是用一种弥散的方式渗透在作品的字里行间，渗透在人物的生命中。

① 丁帆. 新世纪中国文学应该如何表现"风景" [J]. 徐州师范大学学报（哲学社会科学版），2012（3）：18.
② 丁帆. 中国乡土小说史 [M]. 北京：北京大学出版社，2007：92.
③ 丁帆. 新世纪中国文学应该如何表现"风景" [J]. 徐州师范大学学报（哲学社会科学版），2012（3）：20.
④ 曹文轩. 小说门 [M]. 北京：作家出版社，2002：297-325.

中国现代小说中的风景描绘是对中国古代风景入小说的继承和发展。风景的描绘在中国小说中从来就没有中断过，现代作家们把风景作为小说组成部分实属自然而然。他们的成就在于，把之前人们认为是陪衬的风景发展成了必不可少的结构性风景。尤其是鲁迅、废名、沈从文等人，他们使人们意识到了风景在小说中的独特地位与价值。当代经济高速发展，钢筋水泥筑起另一道风景。然而那已不是自然，我们离自然似乎越来越远。文学中的风景也就随之失去了一大片领地，现在的我们很少感受到田野上清新的风、天空上悠悠的云。曹文轩时时哀叹"现代小说却已不再注目风景——最经典的小说使我们再也看不到一点风景"①。在当代文学中，风景是缺失的。回头看看先驱者们走过的路，他们各自独树一帜，或精雕细刻，或自然天成。单从技巧上讲，就有很多值得借鉴的地方。更重要的是他们那种委怀自然的胸襟，对于我们今天的创作实在是一种启示。

生态文学批评者认为"人类的生活家园是自然生态环境，而人的精神家园也应从自然生态中寻找"②。当代也有不少作家已经意识到人类生命与自然的关系，可是文学中的风景似乎仍没得到应有的重视。我们不能把风景等同于自然，但风景是自然的最重要组成部分，因此亲近自然、热爱生命需从"风景"开始。

初刊于《文艺评论》2015 年第 7 期，原标题为《中国现代小说中的风景呈现及其价值判断》

---

① 曹文轩. 小说门［M］. 北京：作家出版社，2002：338.
② 张艳梅，等. 生态批评［M］. 北京：人民出版社，2007：156.

附：从发现到遗忘——文学风景的产生与消亡

　　风景，顾名思义，就是风物和景色，那么究竟什么样的风物和景色才算是文学意义上的风景？显然，我们不能把风景与大自然画等号，这是肯定的。但我们说风景是大自然的最重要组成部分，应该也不会有太多的人表示反对。大自然包容万物，当然也包括风景。但并不是所有自然景物都可以称为"风景"，笔者认为只有经过了作家的欣赏和感受的景物才是文学意义上的风景（有人会问了，那我们旅行观光时看的不就是风景吗？没错。不过从文学意义上来说，我们把它叫作"原风景"）。它包含了审美主体的主观映象，或者说是主体意志的投射，这里面承载着作家独特的情绪感悟。凡美都是"抒情的表现"，都起于"形象的直觉"，并"不在事物本身"①。文学是对于美的创造，如果没有美的表现，文学也将失去意义。我们喜欢看风景是因为它美，它不美我们就会对它不屑一顾。风景使人愉悦，让人体悟，它总会包含一些实物之外的东西。让人感慨，甚至得到哲理性的启示、精神上的升华。我们对风景直观感悟，在不知不觉间完成了主客体间的神圣交融。

　　从一般意义上说，"风景"一词的指称范围小于大自然，在这里我们要强调一下它的反面，即风景不仅可以包含自然景物，同时它也包含人和其他事物。风景是人与物、物与物的一种奇妙组合。它是一个空间，是立体的、

---

① 朱光潜. 文艺心理学［M］. 上海：复旦大学出版社，2011：211.

多维的。所以本文所论述的风景不仅仅指自然风景，同时也把一些与人物活动相关的事物、场景包括在内。

如题所示，文学中的风景到底是如何产生的？首先它必须来自现实世界中的风景，然后经过作家的审美观照，并以细微的感觉体味出它的深层意蕴，最后要经过一番哲理提升方成文学风景。

一、现实世界中的风景

文学中的"风景"到底源自哪里？这看起来是一个不言而喻的问题，风景当然首先存在于现实世界中。文学是对于客观世界的反映，这是绝大多数研究者都承认的事实，文学中的风景当然也来源于客观存在的大自然。"自然美是客观地存在于现实社会之中的，因此，艺术作品描绘自然美，也必须符合客观存在的自然美的真实，只有以客观存在的自然美的真实为基础，才能产生世态美的真实性。"① （笔者不同意"客观存在的自然美"这一表述，因为"美"只有被人感知到才能被称为美，没有人的感知，美是不存在的。这里只是强调自然的真实性。）从文学产生的那一天起风景就已经开始在其中占据了重要地位。中国文学中从来就不缺乏风景描绘的传统，即使从世界范围来看，风景在艺术中的重要意义也是得到广泛认同的。法国诗人里尔克就认为，相对于"人"的发现，"风景的发现恰恰是更重要的发现"。"世界上最早的长篇小说《源氏物语》（日本，紫式部），不写风景就似乎无法运作文字。"② 风景之所以在文学艺术创作中占有如此重要的地位，首先是因为风景存在于客观世界中，并且是人与自然接近的最直接方式。原始人类生于自然中、长于自然中，自然是他们的生存环境也是他们生命的一部分，甚至是全部。作为"主观力量对象化"的文学的建构当然也就少不了自然风景

① 伍蠡甫. 山水与美学［M］. 上海：上海文艺出版社，1985：346.
② 曹文轩. 小说门［M］. 北京：作家出版社，2002：274-275.

的参与。中国古代文人们提倡"读万卷书，行万里路"，当然不只是为了给自己增加一些人事方面的经历，最主要的目的还是在于遍游名山大川，寻求与自然的契合。他们从来都是漫游天下，饱览山河，绝少博尔赫斯式的闭门造车。日本俳句诗人们也大都喜欢远足，松尾芭蕉和小林一茶的大半生都在旅途中漂泊。他们观朝阳看落日，走泥途行山路，听闻鸟语，遍嗅花香，赏万般风景，并从中探求到了生命的奥秘。

就中国新文学来说，那些以描写风景见长的作家也大都是长期与大自然亲近的人。沈从文的少年时期就一直生活在湘西那片神秘又清新的大自然中，拥抱大自然是他童年的生活方式。在成年以后，他反复申明是大自然长养了他，而且自然中的生活让他学到了比书本上更多的知识，给了他书本上学不到的生命体验和感悟。另有很多新文学作家也都是从自然中走出来的，比如，早期乡土派的王鲁彦、许杰、蹇先艾、彭家煌等人，他们各自都有一片属于自己的故乡风景。三十年代以萧红为代表的东北作家群的作品之所以能够见出东北地方的地域色彩，其中一个重要原因就在于他们深深扎根于自己的故乡，并把童年风景深深印在了脑海。丁帆把"风景画"作为形成地域色彩的首要因素是有道理的。① 虽然"风景画"不等于风景，但没有风景必定不会有"风景画"，作为"自然形象"存在的风景是作为审美形态的"风景画"存在的物质前提。

但是从另一方面看，虽然风景来自客观现实，却不仅仅是一种单纯的孤立存在。文学中的风景描写是要与现实社会发生一定关系的，这一点从意识形态色彩极端浓烈的"无产阶级革命文学"中见得最为清楚。以周立波的《山乡巨变》为例，"对于《山乡巨变》来说，重要的不是'环境'，也不是主观化的风景，而是风景与新的生活世界之间的关系"②。周立波是通过风

① 丁帆. 中国乡土小说史［M］. 北京：北京大学出版社，2007：21.
② 朱羽. "社会主义风景"的文学表征及其历史意味——从《山乡巨变》谈起［J］. 文学评论，2014（6）：163.

景的描写把"新世界"与"旧世界"的不同，以及新旧转变中那些不能言传的中间状态暗示出来的。这就使风景不仅仅作为表现个人意志、抒发个人情感的载体，而且承担了更为重大的社会功用。

二、心中的风景

人们之所以能够从自然风景中探求到生命的奥秘，是因为风景不仅存在于现实世界中，同时每个人的心中也各有自己的那片"风景"。这里所说的内心的"风景"当然指的是人内在固有的随天性而来的那份胸臆，这份胸臆可以是英雄的豪气，可以是美人的忧愁，也可以是才子的风雅……文学是"表象世界的表象"，它根本不可能完全再现现实，一切企图再现的努力都将以失败告终，所以对风景的描摹也必然浸透了主体对于世界的独特体验与感悟。当这种体验和感悟与风景相遇时就会产生"移情"作用，从而使自然的风景幻化为内心的风景，所谓意境者就是以此种方式产生的。这种例子在中国古诗中最为显见，其中最具代表性的莫过于陶渊明的《饮酒·其五》："结庐在人境，而无车马喧。问君何能尔？心远地自偏。采菊东篱下，悠然见南山。山气日夕佳，飞鸟相与还。此中有真意，欲辨已忘言。"这种清幽、玄远境界的产生必以诗人悠然自得的心境为前提。所以"艺术境界的显现，绝不是纯客观地机械地描摹自然，而以'心匠自得为高'（米芾语）。尤其是山川景物，烟云变灭，不可临摹，须凭胸臆的创构，才能把握全景"①。心有境界，方能见诸笔端。沈从文是现代文学史上通过风景写内心境界的佼佼者，这是《长河》最后一章社戏收锣后的一段风景描写：

在淡青色天末，一颗长庚星白金似的放着煜煜光亮，慢慢的向
上升起。远山野烧，因逼近薄暮，背景既转成深蓝色，已由一片白

———————————

① 宗白华. 美学散步 [M]. 上海：上海人民出版社，1981：63.

烟变成点点红火。

　　这片景色当然不是纯客观的再现，我们仿佛在社戏散去的场地边缘发现了抬头远望的作者。他就那么一个人静静地举目凝望，眼光到了天末远山，是一种凝重和苍凉，对于美好事物行将逝去的惋叹鼓荡在心胸。似乎每一个心有境界的作家都有一片自己内心深处的风景，这片风景独属于他一个人，几乎形成了他给予读者的标志性印象。比如，废名的竹林流水、张爱玲的"绣在屏风上的鸟"、曹禺的神秘不可知的原始森林……这些心中的风景昭示着作家们对于宇宙人生的独特感喟与体味，有的甚至带有了些许哲学意味。

　　正是作家内心的情感、意绪使得作为自然存在的风景具有了美的素质，这是主体对于客观存在进行审美观照的结果。如果没有主体心胸的投射，自然风景也将是一片僵死的草木山石。人们常常说风景"美如画"（这里涉及什么才是"美"的问题，对此朱光潜在《文艺心理学》《谈美》等书中有专门探讨，可资参考）。"自然景物的形象美观既要'如画'，就是说要像画里头的景物一样美观。根据这个看法，那画里的景物是比自然界的景物形象和其局面来得美来得好看，因此人们欣赏自然时美的量度，是要符合图画里头的艺术美的标准才算美。"① （引文说的是绘画，但是用在文学上也依然成立）那么画里的风景到底比自然界的风景美在哪里？这是一个让很多人费解的问题。笔者认为，美在神韵，在主体之"意"。正因为如此大部分写景者都追求"情景交融"的境界，以使自然美与内在之"意"水乳交融，这样才能"言有尽而意无穷"。因为语言是一种表现能力有限的交流工具，有时候言并不能尽意，所以借助风景所达到的"含蓄蕴藉"的意境是作家们的普遍追求。

---

① 伍蠡甫. 山水与美学［M］. 上海：上海文艺出版社，1985：289.

人分"美感的人""科学的人""伦理的人"……每个人都是美感、科学、伦理等多方面的统一体，不可能是一个孤立的存在，即使再理性的人也有感性的一面，所以自然的风景化为审美的风景才有了可能。感性使人有了自己独特的审美心胸，在面对自然风景的时候才会与之互相交流，这种交流用的是各自的直觉，所以才有了千差万别的"内心的风景"。

三、细微精妙的感觉

"美感经验"始于直觉，但并不是说人有了感性的一面就可以成为艺术家，因为风景的发现需要一颗敏锐多感的心灵，特别是细微精妙的感觉力和表现力。曹文轩对艺术感觉做了看似极端却又相当合理的强调："没有感觉就没有思维，没有感觉就没有任何科学和艺术。"① 特别是在艺术活动中，没有感觉是创造不出感人至深的作品的。而风景更是需要创作者和欣赏者来感觉，没有感觉我们将发现不到它的美，更体会不到无尽的情韵。艾青就是一个相当有感觉的诗人，他可以通过各种色彩给风景以象征暗示的意义。他以灰、土黄等暗淡的颜色来象征旧世界的黑暗与苦难，以红、金黄等明亮的颜色来暗示明天光明的生活。甚至在他的诗歌创作中，感觉已经成为一种结构的方式。他的《旷野》就是一首完全用色彩搭建起来的感觉结构的诗，全部诗意都浓缩在那一派迷蒙的风景中。在这首诗中诗人的创作动机来自对迷蒙暗淡的色彩的感觉，然后又通过土黄、灰白各种色彩造出了一个迷茫深广的旷野，这个旷野凝聚着诗人对时代、国家的感喟与思索。与艾青同样有诗意感觉的是二十世纪三十年代的现代派诗人们，但与艾青偏重于色彩的感觉和印象不同，他们是把生活中的琐细事物作为自己诗歌意象的主要来源，以自己内心的情绪感觉把这些琐细事物收拢到一起，造出一个个精致又有深厚情感蕴含量的小场景。《深闭的园子》通过园子里长了苔藓的小路、门上的

---

① 曹文轩. 第二世界［M］. 北京：作家出版社，2003：40.

锈锁来暗示一个凄清、荒芜的世界，以及这个世界里作者那孤独、凄怆的心绪。同样是这种风格的还有废名的《街头》《理发店》，徐迟的《都会的满月》等作品。

要发挥风景在文学作品中的作用光有感觉是不够的，这感觉还要精微细腻。有细腻的感觉才能引领表现力的生发，把风景写活，写得灵动起来，才能更好地为篇章服务。世界文坛上有很多写景高手都在细腻上下功夫，如托尔斯泰、川端康成。中国古典名著《红楼梦》中也常常见到需要读者用心体会的精微的风景描写。中国现当代作家中以细腻见长的是女性作家茹志鹃，她时常能从生活小细节中挖掘出深刻的意义，对于风景的细微感觉为她的作品增色不少。《静静的产院》里给彩弟接生的那个晚上刮起了大风，作者在写风的时候不仅能听到呜呜的风声，同时也感觉到了"汽车声，人声，广播里的鼓动口号声，忽而被风送进产院，忽而被风带得远远的"。正是这些微妙变动的声音让人感到了条件的恶劣，同时也衬出了当事人的镇定与自信。同样对风景有细腻感觉的现当代作家还有沈从文、茅盾、周作人、冰心、贾平凹、莫言等。

对于风景有了精细微妙感觉的艺术效果远远不止以上所说，它不仅仅能够使作品增色，同时可以使风景自身具备某些审美个性，有的甚至能从个性中见出哲学意味来。曹文轩曾经在《百家讲坛》说过一句夫子自道式的话："精微之处，深藏奥义。"并在《细米》《天瓢》等作品中实践了这一美学主张。《天瓢》以十几场不同的雨结构全篇，主要故事都发生在雨中。作家通过细腻的感觉将雨与人、雨与现实社会各种大大小小的事件结合起来，让读者体验出了至情、至爱与至恨。

四、哲学境界的提升

创造境界是很多作家对于风景描写的终极追求。在中国古代诗歌中，有很多诗都是景与人与情结合在一起，诗人追求的是"情景交融"的意境。然而人们往往有一种误区，认为"情景交融"就是意境，这是一个需要澄清的问题。意境必须"情景交融"，但是"情景交融"的作品并不一定有意境。我们之所以这么说是因为意境是一个物、情、意三位一体的，立体的、多维的审美空间，说"情景交融"是意境的人们往往只注意到了物和情而忽略了"意"。"意"就是审美主体的意念、意志，是对于天地宇宙人生的哲学性思考与体悟。"意"在中国古代文学中表现为作家的"兴趣"和"妙悟"，而在西方文学中它有时候已经形成了体系，比如萨特、席勒等人的创作。

上节说到曹文轩的"精微之处，深藏奥义"似乎只说了一半，就是前面的"精微"，现在要说的是"奥义"。"奥义"当然是一种对于文学的哲学把握，就风景的描写来说达到了"情景交融"的作品可以称为优秀之作，但还不是极品，真正的登峰造极之作是能通过风景的描摹达到对于哲学境界的建构。对于风景，如果"无视它必须上升到哲学层面的表达内涵，这样的'风景描写'也只能是一种平面化的'风景'书写"①。这样的"风景描写"在中国新文学中俯拾皆是，比如，二十世纪二三十年代革命文学以及后来的"十七年文学""文革文学"。虽然其中仍有不少比较成功的风景描写，像《创业史》《红旗谱》等，但也还只是停留在"平面化的'风景'书写"阶段，它们没有真正达到文学对于客观世界的哲学表现。真正对风景有了哲学表现的是"五四"时期的鲁迅等人。"鲁迅先生却与大多数乡土小说作家不同，他注意到了'风景'在小说中所起着的重要作用，即便是'安特莱夫式的阴冷'，也是透着一份哲学深度的表达，这才是鲁迅小说与众多乡土题材作家的殊异之处——不忽视'风景'在整个作品中所起的对人物、情节和主题的定调作用。"② 比如，他的《狂人日记》《故乡》《在酒楼上》都属于

---

① 丁帆. 新世纪中国文学应该如何表现"风景" [J]. 徐州师范大学学报（哲学社会科学版），2012（3）：18.

② 丁帆. 新世纪中国文学应该如何表现"风景" [J]. 徐州师范大学学报（哲学社会科学版），2012（3）：20.

这类创作。新时期之后能把风景的描写提升到哲学高度的作家是阿城，他在风景中所表现的是中国传统的"道"。"'道'不仅是中国文化的核心观念，亦经过老庄提升为中国哲学的最高范畴；两千年来历代哲学家莫不依循着'道'这一中坚思想进行思考。"① 而在文学中作家们往往把风景作为人与自然合一的最直接方式，阿城在这方面的代表作是《树王》。大火烧山后，肖疙瘩已然身心崩溃，他"在搀扶下，进到屋里，慢慢躺在床上，外面大火的红光透过竹笆的缝隙，抖动着在肖疙瘩的身上爬来爬去"。很有些悲哀，屋内红红火光覆盖下的肖疙瘩已然与外面"数万棵大树在火焰中"一起"离开大地"。

结语：风景的遗忘

　　中国城市化进程日益加快，城市在一步步挤占着乡村的土地，"风景"也在一幕幕地消失。青年人迁往了城市，留下一些老年人固守着残缺的自然风景。甚至很多青年父母为了"给孩子一个更好的成长环境"，不惜一切代价把幼小的孩子也带离了乡村，使他们还在未谙世事的时候就离开了"自然"的怀抱。在拥挤喧嚣的城市里成长，或许成年后他们会学得一身人际交往的好本领，像他们的父母当年一样，早早地"成熟"起来，"做一个对社会有用的人"。然而，当人脱离了大自然之后，他就已经很难成为一个健全的"人"。"五四"时期人们就高喊着"立人"，但是如果我们都离开了大地，满目尽是疮痍的风景，那么这个"人"该立于哪里？在钢筋水泥日渐锁闭人类期求远望的双眼的今天，将风景在文学史、文化史中记录在案是当代

① 陈鼓应. 道家的人文精神［M］. 北京：中华书局，2012：128.

知识分子义不容辞的使命与责任。但是"新世纪文学中的'风景描写'为什么在一天天地消失"①？这不仅仅是一个艺术问题，同时也是一个关乎人类生存大计的现实问题。

　　初刊于《大连海事大学学报》2015 年第 2 期，原标题为《从发现到遗忘——文学风景的产生与遗失》

① 丁帆. 新世纪中国文学应该如何表现"风景"［J］. 徐州师范大学学报（哲学社会科学版），2012（3）：16.

第二辑

废名小说的诗意特征

　　废名及其作品在中国现代文学史上占有重要的地位，他也被认为是"京派文学""乡土文学"的代表。长期以来废名的作品一直不被大多数人所理解和接受，因为读他的作品给人的第一感觉是晦涩，让人难以读懂。但这只是表象，那些平心静气和具有良好艺术敏感性的人还是能从中受到强烈的艺术感染。废名把中国古典诗歌技巧与西方现代小说创作技法有机结合起来，使作品呈现出鲜明的诗化倾向。他在竭力实践着自己的美学理想的同时也给了知音以美的享受。

一、诗化的意境

　　意境是中国古典美学就已广泛重视的审美范畴，它表现为艺术家通过意象世界的创造使接受者领悟到超越现实人生经验的精神境界，把意象世界提升到人生哲理的高度。废名热衷于意境的营造，这使得他的小说中体现出浓重的诗化倾向。这种诗化的意境表现为"深沉静默地与这无限的自然，无限的太空浑然融化，体合为一"①。

　　废名小说中的意境是宁静的，体现为对于自然、人生的直觉与顿悟。他大量使用坟、落日、箫、孤雁、风铃、碑、树荫等意象，造成一种神秘、清

　　① 宗白华. 美学散步［M］. 上海：上海人民出版社，2005：69.

幽、孤寂的气氛。在这种气氛中意象、情感、哲理得到了高度和谐的统一。在他的《菱荡》《浣衣母》《竹林的故事》等早期短篇创作中，几乎没有什么前后贯通的情节，一切依赖于情境来组织，大量的景物描写和随意的人物点染充满了恬淡清逸的抒情色彩，洋溢着田园牧歌的气息。我们可以感受到陶家村的菱荡，"走在坝上，望见白水的一角。荡岸，绿草散着野花，成一个圈圈"的幽静，和"从这边望去，露出一幅白墙，虽是深藏也逃不了是一个小庙。到了晚半天，这一块儿首先没有太阳，树色格外深"的安宁。

小说《竹林的故事》虽然名为"故事"，却没有跌宕起伏、扣人心弦的情节。这里只有三姑娘这个美好的少女形象和竹林周边的优美景色幻化出的清幽之境。小说结尾"我"在竹林外的小路上与多年未见的三姑娘擦肩而过，心底升腾起物是人非的感慨，这感慨只淡化为一缕浅浅的忧伤。这是对于少年时光无可挽回的感伤，这感伤又是朦胧的、诗意的。而竹林既是寄托着作者乡情的故园风物，也使作家的心灵在这清幽空灵的境界中得到外化。

废名是利用敏锐的艺术直觉和艺术感觉创造优美意境的高手，作品中冲淡而诗情浓郁的意境在长篇小说《桥》中有充分的展现。"《桥》差不多每个标题都是会让人产生优美感觉的风景：井、落日、芭茅、洲、松树脚下、花、棕榈、河滩、杨柳、黄昏、枫树、梨花白、塔、桃林……而这些风景在人物面前出现时，无一不具美感。这些美感是我们在阅读唐诗宋词以及曲赋小品时所不时领略的。废名不放过一草一木，因为在他看来，这一切，都是含了美的精神的。人可从中得其美的享受与感化，从而使自己能从世俗里得以拔脱。一头牛碰了石榴树，石榴的花叶撒下一阵来，落到了牛背上。废名说：'好看极了。'又有'一匹白马，好天气，仰天打滚，草色青青'。甚至一根被露水打湿的拐杖，也有话可说。女主人公琴子一天早晨起来，推门看到了奶奶的拐杖没有拿进家中而让它待在了外面。作品写道：琴子拿起了拐杖说：'你看，几天的工夫就露湿了。'另一个女孩听了说：'奶奶的拐杖见太阳多，怕只今天才见露水。'琴子说：'你这话叫人伤心。'两个女孩儿竟为一支拐杖，起了莫名的情绪与感觉。这里，拐杖也是有生命的，是一只小猫，一条小狗，甚至是一个小孩，这小孩被关了门外，让他在清冷的夜晚挨冻了，挨露水了。这些无不使人陶醉于淡淡的、轻柔的美的意境中。"①这正是废名小说的唯美之处。

在《桥》中，作者力求用平淡质朴、含蓄凝练的语言来造就一种超脱的意境。乡村与社会在《桥》里并不重要，而只是一个淡淡的背景。《桥》中也有风俗与风土的描写，但所注重的并不是其中的民俗学价值，乡土与风俗都不过是为展示一种风景而已："除了女人只有孩子，孩子跟着母亲或姐姐。生长在城里而又嫁在城里者，有她孩子的足迹，也就有她做母亲的足迹。河本来好，洲岸不高，春夏水涨，不另外更退出了沙滩，搓衣的石头挨着岸放，恰好一半在水。"《桥》因这种安宁而寂静的风景才有了存在的意义，虽然小说也描绘了男女主人公之间若隐若现的爱情，但从全文来看，物象与风景才是《桥》的关键与重心。

《桥》没有严格意义上的故事，自然风光、情绪体验成为小说描写的中心，其结构也不同于情节小说的形式规范，确切地说，《桥》只是由五十二篇独立成文的山水小品连缀而成。每一个片段都是一幅景致，每一幅画面都充盈着情趣盎然的意境。全篇充满了恬静悠长的意味、清新纯朴的情韵。废名写《桥》，满怀着诗情，不紧不慢地写每一章每一节，使其在似有似无中蕴含了太多朴素而诗化的情境，而后在似尽未尽中真正达到了"言有尽而意无穷"的境界。

废名似乎在尽可能地把诗歌的因素融入小说中。例如《菱荡》中："落山的太阳射不过陶家村的时候（这时游城的很多），少不了有人攀了城垛子望水，但结果城上人望城下人，仿佛不会说水清竹叶绿——城下人亦望城上。"人不但是观赏者，也是被观赏者；人不但看风景，人本身也是风景。这里蕴含着诗意化的哲理意味，具有辩证的观点，很容易使人想起卞之琳的

---

① 曹文轩. 艺术感觉与艺术创造［Z］.《百家讲坛》讲演稿，2007：9.

《断章》："你在桥上看风景/看风景的人在楼上看你/明月装饰了你的窗子/你装饰了别人的梦。"

二、从日常生活中展现出诗的意趣

废名的小说大多没有曲折、尖锐的矛盾冲突，而是在平淡中见真情。他所写的人物都是一些平凡的小人物，却有着美好的心灵。通过对这些小人物所经历的小事情的叙述来表现他们的喜怒哀乐，也表现出生活的苦涩与艰辛、孤独与寂寞、欢乐与美好……废名小说的故事多发生在乡村，他常常以自己的故乡为背景，讲述具有浓郁乡土气息的风俗民情，在徐缓的抒情节奏中展示乡民村姑、学童老妪的平凡故事。这里没有波澜壮阔的场面，没有惊心动魄的斗争，也没有你死我活的矛盾。小说的叙述者是一个超然的平心静气的旁观者，而这并不意味着作者没有自己的爱憎与忧虑，只不过是他把过滤了的喜怒哀乐轻轻融入了景物风习和人物的命运之中。总之废名的小说故事是平淡的，然而又是淡而有味的。《竹林的故事》里并没有"故事"，只是通过一些日常琐事表现出三姑娘的乖巧可爱。"我"远道回家过清明，路遇三姑娘也只是暂时面对流水，让其低头走过，这一情境似是隐含着"我"对她淡淡的、绵长的思恋。

"废名的小说是供人鉴赏的小品和诗。他写生活的欢乐和苦涩、静谧和忧郁、寂寞和无奈……咀嚼并表现着身边的悲欢，间或发出声声叹息。作者未必具有反礼教的意图，真正看重的乃是诗情和意趣。"[①] 读废名的小说就要从看似平淡的生活画面中品味其中的意境以及作者隐藏其中的情感。从琐事中展现出生活情趣在废名的小说中随处可见，对此描绘了一幅幅意境深远的画面：《柚子》中当"我"把外祖母给的压岁钱输得几乎一文也没有时，柚子"忽然停住了，很窘急的望着我"。及至"我"向人借时，她终于禁不

---

① 严家炎. 严家炎论小说 [M]. 南昌：江西高校出版社，2002：133.

住"现出不得了的神气"，喊道："焱哥，不要再耍吧！"小女儿一颗单纯、善良，为玩伴焦急的恐慌之心溢于言表。"我"偷吃了柚子的糖，她明知道"我"的把戏却并不作声，可见出柚子的温厚可爱。已长成大姑娘的柚子家道艰难，与"我"相互心存爱意，"见了我，依然带着笑容叫我一声'焱哥'"，这给"我"带来些许惆怅。《初恋》中与银姐打桑葚时，她呼"我"一声"焱哥"，让"我"感到"只有'焱哥哥'到我耳朵更清脆、更回旋，仿佛今天才被人这样称呼着"。这是一个对于恋情还处于懵懂阶段的少年对于所倾慕的异性，从内心深处产生的朦胧的愉悦之感。这些或许可以视为废名小说晦涩难懂之外的平易处。这与提倡小品文写作的周作人颇为相似。

三、灵动跳跃、含蓄曲折的表达方式

独特的语言表达方式是使废名的小说呈现诗意特征的又一个重要因素。他把诗歌、散文的笔法融入小说的创作中，表现出腾挪跳动的特点。在阅读废名小说的过程中我们经常会发现作者在句与句之间留下大量的空白，句与句组接呈现出跳跃式的杂糅。我们试对以下这段话进行分析："这是怎的，莫须有先生在最近想到吊颈乎？我们真要把他分析一下。然而鸣的一声火车到了，大家都眉飞色舞，马上就可以通过去了。而莫须有先生悬崖勒马，忘记了他是一个驼背。"在这个段落中，第一句是叙述时间，用的是叙述者的口吻，试图对人物莫须有先生的自杀倾向做一个分析；第二句则是故事时间，写的是莫须有先生被火车的汽笛声打断了思路，准备通过铁道口；而第三句是说，莫须有先生因为汽笛声的惊扰，从玄远的臆想中悬崖勒马，忘掉了驼背在拥挤的人群中肩摩踵接的尴尬与不便。从句子的具体意旨上来看，"吊颈"与"火车到了"以及"驼背"三个句子的意义并无联系，但结合上下文仔细分析，才能慢慢体会出整个段落中所包含的讥讽和自我解嘲意义。而《桥》中"一匹白马，好天气，仰天打滚，草色青青"是其灵动、跳脱、省简的句式的典型代表。

废名小说在艺术上多暗示、重含蓄，使其作品意味深长，也使初读者感觉到生硬与艰涩，而这正是废名小说的魅力所在。坚持读下去会使人慢慢体味到其中的韵味，这使废名的小说经得起时间的检验。废名善于用简洁、省净的语言来表现丰富的感情、旨趣。如《桃园》的开篇："王老大只有一个女儿，一十三岁，病了差不多半个多月了。"其中展现出王老大与女儿相依为命的生活状况。"我们桃园两个日头"的欢呼充溢着小女孩心目中对于春天的喜爱，对于美好事物的惊奇、热爱的感情。父亲爱喝酒，女儿就劝他去买；女儿说了一句"桃子好吃"，父亲就在不长桃子的季节用空酒瓶给她换一个玻璃桃子，哪怕让女儿看看也是好的。却不想被街边玩闹的孩童给碰碎了，父亲的爱女之心也就随之受到创伤。这里的情感表达并不是直接呈现，而只是以王老大与孩子"双眼对双眼"的场景收束，他内心的惶惑、酸痛、苦楚在这一场景中得到了含蓄隐约的表达。

意象的频繁密集呈现，是废名文学世界充满诗情画意而又含蓄曲折的重要原因。意象中隐藏着作者对世界的体味与思考，它是创作主体与客体世界相互交融、相互碰撞，经过无数次反复酝酿，孕育出来的人与自然的统一体。创作者以艺术作品向接受者传递审美经验，意象世界是艺术品结构中的核心层次，蕴含着作者独特的审美体验与生活感受。废名正是通过独特的意象运用来传达个人的生命体验和作品的主题意蕴。废名的小说不以鲜明的人物和曲折的情节见长，而是以新奇、独特的意象取胜。作者在构筑他的小说世界时，在自觉或是不自觉间总能使这些频繁出现的或清晰或朦胧的意象深深摇撼着读者的精神世界。作品中出现得最多的意象是"树荫"，树荫是作者童年记忆中一个如梦如幻般美丽清凉的图景，也是作者理想社会的物化表象。作品中的树或屹立桥头，或挺拔塔顶，或遮阴屋檐，或交织河墩，远行路人躲进树荫，休歇纳凉，树荫是他们消热解乏的清凉剂。妇人们到树荫下的河墩上浣洗衣裳是那么从容不迫，更显"无风自凉"。村人在树周围放牛牧马，间或伸开手脚、闭眼向天，悠闲散淡、乐似神仙。孩子们在门口的树荫下玩耍，"石地上的影子簇簇，便遮着这一群小人物"。"桥"在废名小说中处处可见：李妈屋前有座石桥，迎送南来北往之客；陶家村通往菱荡的石桥更加历史悠久、来历不凡，乡人们都知道当年摆渡老汉与何仙姑的美丽传说；莫须有先生小时候"最喜欢过桥"，他对孩子们谈起家乡的桥来津津乐道；孩子们也"最喜欢过桥"，他们对老家的桥也有一份与生俱来的天然情缘。童年的小林往往会"忽然"到了城外的桥上，远游的学子小林回乡，也要时时"站到桥上望一望"，去做旧时的怀想、今日的沉思。桥就像故土、母亲一样，是作者乡情的系念，童年心灵历程的载体。"桥"包含了孤独、寂寞、沉思、向往的意绪。桥是有灵魂的，是童年废名倾诉的密友、玩耍的伙伴、哀乐的见证、跨越的中介。废名笔下的坟地与石碑，是大地上不可缺少的景致，它们是死亡的象征。死亡是人间的自然景象，是生命的必然。废名的生命哲学，是充满宗教意味的、具有辩证意义的。莫须有先生考察人生的生老病死苦，反思人生的意义，发现"世间是地狱，而地狱是天堂，一是结束，一是解脱"。因为死亡代表终结，走向永恒，"坟"的意象也就显得格外神圣。石碑又可以看作对过去的事物和往日情怀的一个标记、一个纪念。这些事物多半能烘托出些许苍凉的氛围，唤起作者本人乃至读者的感伤哀婉情绪，在其心中空留一声深深的悲叹。当"我"从千里之外回归故里，来到败落以后的姨妈家，首先望见的就是那块很大的半圆形的石碑。石碑见证、记录了姨妈所经受的磨难，她坐在碑旁的阴影里如同守着自己的苦难生活，她是孤独的，同时也是坚忍的。废名小说中的众多意象，无论是树荫、桥还是坟，寄寓的都是或浓或淡的悲剧意识和禅理禅趣，聚集着废名对生命本体的思考，它们来自童年的感情经验，经过艰难的理性飞跃，奔向生命的终极审美。

综上所述我们就不难理解废名的小说被称作"诗化小说"的原因了。这种"诗化小说"与作家对于中国传统文化的继承，尤其是古典诗词对他的影响有着莫大的关系，废名自己也坦言"我写小说，乃很像古代陶潜、李商隐写诗"，"就表现手法说，我分明地受了中国诗词的影响，我写小说同唐人写绝句一样"①。我们可以从废名小说中读到唐诗的意境、宋诗的理趣，甚至小说中具体的语言运用也无不透着诗的影子。"茶铺门口一棵大柳树，树下池塘生春草"是对南朝谢灵运《登池上楼》的移植，但并不让人感觉突兀，而是那么自然而然、贴切、生动。由此我们可以说，中国传统文学就是废名小说的源头。

初刊于《青年时代》2015 年第 16 期

① 吴晓东. 竹林的故事——序 [A]. 废名：竹林的故事 [M]. 桂林：广西师范大学出版社，2003：4.

故事·景观·心理

——海派小说叙事结构的流变

海派小说叙事承鸳蝴而来，到张爱玲告一段落，近于把从晚清到五四中国小说叙事结构模式转变的道路又走了一遍。但这次重走与先前已经大不相同，无论从时代背景还是小说技巧的起点来看，两者都有显著的差异，甚至后者表现出了对于前者的某种超越。五四时期，各种文学思潮滚滚涌入，作家们为了表现人生、社会，从注重"讲故事"转到"写人心"，无意间引起了小说叙事结构的转变，这是一个多多少少有点不期而然的过程。海派则不同，第一代海派是可变而不变，为了迎合读者，他们有意识地保留着"说故事"的传统小说结构套路。但是生活在变化，与五四时期相比，二十世纪三十年代的上海已是十里洋场，第二代海派作家面对的生活节奏突然加快，很多事物与现象仿佛在一夜之间突然出现，让人措手不及。为了适应变动不居的生活，也只有在技巧使用上花样翻新。他们发现传统的"讲故事"套路已经无法容纳生活的丰富复杂，或者即使容纳也无法准确传达生活的全新形态，于是，各种标新立异的手法也就应运而生。他们把都市的灯红酒绿载入新的景观结构形式中，也在最大程度上安放了都市人躁动不安的灵魂。当突变的躁动沉寂下来，人们开始凝神审视光怪陆离的华洋交错。慢慢地，作家们开始关注到华丽浮荡的底层生活，这里蕴含的仍然是新旧冲突后余下的"苍凉"。对于这种苍凉的深刻体悟，催生出了第三代海派作家的代表者张爱玲创作中传统与现代相结合的感觉意象结构。我们当然不能以情节结构还是景观、心理结构来判定小说的高下，但这是一个发展过程，这一过程从一个路向上体现了中国小说现代化的道路。从故事到景观、心理虽是小说叙事结构发展的重要线索，但并不是说三者之间的转变有一条脉络清晰、此消彼长的单向度替换，反而它们常常是相互纠缠、渗透在一起。因此，本文也只是为了方便讨论，才借助这一古老的三要素划分方法对海派小说结构发展做出初步梳理，并以此重估海派小说在中国小说现代化进程中的独特地位。

一

　　除了《红楼梦》等屈指可数的几部优秀作品，中国古代小说中的景物描写，都不是以映射人心为目的，而主要是调节叙述节奏或作为"赞"出现，甚至有的纯粹是为了卖弄文采以博取风流典雅的美誉。心理描写更是绝少。鸳鸯蝴蝶派是中国旧小说的最后一个阵地，继承的是"讲故事"的古典小说叙事传统，海派小说继鸳蝴余绪而来，但已经有了相当的现代性因素（如风景描写、心理刻画）植入。也不是说前者就没有风景描写、心理刻画，二者的区别在于前者"无心"，后者"有意"。经过五四新文学潮流洗礼过的第一代海派作家张资平们有意将景物和心理描写作为现代性技巧植入故事讲述的内核，二者的结合体现出了海派小说现代性的萌芽。但这一时期的海派并没有把景物描写作为结构整部作品的手段，而只是当作故事发展的陪衬。心理描写也多是为了配合人物的外部行为，为人物的外部行动提供内在导向，只是为了增强故事的真实性，让人感觉"合情合理"。

　　虽是创作于五四前后，但对于海派作家而言，"将文艺当作高兴时的游戏或失意时的消遣的时候"显然还没有过去，他们还是在"情节曲折离奇"

上做文章。张资平与之前的徐枕亚、包天笑等鸳蝴派作家同样有意借鉴了西方小说的表现技巧，标志他"下海"的第一部作品《苔莉》虽有不少背景描摹与心理描绘，却仍与《玉梨魂》一样，"还是以一个哀艳的爱情故事为主要框架，而不是以人物思绪为叙事结构的中心"①。《最后的幸福》并不缺少人物心理活动的展示，比如，恋爱男女们的争风吃醋、他们伤心时的抑郁、担心时的揣测、偷情时的忐忑以及青春期的躁动与不安⋯⋯这里的心理描写不能说不翔实，却难言深刻。他只在两性心理的浮面打转，只是描写，并未揭示出什么幽微的东西。故事开头对于美瑛精神状态的描摹甚至一度让人感到整部小说会建立在这个大龄"剩女"的情绪发展线上，但越向后读越发现作者走的还是以多角恋爱架构故事的老路，叙述的主体依然是女主人公与多个男人在不同人生时期的情爱过程。不过作品能将背景与人物心理两相统一（比如，对于美瑛乘船去南洋途中海上月光的描写），这不能不说是张资平相较于"在注重主观抒情方面较为突出，而在氛围渲染方面则不见得十分成功"② 的五四作家的一大进步处。这对于以新奇刺激的艳情故事招徕读者的创作也算是难能可贵了。张资平小说对于都市景观的描写算是后来新感觉派的先声，尤其是对于声音、色彩、光线等方面的嵌入，比如，《红雾》中梅苓带丽君参加的外交舞会上，电灯光色的瞬间变化以及各种舞曲的交相演奏。但这些景观还只是一种"过渡性"的描绘，并没有透露作者对于都市生活的深刻体悟。出现的频率也没有后来刘呐鸥、穆时英的作品中那么高，对于作品结构的意义更是张资平所无心顾及的。

虽然景观和心理没有在张资平的小说中成为结构中心，但是他对于传统情节结构框架内的技巧运用也算是比较"现代"。叙述时间上，《苔莉》《红雾》用的都是倒叙手法，《最后的幸福》开头也算是一个小倒叙，并且在这几部作品中作者频频用插叙来增强故事的回环曲折效果。这种前后倒置和板

---

① 陈平原. 中国小说叙述模式的转变［M］. 北京：北京大学出版社，2010：109.

② 陈平原. 中国小说叙述模式的转变［M］. 北京：北京大学出版社，2010：126.

块拼接式的写法对于经历过五四中国小说叙事模式转变的张资平来说当然是不在话下，但是说此法在二十世纪三十年代"现代"可以，说是"创新"就有点勉为其难了。虽是使用传统的"讲故事"套路，但张资平也并不是一味地用全知视角。他的小说中有不少通过人物的口道出的线索，也有不少"隔墙有耳"式的无意听来的信息。虽然这些手法并不是作者首创，但这些吊读者胃口式的叙述加上"一起之突兀"的开端已经是对同为通俗一类的鸳蝴派小说的一大发展，所以读者当然也就很买账。

叶灵凤比张资平更善于描写都市景观，他有不少"用跳动不定的充满感官刺激的意象……甚至分镜头剧本的直接插入"的现代技巧"写现代的都市男女"的作品，"这类小说与'新感觉派'是相当接近的"。但《未完的忏悔录》《永久的女性》等作品又"回到感伤爱情故事的路子"①。虽然在叙述视角与时间上有一些比较现代的用法，但这些也都是为吸引读者所做的在"情节"结构基础上的变化。作者自诩对"艺术与人性"进行探讨的《永久的女性》仍然落入与张资平同样的三角恋爱窠臼，作品的背景描绘并不多，可也能做到与人物心理相融合，但只是作为陪衬而存在。如此应是作者想加快叙述节奏，但又常常被过多的心理描写拖住。这样，心理描写不但没有成为结构的中心，反而对原先的情节结构造成了破坏。有创新意味的是《鸠绿媚》对于心理分析的运用，但主要架构还是一个前世今生的哀艳爱情故事。虽然在创作实践上叶灵凤没有跳出感伤恋爱的范围，但在理论认识上他是超前的。他认为短篇小说应该"着力于空气的制造和人物的心理剖析"，"努力挖掘人物动作的本源，去暴露潜在的意识"②。于是有了《姐嫁之夜》《菊子夫人》《摩伽的试探》等心理分析的代表作品，只是这类作品并不占其创作的主体，不过它们对海派心理分析小说的开创之功不容忽视。

---

① 钱理群，等. 中国现代文学三十年 [M]. 北京：北京大学出版社，1998：249.
② 叶灵凤. 谈现代的短篇小说 [A]. 吴福辉. 二十世纪中国小说理论资料 [M]. 北京：北京大学出版社，1997：406.

与中国古代小说的结构特点相关，中国读者一直以来都希望在作品中读情节，喜欢故事的波澜起伏、新奇曲折，这与时代风气有关，与地域有关，与人心本身也有关。读者要的是好看、有趣，对于风景、心理的大段描写他们无暇过目，甚至觉得多此一举，相关的作品也就因此失了人气。第一代海派以情节为结构中心当然是为了迎合中国读者的欣赏口味。他们在叙述角度和叙述时间方面对于传统小说的发展，加上故事的通俗，使他们赢得的读者不在少数。心理与背景没有成为早期海派小说的结构中心也与小说的体裁有关。一部长篇小说容纳的东西要比短篇多得多，我们不能要求主人公的性格心理始终不发生变化，而且发生变化也不能在几十万字的篇幅内塞满内心独白——《尤利西斯》只能有一部。我们也不能要求作品通篇都是风物描画，那样会使人难以卒读。所以恰恰是《鸠绿媚》《姐嫁之夜》《菊子夫人》《摩伽的试探》这种短篇体现了早期海派作者的艺术创新之处，也成为下一代作者创作的艺术起点。

二

小说提供的是一场景观，它的"客观对应物就是由词语构成的、从主人公的眼睛看到的某个时刻的画面"①。"主人公的眼睛"其实是作者的眼睛，因为作者只把小说作为他所看到的景观的复写，所以他把景观作为小说的基本结构方式。这一点在新感觉派作家身上表现得很清楚，特别是刘呐鸥与穆时英的创作。小说中的情节、背景和人物本来是相互影响与决定的，新感觉作家弱化了情节，却能把景观与心理相统一，而且是景观大于人物，经过几

---

① ［土耳其］奥尔罕·帕慕克. 天真的和感伤的小说家 [M]. 彭发胜，译. 上海：上海人民出版社，2012：96.

次错置后，人物也就在活动中变成景观的一部分。不是把风景摄入人物眼里，而是把人物置于风景中，这是他们对张资平人近景远结构模式的一个发展。作者似乎站在一个"叙述者<人物"的视点上描绘一个接近于"不知"的场面，他没有同情，也没有批判，一切都只是呈现。新感觉派的第一个创作特色就是"在快速的节奏中表现半殖民地都市的病态生活"①，这种"病态生活"首先作为一幅幅"风景画"存在。他们的特出之处在于甚至把人物也当作景观的一部分加以镶嵌，在刘、穆的眼里不是物衬托人，而是人与物融合后化为统一的景观。从《都市风景线》《夜总会里的五个人》《街景》《白金的女体塑像》《上海的狐步舞》等作品中我们能归纳出什么故事呢？它们的丰富不是以情节取胜，而是包括外部世界与人的情绪在内的景观呈现，这也可以看作当时极为前卫的不动声色的客观叙事的一个表现吧。《夜总会里的五个人》并没有什么情节，它的结构方式类似于电影镜头的组接，也就是人们常说的"蒙太奇"手法。开头一连五个"上面的牙齿咬着下嘴唇……嘴唇破了的时候……嘴唇破了的时候……"概括了五段悲惨的个人经历。节奏之快如探照灯般扫过五个画面，人物周身是摩登城市的五光十色，变幻莫测。胡均益、郑萍、黄黛茜、季洁、缪宗旦这五个倒霉鬼各有各的遭遇，作者却无意刻画他们的性格，因为他们并非"独一无二"，也不是"这一个"。作者只是把他们嵌进舞场灯红酒绿的帷幕里让他们成为活动着的木偶，虽然在前景，但是很微小，弥漫在空间里的是光、声、色、味凝成的浮靡氛围。这氛围才是作品唯一的主角，最后由这唯一主角把上述五个小丑葬入坟墓。与此结构同属一类的是《上海的狐步舞》，它的副标题就叫作"一个断片"。比穆时英出道稍早的刘呐鸥是这种结构在中国小说中的"始作俑者"，他的《都市风景线》被认为是新感觉派的发轫之作，这篇作品在结构上与《夜总会里的五个人》极其相似。

关于景观与故事的关系，需要关注的是穆时英的《街景》，这篇作品在

———————————

① 严家炎. 中国现代小说流派史 [M]. 武汉：长江文艺出版社，2009：140.

结构上很有特色，但是几十年来好像并没有很多研究者关注。与人物之于背景同样，《街景》也是把故事嵌入景观。这幕"街景"的呈现用的是穆时英一贯的快速节奏，仍然是声、光、电、影的花花世界。与《夜总会里的五个人》一样把人物嵌在景观下，他们是思念地中海故国的修女、年轻时来上海讨生活被乱兵剥夺了所有最后被碾死车轮下的老乞丐、花尽薪水讨女朋友欢心的男子。从叙述的表层，读者能看到的只是几乎静止的几组人物，本来是几个无关的场景，实在构不成什么情节。作者显然是站在一个远远的角度把街上同一时刻存在的这几组人物收到眼底，然后用画笔把他们固定住，表面看来整篇作品的结构就是一张平面图画。与《夜总会里的五个人》开头直接交代五个人的人生经历不同的是，《街景》里的人物故事隐藏在"图画"背后，这一隐藏使作品结构具有了立体性。关于修女过去的生活、那对恋人之前的感情，作者并没有透露只字片语，但是我们已经不难想象。更有新意的是关于乞丐的故事，作者采用了括号的形式将他当初怎么来的上海、如何沿街叫卖以及后来遭受兵灾的经历交代出来，这是一个颇有创意的嵌套。*Pierrot* 也采用了这种嵌套的结构方式，比《街景》更进一步的是 *Pierrot* 的括号里不仅嵌套了故事，还嵌套了人物的心理。似乎是现代都市的生活节奏太快，或许是人物内心体验太过复杂，二者的膨胀已使单线的叙述结构无法容纳，所以穆就只能采取这种括号的形式将景观背后的故事和人物散漫的感觉纳入叙述。这也可以说是一个无奈之举，因为当时的上海都市生活变化实在有些突兀，让人感到措手不及，所以形式技巧也就只能不断翻新。这些无疑是对张资平与叶灵凤没有来得及展开的上海都市生活写照的发展，也是对于张、叶无暇顾及的小说结构的创新。

张资平本来很善于心理描写，但是由于对故事性的追求，以及对读者阅读期待的妥协，他并没有把人物的情绪、心理发展成作品的结构方式，这一发展任务是在穆时英手下完成的。他在写恋爱题材作品时情绪心理结构使用得最多，这种结构以人物的心理感觉为支点，故事的进展以感觉推动，景物的描写为感觉服务。这种手法与张资平有交叉处，但不能等同。在张的作品中各种情绪都是有缘由的，或是挣扎于自由与服从之间的矛盾，或是困惑于对男女关系的忌妒，或是压抑于经济的窘迫与权力的争夺。而穆时英恋爱小说中的主人公们似乎压根儿就有一种天然的愁，这种愁虽与时代氛围也有一定关系，但更多的还是基于人性以及对于世界的悲观认识。这种感伤贯串于某些作品始终，事件的发展、景物的描摹都被这根愁的线串起。《公墓》即这样一篇作品，我们很明显地感到穆是化用了戴望舒《雨巷》的调子。叙述从墓地开始，在墓地结束。"我"对那个丁香一样的姑娘由偶然相遇到一往情深，可是由于"我"的怯懦，直到她的生命结束"我"也没能做出爱的表白。"我"不断回忆着过往的点滴小事，其中任何微不足道的一幕都让"我"感喟唏嘘，再美的景色都伴着哀伤的调子：

> 走进了一条小径，两边是矮树扎成的篱子。从树枝的底下穿过去，地上有从树叶的空隙里漏下来的太阳光，蚂蚱似的趴在蔓草上……
>
> 走出了那条小径。啊，瞧哪！那么一大片麦田，没一座屋子，没一个人！那边儿是一个池塘，我们便跑到那儿坐下了。是傍晚时分，那么大的血色的太阳在天的那边儿，站在麦穗的顶上，蓝的天，一大块一大块的红云，紫色的暮霭罩住了远方的麦田。水面上有柳树的影子，我们的影子，那么清晰的黑暗。

对这样的景色谁能说不美呢？更不用说点缀在其间的姑娘的一颦一笑了。可是疾病、命运在人们之间竖起了坚固的"篱子"，"暮霭"向人的生命投下巨大阴影，世界让人感到一片"黑暗"。这已经不是悲伤伴于风景之下，而是由悲愁的眼看到的风景。说《墨绿衫的小姐》讲述的是一段美妙的邂逅也好，是下流的一夜情也罢，总之支撑整个叙述的是"我"的感觉，如果没有那些微妙的感觉此篇将一无所有。感觉结构与心理描写在这里变成了与官能相关的自然触发而不是张资平似的思虑。这种感觉结构同样需要景物的导引，于是我们看到了想象中的罂粟花、蔚蓝色的园子以及园子里的碎石小径、樱花和栗树……

也许会有人纳闷，为什么张资平为了畅销就一定要遵从传统，而穆时英的小说淡化了情节却同样可以吸引读者。这里的原因就在于穆氏小说中那些光怪陆离的场景同样迎合了现代上海小市民的趣味，但这种趣味已经不是对于故事的好奇，而是作品中展现的生活景观就是当时小资产阶级存活状态的写照。这是心理结构的胜利，技巧是其次。都市文化的高速发展给小说创作带来了新的表现内容，新的内容需要新的形式与之相适应。新感觉派小说以图像方式呈现出的都市景观让人眼花缭乱，对当时的普通市民来说仍然是新奇、鲜艳的，这也就难怪有好多研究者把海派小说归于通俗一类了。不过这种"都市人的'摩登世界'"也正代表了"中国通俗文化的现代性"①，所以无论在表现内容还是表现技巧上，都不能不说是一种进步。然而话又说回来，穆时英以景观做结构当然是小说叙事的进步，可这也造成了一个盲点，即过分专注于展现，却没有深入生活、生命以及人性的本质，这就是只可称他为优秀而不能称其为伟大的原因所在。

穆时英把人物作为景观的一部分，这就淹没了人物的性格意义，虽是人物与环境有了交集，但总是让人感觉平面化。能够真正深入人物心理的是施蛰存（虽然他也不能算是伟大），他承继叶灵凤《姐嫁之夜》《摩伽的试探》没有来得及展开的路子，由外部景观进入人的内心景观。他把感觉结构发展成心理分析，与刘呐鸥、穆时英的创作形成互补之势，从而使海派小说表现的都市、心理景观有了宽度之外的深度。施蛰存在张资平、叶灵凤对于两性心理表现的基础上，更进一步，对人类的行为过程做出了深入的透析。"艺

---

① 乐黛云. 未完成的现代性序［A］. 李欧梵. 未完成的现代性［M］. 北京：北京大学出版社，2005：2.

术家通过对现实的加工表明他的拒绝力"①，施蛰存截取人的行为动机的心理因素加以剖析，对行为结果的自然、社会、历史等外部原因解释进行了"反叛"。在"截取"与"拒绝"的过程中，使读者更多地专注于人性最隐秘的角落。《鸠摩罗什》的超脱与堕落，《将军底头》的爱欲与功名、民族大义，《石秀》的情欲跟邪恶，处处是矛盾。主人公们处于左右为难的境地，面临着非此即彼的选择，最后总是性心理占了上风，于是我们看到了高僧沦落、将军殒命、小叔杀嫂。例外的是《春阳》，这里是金钱压倒了性欲，可结果仍是一场悲剧。两相对比，我们有理由说作者向我们展示了这样一个结论：人有选择的权利，但是结果和选择无关——都是悲剧。有人说施蛰存是"就心理写心理，因而放松了对于现实的批判力量"②，显然是有待商榷的。风景在以上各篇中少之又少，成为装点。《梅雨之夕》倒是雨中进行的故事，但这里的雨不是作为风景而存在，它是故事发生继而诱发人物心理活动的契机。施蛰存写有不少带有奇巧情节的作品，比如，《将军底头》《石秀》《黄心大师》《魔道》等，但这些情节显然不是作者的关注重心，它们只是展开心理分析的条件，所以说这些作品仍是心理结构。

施蛰存以人物心理作为作品的结构中心当然与弗洛伊德的精神分析学说影响分不开，这一学说在五四时期就已经有郭沫若等人在小说创作中实践，到了二十世纪三十年代的中国也是很流行。先不说这种透析方法运用是否得当，以及把人的行为都归结为"力必多"的观念是否科学，我们需要承认的是，施蛰存确实通过这种心理结构为海派小说开拓了另一片表现领域。如果把人的心理看成"内面风景"，我们会发现刘呐鸥、穆时英和施蛰存的叙述结构是相通的，刘、穆写外在，施蛰存写内里，二者互为补充，却又各执一端，真正能达到故事、景观和心理统一的是后来的张爱玲。

---

① ［法］加缪. 置身于苦难与阳光之间 ［M］. 杜小真，译. 上海：上海三联书店，1997（2007）：120.
② 彭斌柏. 施蛰存心理分析小说的意义 ［J］. 文学评论，1993（2）：142.

三

说张爱玲是海派文学的"集大成者"并不为过，在她手上真正完成了小说创作上传统与现代、雅与俗的融汇（关于雅与俗的融汇其实是张对于中国现代小说的最突出贡献，此一论断也需要借助海外汉学家的眼光，"张爱玲原来是鸳鸯蝴蝶派的作家，非常通俗的，经过夏志清的品评之后进入经典"①。雅和俗的观念与中国古代的"雅音"传统有关，也是"感时忧国"崇高美的"画地为牢"）。就结构方式来看，张资平主要用的是情节结构，穆时英偏于景观再现，施蛰存善于内心透视，张爱玲则把这三方面有机统一，且显得游刃有余。"张爱玲属于感觉型的作家，我们欣赏她的作品，要特别注意阅读中的整体感觉"②，张爱玲的作品结构首先建立在感觉上。这种感觉已不仅仅是前文所述的穆时英关于现代都市声、光、色、影的官能感觉，更多的、更深蕴的是对于生命的原初体验。（"张爱玲欣赏她的城市……她能够重新捕捉住这个城市的声、光、电、影"③，她的超越之处在于能够把这些"声、光、电、影"置于她的"苍凉"底色下。）如果用一个词概括这种感觉，那必定是"苍凉"，这是张爱玲大部分小说的创作基调，同时也是张爱玲整个小说世界的基本结构。在很多作品的开头，她都会有一小段抒情似的，像是与人倾诉又像是自言自语的旁白。这些低吟一样的文字伴着丝丝酸苦从久远的过去飘荡而来，流注于作品的始终，从而形成结构。这是

① ［美］王德威. 抒情传统与中国现代性［M］. 北京：生活·读书·新知三联书店，2010：344.
② 温儒敏，赵祖谟. 中国现当代文学专题研究［M］. 北京：北京大学出版社，2002：135.
③ 李欧梵. 未完成的现代性［M］. 北京：北京大学出版社，2005：158.

《茉莉香片》的开头：

> 我给您沏的这一壶茉莉香片，也许是太苦了一点。我将要说给
> 您听的一段香港传奇，恐怕也是一样的苦——香港是一个华美的但
> 是悲哀的城。

作者要把这一壶"苦"茶与读者细细品味，人生际遇的悲哀贯串于作品叙述的字里行间，以下的故事就建立在这种人生感触上，并由此展开情节的走向。这种结构几乎形成了张爱玲创作的一种模式，比如《沉香屑——第一炉香》："请您寻出家传的霉绿斑斓的铜香炉，点上一炉沉香屑，听我说一支战前香港的故事。您这一炉沉香屑点完了，我的故事也该完了。"像是一个人独处一室，拈香祝祷，悠然转过身来，轻声软语里把一切前世的凄婉故事讲完。《倾城之恋》："胡琴咿咿呀呀拉着，在万盏灯火的夜晚，拉过来又拉过去，说不尽的苍凉的故事——不问也罢！"那些"苍凉的故事"已经久远，时间让一切变得模糊起来，说邪？瞒邪？字字咽泪，又怎奈独隐愁肠。最有名的还是《金锁记》：

> 三十年前的上海，一个有月亮的晚上……我们也许没赶上看见
> 三十年前的月亮。年轻的人想着三十年前的月亮该是铜钱大的一个
> 红黄的湿晕，像朵云轩信笺上落了一滴泪珠，陈旧而迷糊。老年人
> 回忆中的三十年前的月亮是欢愉的，比眼前的月亮大，圆，白；然
> 而隔着三十年的辛苦路往回看，再好的月色也不免带点凄凉。

还是"凄凉"，循着记忆的线索回溯，月光下的故事凄怆悲哀。感觉如此深刻，以至于形成一种延续，张爱玲的所有叙述都被包容进悲哀的情绪。她常常运用重复的句式把无尽的哀怨强化，使之绵长悠远。《封锁》里的电车

轨道在太阳下伸缩来去，像一条"老长老长的曲蟮，没有完，没有完……"《金锁记》的叙述结束，一切都尘埃落定，作者却幽怨地从嘴角挤出一句："三十年前的故事还没完——完不了。"类似的句子还有《茉莉香片》的结尾，传庆要丹珠死，可是"他还得在学校里见到她。他跑不了"。悲苦好像是一种宿命，就像那只"绣在屏风上的鸟"，想摆脱也摆脱不掉。它让人无助又无奈，最后只好对那些"说不尽的苍凉的故事——不问也罢"。可是当真可以一笑而过吗？作者心里的暗影已经难以抹去。

"苍凉"的感觉在张爱玲的小说中常常出之于意象，由此形成她"情有独钟"的"意象结构"①，意象与意象的组合又构成了现代都市里的另一片风景。最能体现张爱玲以物象写情绪这一特色的是她对于传统意象的化用。"《金锁记》是以月亮始，以月亮终的，月亮具有非常强的结构作用"②，并充满象征性。开头的时候她以月亮给整部作品定了个苍凉的基调，随后又通过月亮在各种不同场景的出现对于人物的心理给予暗示、衬托——七巧性情的怪诞、"狰狞"、变态，长安的孤寂、无助、绝望。太阳本来是光明、温暖的象征，但《茉莉香片》里的聂传庆内心昏暗、哀愁，即使是"太阳光暖烘烘地从领圈里一直晒进去"，他感觉到的也还是"天快黑了——已经黑了"。现代手法的加入使心绪的表现更为阔远、复杂，最鲜明的是通感的运用。张爱玲自幼就对一些气味、色彩、声音表现出特别的敏感，比如，葱、蒜、汽油、油漆等刺激性气味，以及对于各种服饰颜色的良好甄别能力，还有她认为音乐天生就是悲哀的。当对于事物的这些不同感官反应与她对世界的认识糅合到一起时，就产生了她与众不同的感觉外界的方式。于是有了"绣像小说插图里画的梦"一样的笛声，呜呜咽咽的月亮清辉一样的笛声……动感是张爱玲意象生成的又一个特征。新感觉派小说所呈现的感觉化

---

① 许子东. 张爱玲·郁达夫·香港文学［M］. 北京：人民文学出版社，2011：70.
② 温儒敏，赵祖谟. 中国现当代文学专题研究［M］. 北京：北京大学出版社，2002：136.

场面也有动感，刘呐鸥和穆时英的动感直接缭乱于人的眼前，速度太快，让人目不暇接。张爱玲的动感则属于内在的动，动的往往不是物象本身而是由意象延伸出的心理情绪，这种动感得益于她精妙的比喻的运用。在对很多物象做出比喻之后，她都喜欢紧跟前句的解释，正是这解释给了意象以画龙点睛之妙。比如，上文提到的《封锁》中，张爱玲把那两条电车轨道比作"老长老长的曲蟮"，跟着来一句"没有完，没有完……"《金锁记》里"晴天的风像一群白鸽子钻进他的纺绸裤褂里去，哪儿都钻到了，飘飘拍着翅子"。《红玫瑰与白玫瑰》里的"风吹着两片落叶踢啦踢啦仿佛没人穿的破鞋，自己走上一程子……"这些例子中后来跟上的解释"没有完，没有完……""飘飘拍着翅子""自己走上一程子……"其实可看作一条尾巴，但这尾巴并不是画蛇添足式的无谓文字。之所以叫它"尾巴"，实在也是对它的一个比喻。尾巴是最后的部分，形态又是蜿蜒曲折、由粗到细、渐行渐远。作者的心绪也就余音袅袅、经久不散了。张爱玲的小说也有情节，而且有时还颇多巧合（比如，以倾城为代价的爱恋；比如，与"玫瑰"们的相遇），但很显然，巧合并不是张爱玲用以结构小说的唯一手段。之所以说她作品中的意象具有结构作用是因为它们总是出现在情节发展的关键处，它们不仅在各个时间点上架构起作品叙述空间的面，同时也时刻提醒着读者的感情指向。只有把情节的进展纳入感觉的弥散里面，它才有意义，也才体现了它的必不可少。

张爱玲以意象为结构，《金锁记》的月亮结构近似于音乐上的主导动机，它就是一个象征。月亮反复出现在行文中，每一次出现都是一个暗喻，这就加强了作者情绪抒发的连续性，使整个叙述无散漫处，把作者的主题紧紧扣在当初的感悟里。张爱玲的主导心绪是悲愁，所以她作品中的所有意象都为悲愁服务。不管是照了古人又照今人的月亮，还是困于屏风上的那只倒霉的鸟，还是那咿咿呀呀的胡琴声，一切都那么哀愁又哀怨。鸟是自我的象征，月亮和胡琴无声又有声，她向谁诉？高明的是，张爱玲对物象的结构意义并不是特意为之。她就是那么感觉的，心的感觉在遇到物象时总会被唤起。这似乎让笔者想起了武侠世界中的无招胜有招，妙就妙在不经意。可是，当残月落下，寒衣飘起，又有谁会明了天地间的大孤寂？

"文学总需有趣味，有一个结构和审美的意义，有一个整体的连贯性和效果"①，对张资平来说，"趣"是有了，对穆时英、施蛰存来说"味"也够了，"结构和审美的意义"只有到了张爱玲这里才算完成各种要素的统一圆融。张爱玲通过象征意象首尾连接与心理情绪前后呼应的结构使整篇作品有了"一个整体的连贯性和效果"，这可以看作她对前两代海派作家在作品结构方面的综合。

考察五四到海派在不同时期所走过的小说叙事结构转变之路，我们可以从中发现一条"无意之变—有意不变—主动求变"的线索。无意之变当然不等于空穴来风，在五四作家转变小说观念、改变小说表现内容的同时，就把各种新的现代结构技巧随手介绍了进来。虽然那时已经有了外国经验的普遍借鉴，虽然小说结构转变在五四时算是初步成功，但是由于小说的功用被定义为社会人生，"事功"重于审美，更有后来对于文学工具作用的极端强调，作家们对小说形式结构的探讨多多少少有点无暇顾及，这就使得中国小说叙事结构转变得异常艰难。海派作为一个自由作家群落，又因特殊的地理位置加上普遍的世界眼光，他们更容易与世界接轨。第一代的张资平们空抱无羁才华，却向市场妥协，仍然维持着传统小说的结构路数。虽然创新处也不少，但就小说结构来说，确实是没有构成实质性的突破。从刘呐鸥、穆时英开始，由于表现对象的改变以及作家前卫的艺术姿态，他们大胆借鉴外国小说的结构技巧，把张资平、叶灵凤仅仅作为烘托、铺陈的心理与背景描写发展成为结构作品的基本手段。特别是张爱玲出现后，把故事、心理、背景三

① ［美］勒内·韦勒克，等. 文学理论［M］. 刘象愚，等. 译. 北京：文化艺术出版社，2010：239.

者统一（传统与现代）起来，就更加彰显了中国现代小说叙事结构方式的成熟。这是曾经饱受诟病的海派小说对中国现代文学发展的一个大贡献，此一功绩不可抹杀。

初刊于《中国现代文学研究丛刊》2016 年第 9 期，原标题为《现代海派小说叙事结构的流变》

隐逸风景中

——徐訏创作心态考察

关于徐訏的精神、思想来源以往人们关注较多的是他的创作与宗教特别是西方宗教的关系，与宗教精神相关的隐逸思想却少有涉及。其实相比入教与否，更重要的是精神的修养。隐逸有两个意思，一个是看破世事变幻后的皈依，另一个是逃避现实中的压力。到目前为止，对于徐訏隐逸思想的理解，笔者认为他直到生命最后也仍然是一种"逃避"而不是"看空"。隐逸、逃避与自然相关，当我们面对巨大压力无处排遣的时候，我们总会从室内走出去散散步，徜徉在大自然里，呼吸呼吸新鲜空气、感受一下鸟语花香、观览一下高山流水……这些都是风景。隐逸于风景中也许会让徐訏"生命的偶然性"在"不断逃离的必然性里获得永生"，但是"巅峰"与"低谷"的人生起伏必然会使他明白事实上"他无法逃脱那个早已套在其脚上不断催促他的命运之匙"①。

总的来说，比起郁达夫、沈从文、废名、张爱玲等现代文学史上的写景高手而言，徐訏作品中的风景描绘并不算多。作为一位以离奇曲折的情节、丰富的哲理思考名世的作家，他小说里的风景描写当然要少一些，但是只要写到风景就必定没有无用笔墨。戏剧就更不用说了，但也有不少以自然风物为题的剧目，比如，《月亮》《野花》《北平风光》《荒场》《心底的一星》

---

① 吴义勤，王素霞. 我心彷徨——徐訏传［M］. 上海：上海三联书店，2008：153.

《水中的人们》等。散文也多是叙事、说理型的，但是那些短小精悍的小品中也不乏对于自然的怀想，如《鲁文之秋》等。诗歌比较例外，其中的自然景物相当不少，而且多是根据自己心理情绪的需要来组织想象中的风、花、雪、月……翻翻徐訏的传记，我们发现他的一生都在孤独寂寞里度过，这些孤独寂寞来自他本人的经历与现实的重压，这些经历与重压有时候甚至会把他的孤独寂寞化为一种恐惧，于是形成了他的具有时代性的"逃避"心态。"逃避"与自然风景紧密相关。对于徐訏而言这一关系是如何表现的？徐訏在表现"逃避"与自然风景的关系时与同时代的作家有什么不同？徐訏是如何应验了隐逸精神的"逃避"一面的？徐訏的隐逸思想来源于哪里？深受西方哲学、心理思想影响的徐訏是否也继承了中国传统文化思想？这是些不大但也不小的问题，理解之后我们有可能在徐訏的精神世界中找到某些共鸣，也可能对徐訏宗教精神研究做小小填补，也可能把居于现代文学史边缘地位的徐訏融于二十世纪前中期的中国文学大环境中。

一

徐訏在《江湖行》的开头写道，"我们无法设想没有故事的人间，没有故事的人间是没有大气的空间，这该是多么空虚与寂寞"，因此一直以来我们总认为徐訏可能是新文学以来最会编故事的作家。善于编故事本来无关对错，可总是有些人把他看成媚于流俗的小说家。如果我们把上面的引文用心感受，将会明白徐訏之讲故事其实是因为内心的"空虚与寂寞"。"没有故事的人间是没有大气的空间"，没有大气我们该怎么活下去呢？这种情形徐訏无法想象，事实上也正是如此。所以当内心的孤独无法忍受时徐訏就编织自己的故事，故事的精彩可能会在一定程度上消解他的寂寞。可是让人咀嚼寂寞滋味的并不只有故事的情节，还有穿插于故事里的风景。善于讲故事的人也一定是个精于描写风景的人，徐訏当然不会例外，他不仅把寂寞编进故事，更把寂寞嵌于风景。

在徐訏的一生里，寂寞总是他最忠实的伴侣。即使在他倾心为国为民用文学抗战的"孤岛"时期里，那些让人热血沸腾的日子也并没有把寂寞从他的内心中赶开。"此时期徐訏小说对环境的描写充满了浓厚的异国情调和强烈的地方色彩"，风、雾、云、月"既迷茫，又庄严，既壮丽，又气势磅礴，徜徉于悠悠的天地和茫茫的宇宙间，并与主人公孤寂的心态融汇在一起"①。《吉卜赛的诱惑》之献词说："我暂想低诉我在黑夜的山上，怎么样抚摸我周围的云雾。"山上当然只有诗人自己，他"抚摸"的动作是寻找，可是"黑夜的山上"他什么也看不见，也没有任何人看见他，云雾里的孤独寂寞有谁会与他一起体味呢？最后"我"是有了潘蕊的陪伴，可是"简单而谐和的生活"建立在"我们生活在游戏之中"的基础上，当"那悠远悠远的海天"边只有孤单一个人的时候，孤寂的内心还会觉得那些"游戏"值得回味吗？如果说《吉卜赛的诱惑》中的风景描画很少而且故事结局比较完满不足以见出作者的孤独寂寞，那么写于同一时期的诗歌《溪声》则为我们的观点提供了不容置喙的实例，这首诗好就好在表达孤寂的过程中"不着一字"，需要的是读者的品味功夫。

在茫茫的原野中/竟无人遥望/那潺潺的溪水/在村头苦吟//靠那蓝黑的天际/

是几颗残星/夜色在此刻/还有谁肯相信？//三更四更的月色/来投下一丝声音/那么难道到五更时分/荒野中会有一声鸡啼？//多少人间的甜语与爱/一夜中被溪水流尽/

那么我今宵溪歌的秋梦/将流入谁家苏醒？

---

① 吴义勤，王素霞. 我心彷徨——徐訏传［M］. 上海：上海三联书店，2008：142-143.

诗人把原野、溪水、残星、月色等自然事物变成了想象中的风景，在动与止和响与静的综合中把自然风景"抽象"化了。在写诗的同时他并不一定实实在在见到了这些自然景观，也可能是出于心态的寂寞在幻想中将它们融合到了一起。充满动感的"无人遥望"的"茫茫的原野""潺潺的溪水"是远逝的象征，剩下诗人自己还在祈望着"月色，来投下一丝声音"，可是永驻内心的寂寞使他怀疑："难道到五更时分，荒野中会有一声鸡啼？"当一个人只能把鸡一样的禽畜当成陪伴自己的唯一可能，可见他的内心该有多么孤单无依。人的宿命是孤寂，这是没有办法的事，那么也就只有一个人"苦吟"在"村头"，把"我今宵溪歌的秋梦"珍藏为"流入谁家"都不会"苏醒"的"残星"。问题是那"几颗残星"也一样让人难以"相信"，所以那些"甜语与爱"在"一夜中被溪水流尽"，也就让它流尽吧。剩下"我"苦吟的声音在黑夜……

可是，黑夜让人恐惧，而对于徐訏来说，黑夜显然不只是自然宇宙之黑，也包含社会环境之黑、个体心理空间之黑。

恐惧是徐訏创作心态的另一方面，当然也表现在他对于自然风景的描画中。在《鲁文之秋》里他写到"第二年秋风起时"的情景"实在太残酷了，像是冥顽的暴力恣意残杀无抵抗的妇孺，像是人间的地震，监狱的火灾，没有幸免，没有逃避，一阵风声一次崩裂，于是满地都是瓦砾了"。这篇著名的文章写于1936年，那时作者虽然没有经历之后上海"孤岛"时期的日军烧杀抢掠的时代恐惧，但是"人间的地震，监狱的火灾"似的"残酷""暴力"也一样烧杀了一切，这是自然灾害带给人类的恐惧。这"萧杀而阴森的鲁文的秋"，让"我"感觉到"当时的无聊与痛苦以及时时想出逃与自杀的情绪"。人只有对痛苦感到无法忍受时在恐惧心态下才会想到自杀，恐惧可能让人不想活下去，可是又不想真的死去，于是只有回到大自然，和它一起同生共灭吧。在这同一篇文章里，鲁文的钟声让作者"骤然会感到月儿也瘦了一晕似的。但是谁有法子禁止它，避开它呢，它是幽灵，也是鬼，跟着你，盯着你，一步不放松你。这实在可怕"。恐惧使他"只好逃避"，于是他来到了巴黎。但是《漫话巴黎》中写到的这座城市"那繁华之中隐藏着的凄凉"仍让他感到惆怅与寂寞。上面说的是大自然带给徐訏的恐惧，社会时代环境也一样让他恐惧，当日本人侵入租界时，面对日伪汉奸的劝诱、威胁，徐訏的心里又怎能没有恐惧呢？于是他再次出逃，目的地是陪都重庆，路上他仍然没有忘记大自然这个可以让他逃离社会恐惧的安乐所在。这里就出现了一个问题：社会时代的战乱使徐訏感到恐惧，自然万物的凋落也让徐訏感到恐惧，那么他为什么还是在社会恐惧无法忍受的情况下寻求大自然的庇护？对此徐訏说："因为在世俗的人世间劳碌一生，偶尔到山水间宿一宵，钟声佛号，泉鸣树香之间，会使我们对于名利世事的争执发生可笑的念头，而彻悟到无常与永生，一切欲念因而完全消净，觉得心轻如燕，对于生不执迷，对于死不畏惧了。"①

二

徐訏作品中的风景描写与新文学以来的其他作家不同，他往往能在自然风景的展现里融入哲学思索。散文《夜》的寂静与漆黑使作者体会到了生命的真谛；小说《鸟语》中，在"映照着斜阳"的芸芊那"莲花瓣一般的脸颊"上"我"看到的是"有因本无因，无因皆有因，世上衣锦客，莫进紫云洞"。他的哲学思索是伴随于寂寞、恐惧心态而来的皈依自然的隐逸思想。

隐逸其实是一种逃避，对于少年时在上海初等小学求学的那段生活，徐訏说"房间对我来说，就好像是一所监狱"，这种"囚狱体验曾淋漓尽致地

---

① 徐訏. 文学家的脸孔 [M]. 上海：汉语大词典出版社，1993：32.

体现在他晚年的小说创作中，如在《江湖行》中他就把这种经验扩大化了，他说人生像个监狱，出了小监狱，仍要进入一个大监狱。人生就是如此不断反复地忍受折磨，忍受痛苦"①。少年时期随父亲四处漂泊也"并没有给年幼的徐訏带来多少兴奋感，相反，那段远离家乡的日子，留在徐訏心里的是接连不断的迁居与一如既往的寂寞"②。所以他想逃，这种逃逸当然不只是肉身的逃逸，更是精神的解脱。从寂寞里逃脱是徐訏《遁词》的主题：

> 我寂寞/在静悄悄的夜里/我像是残落了的花瓣/在黑泥的冰冻
> 中抖索/我像是水蛇所遗弃的残衣/在荆棘丛中寥落//我要飞/要跑/
> 要走/我要抛弃我的家/抛弃我尘世的衣履……

落寞中诗人"要飞，要跑，要走，我要抛弃我的家"，像是有点一语成谶，徐訏的一生一直在逃亡的路上，浙江、上海、北京、美国、法国、桂林、重庆，到了香港总算是停下了。且不说作为文学家的天性，就拿普通人来说，旅途中的寂寞谁又忍受得了呢？在徐訏的一生里孤独感始终伴随着他。儿童时期父母离异，少年时期独自求学，中年时期颠沛流离，老年时期妻女远隔重洋……这些孤独寂寞去到哪里才摆脱得了呢？只有人类来时的源头和归去的终点——大自然。逃难途中的寂寞让他无以排遣，所以在日军侵入上海租界后南遁的路上他也没有忘记到南岳衡山上游览一番，为了忘却战乱和烦恼他很想在此山隐居。生命本身的冲动让徐訏把大自然当作他的伴侣，《虚无》表达了他的回归怅惘：

> 我来自自然，成长于偶然/看时间飞逝，如白云流水/从渺茫到
> 渺茫/从无常到无常/从爱到爱，梦到梦/我本是尘土，归于尘土/我

---

① 吴义勤，王素霞. 我心彷徨——徐訏传［M］. 上海：上海三联书店，2008：15.
② 吴义勤，王素霞. 我心彷徨——徐訏传［M］. 上海：上海三联书店，2008：14.

本是虚无，归于虚无

徐訏明白，人来于虚无，隐于虚无。《风萧萧》里海伦的生命变化让他感到了"一种美丽的隐士的心境"，海伦"把生活交给了自然，像落花交给了流水，星球交给了太空"。《彼岸》把"与宇宙终极的谐和贯通"看作生命"至高的境界"。彻底放弃生命的《时与光》中"我的存在只是遗留在云层中的我用宇宙光芒所写的淡淡的发亮的纹痕"。信奉过马克思主义、柏格森、自由民主主义的徐訏到了晚年受尽了"现实的残酷"，从而"对人世间的所有'思想'都产生了怀疑，他只能寻找一种终极的、与人世无关的思想，以求最后的解脱与救赎"①。"人类一思考，上帝就发笑"，思想的结果是自己和自己过不去，所以他只有到大自然中寻求解救。徐訏对于各种思想的怀疑类似于原甸，他的"精神探索并没有因为皈依宗教而止步，还仍然保留着强劲的怀疑精神"②。徐訏在晚年也皈依了宗教，问题是在生命的最后时刻他需要抓住一个东西以求慰藉，闭上眼睛之后，他终于尘归尘，土归土。大自然是最值得相信的。

三

以往我们一般把徐訏的隐逸、逃离心态与西方宗教思想相联系，其实其中也不乏对于中国传统文化资源的继承与发展。对于自然山水的宗教式情怀把徐訏与西方宗教的功利诉求区别开来。无欲无求使徐訏在生命最后时刻的皈依基督看起来顺理成章，其实里面只是隐藏着整个人类对于生命将尽的恐

① 吴义勤，王素霞. 我心彷徨——徐訏传 [M]. 上海：上海三联书店，2008：310.
② 乔世华. 徐訏文学论稿 [M]. 大连：辽宁师范大学出版社，2015：127.

惧心理，这与是否信仰某一特定的宗教派别无关。他在"孤岛""时期的作品，都是描写人生价值的失落，明显的有某种佛、道的痕迹"，"他还常常从理念本身去看不同的事物，令人感到'跳出三界外，不在五行中'的出世味道"①。所谓的隐逸、逃离、自我流放，目的地都是那个无人寻到的超脱尘世的所在，就这方面说西方的宗教没有中国传统的佛、道更加理想化（佛教虽然是在印度土生土长的宗教，但是传入中土时间悠久，已经转化为中国传统文化的重要组成部分）。深受马克思、柏格森、卢梭、弗洛伊德影响的徐訏并没有忘却中国传统文化，佛道思想与古代诗文的转用是其文学造诣的体现（欧阳修的《秋风赋》是其从童年到老年一直记忆犹新的繁华凋落之梦）。无论是基督教还是天主教，它们向往的虽是"彼岸"，但对于"彼岸"的指向更可以被看成一种策略，它的目的其实只是以心理安慰的形式让尘世中人的日子能好过一些。而且宗教一度被西方国家当权者作为政治统治的工具，这一工具性运用就更与中国宗教的"跳出三界外，不在五行中"的"出世"追求无关了。关于宗教，中国与西方不一样，佛、道从来就没有被封建帝王作为实行国家管理的指导思想。徐訏的隐逸与逃离事实上更符合中国道家的人与自然浑一的出世追求，不同之处在于因为时代社会的发展造就的人类视野的开阔，徐訏把那个超脱尘世的所在搬到了异域，把隐逸思想表现在那些极度富有"异域情调"的作品中。《吉卜赛的诱惑》《阿剌伯海的女神》《荒谬的英法海峡》……这些作品的名字已经昭示了徐訏对于海外那方天地的神往，更不用说故事的发生地了。《阿剌伯海的女神》的故事发生在黑夜大海上的一只船上，《荒谬的英法海峡》的故事发生在一个美丽的小岛上，《吉卜赛的诱惑》稍有不同，最后"我"与潘蕊"在各大都市的旅馆，饭馆里出入"，"在各处看相与算命"，这是"大隐隐于市"了。吉卜赛、阿拉伯海和英法海峡的异域风景使徐訏远离闹市，这是徐訏对于"异域"概念的借用。

---

① 吴义勤，王素霞. 我心彷徨——徐訏传［M］. 上海：上海三联书店，2008：139.

单纯从风景观念方面说，中国与西洋也有很大的不同。徐訏认为"风景这个东西……在中国是出世的，在西洋则是入世的；中国人对于风景爱想到无常，是逃避现实；西洋人对于风景联想到淫乐，是享受现实"①。徐訏隐逸于风景是"逃避现实"，西方人欣赏着风景是享乐，如果说大自然被西方人利用来满足自己的原始欲望，那么徐訏就等于是把大自然当成自己仅堪信仰的"宗教"。

隐逸也是一种"闲适"，徐訏有很多小品、杂感之类的文章，比如，《鲁文之秋》《谈美丽病》《等待》《夜》《论烟》等。"闲适"文章体现出徐訏隐逸思想的另一个重要来源——现代中国文学史上的幽默大家林语堂。他编辑过林语堂创办的《人间世》，又在《论语》《宇宙风》上频频发表作品，还与林语堂、陶亢德等人共同创办《西风》，再加上和林语堂在日常生活中的书信往来，如此过密的交往不可能不使徐訏受到"闲适"大师的影响。

四

我们说徐訏"逃避"现实，一心把大自然当成心中的归宿，但是他也如中国古代的陶渊明、王维、孟浩然等山水田园诗人一样并没有缺失对于苍生、庶民的仁爱之心。徐訏的隐逸不是因为厌倦俗世，也不是因为对现实社会悲观失望，而"是因为不满现实才会在""诸多小说创作中表现出对鬼魅世界、乌托邦世界"等脱离世俗的空间的"浓厚兴趣"②。《鬼恋》中的"鬼"早先倾其所有投入革命斗争，她不是不想对人生社会有所贡献，可是当这个"最入世的人"亡命国外回来，发现曾经的伙伴"卖友的卖友，告

---

① 徐訏. 文学家的脸孔 [M]. 上海：汉语大词典出版社，1993：32.
② 乔世华. 徐訏文学论稿 [M]. 大连：辽宁师范大学出版社，2015：19.

密的告密，做官的做官，捕的捕，死的死，同侪中只剩"自己"孤苦的一身"之后，她已经无处可去。曾经意气风发、誓死与共的同路人成为卖友求荣、告密升官的小人，她该如何面对？她是不满于"人"还是不满于时代、社会环境？还是对整个世界充满愤激？那"我要做鬼，做鬼"的歇斯底里又低沉沙哑的哀嘶里的压抑情绪只有做了鬼之后才能深深体会。当年有不少学者从社会环境、时代背景以及马克思主义的学说出发，认为《鬼恋》是对世事的讽喻，现在看来这种观点也无可厚非。说徐訏"借'鬼故事'的叙说否定了现实世界，他意图有所超越，希望能有一个更理想的'桃花源'世界和美好的生活方式，可以说他是借'鬼'之酒杯来浇心中块垒"也并不是毫无根据。① 即使在最具抒情性的诗歌体裁上，也仍然表现出徐訏对于人民大众的人道主义关怀，《钱塘江畔的挑夫》《老渔夫》《卖硬米饽饽的》《早》等诗作是其"革命人道主义"的代表性作品。"身上压着百斤重担"的挑夫、只靠"一张网来养活他早寡的儿妇，以及他五个幼龄的孙属"的渔夫、年景使他无法过活的小贩、卖不出瓜的瓜农，这些小人物的现实命运怎么能让人道情怀极其强烈的徐訏对现实满意呢？徐訏认为"艺术的欣赏必是由娱乐出发，当艺术无可娱之处，这艺术是不会存在的"②，可是徐訏又认为，如果中国作家的作品"没有中国民族的特色，那么这作品不会是成功的作品"③。徐訏说的"中国民族的特色"固然是从艺术的角度出发，但是从另一方面看，按照王德威、李欧梵等海外中国现代文学研究者的说法，中国文学的民族特色（特别是晚清以来的现代文学）之一就是始终脱离不了对于社会现实批判、民族家国构建的无法抑制的介入。徐訏也没能例外，早年对于马克思主义的信仰是他为国家民族大义投入身心的最初尝试，抗日烽火燃起

---

① 乔世华. 徐訏文学论稿［M］. 大连：辽宁师范大学出版社，2015：63.
② 徐訏. 谈艺术与娱乐［A］. 徐訏文集：第9卷［M］. 上海：上海三联书店，2008：416.
③ 徐訏. 从写实主义谈起［A］. 徐訏文集：第10卷［M］. 上海：上海三联书店，2008：151.

后他又毅然离法回国，旅美之后对赛珍珠对于中国的偏见轻蔑不屑……凡此种种，有鉴于此，我们不可以说徐訏不负责任地把自己逍遥在"隐逸"天地里。

当年，徐訏曾被看成色情小说家，被讥讽为娱乐大众的能手。这是对徐訏极不公平的误解。对此，徐訏回应道"艺术不注意娱乐的成分，这艺术不是变成说教"①，这不能不算是徐訏针锋相对的反击。徐訏以自己独有的方式投入压倒"启蒙"的"救亡"的时代洪流中，这是我们把居于现代文学史边缘地位的徐訏融于二十世纪前中期的中国文学大环境中的最可靠依据。

徐訏有着与革命作家判然有别的超拔精神。即使在上述那些稍带愤懑的诗作中，他仍然没有忘记对于自然的怀想，钱塘江畔，种瓜的农民、打鱼的老翁……让我们看到了生命劳作间隙的自然风景，这说明"回到现实轨道"中的徐訏仍有超越性的一面。无法忘怀大自然其实是一种无奈，现实的境遇让作家感到无所适从，他的"逃避"就成了一种被动的隐逸。在"孤岛"时期的徐訏进行着与倭寇的周旋，却饱受同胞的误解，两难的"横站"姿势怎能不让他感到力不从心？被动的隐逸心态浮出水面。这时，他给远在美国的净友林语堂写去一首颇有歌行风范的旧体诗《寄友》：

> 月如画中舟，梦偕君子游。
> 游于山之东，游于海之南，
> 游于云之西，游于星之北。
> 山东多宿兽，宿兽呼寂寞，
> 春来无新花，秋尽皆枯木；
> 海南有沉鱼，沉鱼叹海阔，
> 白昼万里浪，夜来一片黑；

---

① 徐訏. 谈艺术与娱乐 [A]. 徐訏文集：第9卷 [M]. 上海：上海三联书店，2008：413.

云西多飞鸟，飞鸟歌寂寥，
歌中皆怨声，声声叹无聊；
星北无人迹，但见雾飘渺，
雾中有故事，故事皆荒谬。

爱游人间世，人间正嚣嚣，
强者喝人血，弱者卖苦笑，
有男皆如鬼，有女都若妖，
肥者腰十围，瘦者骨峭峭。
求煤挤如鲫，买米列长蛇。

忽闻有低曲，曲声太糊涂，
如愁亦如苦，如呼亦如诉，
君泪忽如雨，我心更凄楚，
曲声渐嘹亮，飞跃与抑扬，
恰如群雀戏，又见群鹿跳，
君转悲为喜，我易愁为笑，
我问谁家笛，君谓隐士箫。

我年已三十，常听人间曲，
世上箫声多，未闻有此调，
为爱此曲奇，乃求隐士箫。
披蓑又披裘，为渔复为樵，
为渔漂海阔，为樵入山深，
海阔路飘渺，山深路蹊跷，
飘渺蛟龙居，蹊跷虎豹生，

龙吞千载云，虎吼万里风，
云行带怒意，风奔有恨声。

泛舟桨已折，驾车牛已崩，
乃弃舟与车，步行寻箫声；
日行千里路，夜走万里程，
人迹渐稀疏，箫声亦糊涂。
有鸟在树上，问我往何处？
我谓寻箫声，现在已迷途。
鸟乃哈哈笑，笑我太无聊，
何处是箫声，是它对窗叫。

醒来是一梦，明月在画中，
再寻同游人，破窗进清风。

在艺术表现方面此诗颇有些白居易《琵琶行》的风致，读来像是叙事，再读又让人想起苏东坡的《赤壁赋》《后赤壁赋》。诗人看着醒时的"画中舟"入睡，然后从梦写起，梦到的是东南西北各处遨游。明明看透了人间的"嚣嚣"，却又偏偏"爱游人间世"，这不能不说是徐訏的"隐逸"与"入世"的矛盾。现实与梦幻的纠结让他真真无所适从，于是他要逃。让他羡慕的是隐士的箫声，于是他"日行千里路，夜走万里程"地寻找，然而最终只换来"鸟乃哈哈笑，笑我太无聊"，这是对自己寻找出路而不得的自我嘲讽。"再寻"一次，徐訏发现"同游人"原来是"破窗"而入的"清风"。如果我们由此联想一下苏东坡的"清风徐来，水波不兴"，那么我们就有可能与徐訏一起陶醉在大化中了。"山高月小"船也小，浪迹江湖，与世俗凡人不相闻。"水落石出"风更悠，陶然孤峰，和蜉蝣螟蛉伴余生。渔樵耕读是徐訏向往不尽的幻梦。在《彼岸》中，徐訏自己说"我的灵魂不是高僧的灵魂，也不是隐士的灵魂"，又说"我的生命没有受过一个传统的熏陶"，这些显然是作家在某些思想瞬间的自谦之语。

徐訏一度在中国现代文学批评史上受到了不公正的待遇，最受诟病的是他的小说观的娱乐性、诗歌创作的感伤情调，还有散文写作的"幽默""闲适"以及留学、访问西方的人生经历。但恰恰是现实的苦痛让他寻求娱乐，现实婚恋让他感伤，人生的纠结让他赞赏"幽默"，留学访问让他眼界大开。徐訏的隐逸来自现实的苦闷，这是他所处的那个时代青年们的普遍心态。普罗小说代表作家蒋光慈、洪灵菲、阳翰笙等人也一样要依靠自然界的风景来释放胸中不可遏制的激情，郭沫若也同样有对于中国古代天人合一思想的情愫。现实是人类必须面对的，但"人虽然是人间社会的动物，可是在社会以外，一种出世的大自然宗教的空气，也是人类所时时需要的"①。即使在烽火连天的中国二十世纪前半期，全力投身于革命、社会、政治斗争的勇士们为人类的幸福抛头颅、洒热血，可是他们在战斗的间隙、思考的闲暇也同样会感到人性中天生共有的寂寞、孤独和恐惧。当作为个体存在的有志于社会、时代的文艺英雄们（比如，鲁迅、瞿秋白、胡也频、柔石、丁玲、萧军等）看惯了人间的杀戮、遍观了俗世的喧嚷，有鉴于"孤独是一个具有普遍性的存在"②，他们也与革命作家眼中的"通俗作家"徐訏同样需要大自然的陶冶与释放。而艺术家"走向自然是逼出来的。我们可从若干移情于自然的艺术品中看出这一点。他们对自然的过分迷恋和颂扬，恰恰说明他们要掩饰或冲淡什么。与其说他们走向自然，倒不如说他们是逃向自然"③。徐訏也是如此，作为二十世纪的文学家，从他的行事、文论、作品中无法不显现出其对于民族家国的"现代性"关怀。这是徐訏不应该被二十世纪中国文学

① 徐訏. 文学家的脸孔［M］. 上海：汉语大词典出版社，1993：33.
② 曹文轩. 面对微妙［M］. 济南：泰山出版社，1999：177.
③ 曹文轩. 第二世界［M］. 北京：作家出版社，2003：272.

史忽略的理由，更是向往隐逸于自然界的徐訏之所以不会被时代抛弃的潜在原因。徐訏与钱锺书、张爱玲、无名氏们一起使 1937 年之后的中国现代文学幸免于被"革命"的声音淹没，这是对于文学"宗教"的信仰和文学精神的坚守。所以，我们相信："徐訏的文学创作在过去、在今后都一定是有回响的，并且还会绵延不绝。"①

　　时代氛围与个人的生活经历造成了徐訏的孤独、空虚、寂寞的心态，以至于在心理、行为上使他偏好自然，他的隐逸是中国传统士大夫面对现实压抑所产生的"不如归去"的精神选择的新时代的回归，表现在创作中就使得他的小说、诗歌、散文都有了与当时主流意识形态规约下的"革命文学"极为不同的审美特征，这是他的文学史贡献。但是从另一方面看，正如本文开头所述，因为他的孤独寂寞，所以他追求文学创作中的故事性，可能是想沉浸在个人世界的无限幻想中，并从中获得心灵的释放，但也正是这种幻想的创作观念使他的作品在当时饱受诟病。幻想是文学创作的源泉之一，我们不能如当初的主流批评家们一样以此否认徐訏的文学史价值。

初刊于《重庆三峡学院学报》2016 年第 5 期

---

① 乔世华. 徐訏文学论稿［M］. 大连：辽宁师范大学出版社，2015：172.

孤寂与苍凉中的自叙传

——论张爱玲的《小团圆》

《小团圆》是张爱玲的最后一部作品，其主题仍然是"苍凉"，"苍凉"使她的创作前后贯通。也许是由于年岁的关系，《小团圆》的叙述失了当初的笔力，再也没有以往的尖刻和锐利，倒是那松散的笔调更甚一步。月亮意象的运用，使《小团圆》与张爱玲之前的创作一脉相承。

一、《小团圆》是不是自叙传？

因为《小团圆》是在张爱玲逝世以后才被发现，作品又凝结了她的半生经历，有自传性质，所以曾经被广泛论及的是对于故事与本事的对照和人物形象的索隐。有人认为作品中的人和事完全可以与作者现实的人生道路一一对应，有人认为"很多人在读《小团圆》的时候都会特别关注张胡之间的关系"是一个"误区"。笔者同意前者，认为《小团圆》是张爱玲的半生"自叙传"这一点毫无疑问。我们可以参阅一下夏志清的《中国现代小说史》，可以很清晰地得出这样一个结论：夏对于张的一生经历，也包括关于张祖上的历史、她的性格喜好等的描述竟与《小团圆》一丝不差。张爱玲在与宋淇、夏志清的通信中也反复提及《小团圆》的写作情况。以此我们确认"自叙传"的说法坚实可靠。后者的观点本身没有不妥之处，问题在于其所持的依据：邵出场后"后面还有好多篇幅没提他"，这显然没有尊重作品事实。

有人说"邵之雍不算是男主人公",但张爱玲自己说《小团圆》要表达的是"爱情的万转千回",书中关于九莉的爱情故事篇幅最长的就是与邵之雍的一段恋情,邵从第四章出场之后就从没有消失过。至于其他的与她母亲有牵连的男人只不过是男女性吸引的原始欲望,算不得爱情。值得拿来与邵相提并论的是燕山,不过他也只能算是邵离开之后的伤痛寄托者而已(而且最后他也离开了),何况九莉在与燕山相识之后也并没有与邵之雍断了联系。从邵与日本人的关系、他的文化研究者身份以及漂泊不定的行迹来看,胡兰成是他的蓝本无可争议。但小说中讲的又不仅仅是一个爱情故事,它所展现的其实是一张以九莉为中心辐射开去的关系网,包括她与父母亲的关系、与姑姑的关系、与弟弟的关系、与几个情人的关系以及与闺密的关系,等等。如果从这个角度看的话,事实上全书就只有九莉一个主角,其他角色都是九莉生命历程中的过客,但也正是通过与他们之间的各种纠葛作者完成了女主人公心理和精神世界的追摹。综上所述,我们可以把《小团圆》作为张爱玲的"自叙传"来读(但这也并不意味着《小团圆》完完全全就是张爱玲的"自传",它是经过艺术加工过的作家的人生经验,与真实的人生经历仍有差异,我们说的"自叙传"只是一种文体生成途径)。

不过,我们又不能仅仅局限于对《小团圆》是否是个人传记的争论,因为这样做会导致对于《小团圆》本文中延续下来的某些张爱玲初期作品一以贯之的心境的忽略。这一忽略的结果是在有意无意间把《小团圆》从张的整个创作中割裂开来,也就没有把这部人生经历与创作总结的小说与作者早期作品相联系,没有从全人全篇看问题。

既然我们把《小团圆》看作张爱玲的"自叙传",就应该注意这么一个貌似很少有人注意到的问题:生于1920年的张爱玲为什么在创作于二十世纪七十年代的《小团圆》中只写到她三十岁?这是一个关联着女人生命过程和作家创作取向的大问题。三十岁的女人,对于人生的爱和恨、喜和乐基本上都已经经历过了，接下来的时日就是一个逐渐老化与衰退的过程。她似乎看尽了人世的所有沧桑和变幻，才有歇斯底里之后的淡然心境，所以才有了《小团圆》的平静笔调。在张爱玲的意识里，三十年是一个女人生命的关节点，这在她的很多作品里都有所提及。比如，《金锁记》的开头"三十年前的上海"与结尾"三十年前的月亮早已沉了下去，三十年前的人也死了，然而三十年前的故事还没完"；《鸿鸾喜》里娄太太"被三十年间无数的失败支持着"；《小艾》里的"老姨太年纪……不过三十来岁模样"、三姨太的年龄"总也有三十多了"；《怨女》里"一过三十岁就不能打前刘海"，"三十年媳妇三十年婆"；《十八春》里曼桢"已经是三十多岁的人"；《连环套》里"她今年三十一"；等等。到了《小团圆》也还是从九莉"过三十岁生日那天"开始了故事的讲述。从《金锁记》到《小团圆》这一连串作品中我们可以看出，那些说张爱玲创作题材"枯乏"的论断有失公允。① 每个作家都有自己熟悉、擅长的领域，如果把题材的专注作为评价一个作家艺术成就高低的标准，那无疑会把世界上大多数作家一棒子打死。鲁迅也有题材的局限性，可是这并不影响他在中国新文学史上的大师地位。因为"文学是人学"，所以张爱玲以"三十年"苍凉人生感悟复活对于中国古代文学遗产的记忆是她的伟大之处。

有人说写作经验和人生经验的欠缺使张爱玲在"题材上难以突破"，导致后来的创作"难以为继"②，这是因为张爱玲去世前夕还一改再改的《小团圆》初版时间是 2009 年。张爱玲之所以还能继续写作终老，就在于那三十余年的经历（可能是她人生旅程最有意义的经历）使她刻骨铭心，她的整个人生体味与思绪全都包括在那三十年里。因为太丰厚了，所以不断回忆，所以一写再写。就在一次次的改写与加工中，作者的人生主题也得到一步紧

---

① 温儒敏，赵祖谟. 中国现当代文学专题研究［M］. 北京：北京大学出版社，2002：143.

② 温儒敏，赵祖谟. 中国现当代文学专题研究［M］. 北京：北京大学出版社，2002：143.

似一步的强化、深化。

二、《小团圆》的主题

关于《小团圆》的主题还是得从九莉说起。九莉与薇龙、流苏、七巧们一样，但又不一样。她也是新旧过渡时代的女子，没有大的人生理想。但与张爱玲早期小说中的大部分女人至少有一个生活目标（或者把自己嫁出去找个平淡的归宿，或者把自己嫁出去得到享用不尽的财产）相比，我们根本就看不出九莉为什么活着。她相貌平平，是那种"宁死也不大惊小怪的人"，"给她母亲从小训练得一点好奇心都没有"。她"在父母的阴影的笼罩下长大"，"从来没有谁喜欢过她"，她是孤独的。在父母离异后她更加意识到了这种孤独。父亲另娶后的一个下午，九莉到起坐间去看报，眼里所见的场景加深了她对孤独无依的感喟，那时候她看见：

> 九林斜倚在烟铺上，偎在翠华身后。他还没长高，小猫一样，脸上有一种心安理得的神气，仿佛终于找到了一个安身立命的角落。她震了一震，心里想是几时孟光接了梁鸿案。烟铺上的三个人构成一幅家庭行乐图……

这"一幅家庭行乐图"勾画完毕后，作者紧接着写了这么一句："很自然，显然没有她在内。"当时九莉心里就明白，这个家是不属于她的，她只不过是一个局外人。

对于婚姻，九莉是不喜欢别人为她介绍另一半的，一切似乎都寄托在一场偶然相遇。然而"偶然"什么时候来到？却是一件没有定准的事情，恋爱也只是让人落寞。她在香港上学，由于战事的发生回到上海，与楚娣同住，不会烹饪就担任买菜的任务。有天晚上九莉在月下去买蟹壳黄，由于穿着打扮引人注目，有个山东人就对她多看了几眼。可能是注意到了"山东人"

"多看了她两眼"，她心里产生了关于男女关系的想象。但是对着别人的注意，她心里未免有惭愧之感，又是月亮下的孤寂：

> 归途明月当头，她不禁一阵空虚。二十二岁了，写爱情故事，但是从来没恋爱过。

但是，恋爱了又能怎么样呢？与之雍在河上划船、听着音乐，面对浩浩荡荡一无所有的金色沙漠，从中看到"永生"……当是再美好不过的事情了吧？也给了她从来没有过的安全感。然而，九莉感到"在金色梦的河上划船，随时可以上岸"，她与他的相遇也不过是"陪他多走一段路"。她心里明白他们"根本没有前途"，所以"不到哪里去"，那么就这么静静地坐一会儿吧，划一划船、听一听音乐，到岸的时候，起身就是告别。

因为明白孤寂是宿命，所以面对冲突与烦恼她会显得很平静。前文说九莉是那种"宁死也不大惊小怪的人"，甚至对于之雍对女人的朝三暮四都可以忍受，还与他一起谈论品评自己恋人的除了自己之外的情人。想让之雍离婚的话也只说过一次，对于结婚，最后只用一张婚书（还是自买自填的）就打发掉了。九莉真的看得这么开，如此洒脱，对什么事情都不介怀吗？也不完全是，至少她那凄惶的心"对色彩永远感到饥渴"，"任何浓烈的颜色她都喜欢"，也有对于美好生命过程的模糊憧憬，为了跟之雍在一起竟然希望"二战"永远打下去，为了给自己的失落找安慰希望天空一直在下雨。也会为了情人流一次泪、吃一次醋。有悲喜哀乐也想找人诉说，可是"曾经沧海难为水，更嫌自己说话言不达意，什么都不愿告诉人了。每次破例，也从来得不到满足与安慰"，过后也只是给自己徒增懊悔而已。还是守着孤单，清清淡淡，挺好。"再圆满的结束也还是使人惆怅"，《倾城之恋》算是圆满的了，然而传奇过去，谁还在枯守孤月？更何况之雍走了，燕山也走了。《小团圆》是张爱玲毕生创作的"团圆"，还有残缺，所以不是"大团圆"。千年前的月亮在一个看透世事沧桑的寂寞女人眼里竟和三十年的瞬间一样，她打通了古今。

在九莉与其他人的关系中也表现出了作者凄清、孤寂、苍凉的人生感受。她是一定要还母亲花在她身上的钱的，然而当真还的时候母亲哭了。面对母亲的眼泪，九莉认为自己"应当觉得心乱"才是，"但是她竭力搜寻，还是一点感觉都没有"。蕊秋说自己找一个去处，给九莉剩点钱，九莉的感觉是矛盾的，她"留神不露出满意的神气。平静的接受这消息，其实也不大对，仿佛不认为她是牺牲"。看起来这很像是之前母亲给了她什么伤害，让她感到世态炎凉，心中已经唤不起多少亲情了（特别是母女之情，九莉一直管母亲叫二婶）。其实除了蕊秋留学、离婚，她并没有给九莉什么虐待，过继也是那个年代常有的事情。那么九莉对于母亲的感觉也只是空间与心理的疏远所造成的。这一点很容易让人产生误会，而且可找到另一个证据。书中写到，九莉小时候牵母亲的手就像握着"横七竖八一把细竹管子"。然而，蕊秋的凄苦有谁知道？一生颠沛流离、居无定所，找个丈夫又只知抽大烟，离婚另嫁却没想到心上人早已和别人结了婚。亲戚朋友疏远她，连亲生女儿都不把她当生母看。给别人讲电影、说故事，却没有人愿意听。她的凄苦只有她自己知道。

《小团圆》是张爱玲的最后一部作品，其主题仍然是"苍凉"，"苍凉"使她的创作前后贯通。

三、《小团圆》的笔法

也许是由于年岁的关系，《小团圆》的叙述失了当初的笔力，再也没有以往的尖刻和锐利，倒是那松散的笔调更甚一步。初读简直让人感觉不明所以。《小团圆》并没有讲述一个有头有尾的故事，似乎是想到哪里就写到哪里。没有情节，人物也就不是一条线牵着样规规矩矩，开头好多人物（九莉、比比、楚娣、剑妮、赛梨、茹壁、蕊秋等女子，还有几个男子，再加上几个嬷嬷）同时出场，挤挤挨挨、你进我出，彼此叽叽喳喳，所说事情也七零八落。像是作者把我们当作相识相处多年的老朋友，而且书中的人物也是我们共同的朋友。她摆出一副与我们喝茶聊天的姿态，随意闲扯，聊一聊彼此都知道的过去，很像是唠家常。像《沉香屑——第一炉香》《金锁记》《茉莉香片》等早期的作品结构虽也松散，但我们多少还是能捋出那么一条主线，可《小团圆》竟然全是碎片。张爱玲本人说这《小团圆》是一部"情节复杂"的小说，其实并非如此，或者说张所说的"情节"不是我们一般所理解的情节。作品并没有串起整个叙述的一条或几条情节线，没有一般情节小说所谓的开端、发展、高潮和结局。主导叙述的其实是九莉与身边众人之间的关系（她的父亲、母亲、姑姑、弟弟、几个男友、几个闺密、几个情敌等），以九莉为中心辐射到她所身处的那一个新旧过渡过程中的新阶层。作家的笔就在这个网状结构里跳来跳去，在一个叙述单元里带出一个人、一件事就顺着岔了开去。要说"复杂"，也确实是复杂。但复杂的是故事而不是情节。情节和故事不是一回事，而张爱玲所说的"情节"当以故事解更为确切。《小团圆》里的故事确实很多、很杂，但是不见混乱。七零八落的碎片下面掩盖的是孤寂、苍凉、凄清这些生命最根本的内容。因为不是剑拔弩张、曲折离奇，我们可以叫它"无事的悲剧"。这"松散的叙事笔法背后却包容了紧张的心理张力，历史的、文化的、审美的不同信息，都集中在文字背后的心理角斗场上奔腾冲突，平淡风格下面是非常壮观的精神悲剧"①，这种风格似乎在张爱玲出国以后的某一创作阶段中变得少见。但在《小团圆》中，我们发现当初的张爱玲又回来了。所谓"松散的叙事笔法背后却包容了紧张的心理张力"就是说她的写作在人，不在事，事为人服务，为人心服务，不管是写景还是叙事，最终的指向是人的心理，而且是复杂多端的人的心理。

作品中的凄凉故事都出自作家松散随意的笔触之下，但还是有放得开收

---

① 陈思和. 海藻集［M］. 桂林：广西师范大学出版社，2007：352.

不拢的问题存在。陈思和就认为："张爱玲出国以后小说越写越差……原先松散的叙事笔法收不拢来，艺术上就显得凌乱不堪。"① 这样的短板在《小团圆》中依然存在。比如，开头的时候众多人物一起出来，最后有很多人物都没有交代结局与去向，他们就那么来去匆匆，有的竟被写丢了。在叙述过程中，有时候正在讲着某人的故事，讲到某处时就顺着新出现的人物把故事岔了开去，反而把前面的故事丢在了一边。这还不是传统小说中"花开两朵，各表一枝"的笔法，传统小说岔开之后多能回来，《小团圆》有的地方是岔开之后，前面的故事就没了了局。以张爱玲这样有着几十年创作经验，熟读《海上花列传》、深谙鸳蝴小说、对《红楼梦》有精深研究的作家不可能感觉不到自己作品的这一缺陷。然而，她的成长史或者说她的生命史，就是以断片的形式存在，那么以"自叙传"面目呈现的《小团圆》也就只能以这种零碎的方式来书写。如此说来，我们也不必对作家过于苛求了。

对于月亮意象的运用，使《小团圆》与张爱玲之前的创作沟通了起来。从《沉香屑——第一炉香》开始，月亮就在张爱玲的小说中频频出现。作为中国文学传统的原型意象，月亮承载了太多相逢别离、欢乐悲喜。所以深深浸淫中国古典文学又有着与生俱来的人世哀怨的"张爱玲最钟爱的意象应该说是月亮"②。《金锁记》以月亮始、以月亮终，《沉香屑——第二炉香》《多少恨》《桂花蒸——阿小悲秋》《红玫瑰与白玫瑰》《倾城之恋》《茉莉香片》《创世纪》《霸王别姬》《怨女》以及《秧歌》《赤地之恋》……无一不有月亮。月亮串起了张爱玲从处女作《沉香屑——第一炉香》到去世也没完成的《小团圆》的凄凉荒寒心境。我们试把《小团圆》与《金锁记》的开头做一个对比就会发现，后者是回头看三十年前的月亮，前者正经历着三十岁那年的月光，似乎前者比后者小了三十岁，其实二者是一样的。因为

---

① 陈思和. 海藻集［M］. 桂林：广西师范大学出版社，2007：352.
② 温儒敏，赵祖谟. 中国现当代文学专题研究［M］. 北京：北京大学出版社，2002：135.

《金锁记》是一个残缺的故事，它的真正开始处是七巧嫁到姜家以后。《小团圆》并不团圆，它也只讲了一半的故事，只不过与《金锁记》讲后半生不同，《小团圆》讲的是前半生。前也好后也好，都只有三十年，在作者看来三十年就足够了。

初刊于《青年时代》2016 年第 1、3、4 期

第三辑

虚幻的线索

——论格非小说创作的一贯性

正如说起余华、苏童不能不说"先锋"一样，对于格非的探讨似乎也绕不过"先锋"这一指称。当"先锋"初起时的那阵喧哗过后，二十世纪九十年代初人们纷纷议论的是所谓的"转向"。现在人们普遍认为当年的余华们已经脱却了"先锋"的色彩。而笔者认为在某些方面他们并没有完全"退化"，只是出于自己的表达需要而进行适当调整。需要强调的是，这种调整与"先锋"称谓无关，只是一个作家在其创作道路上必然出现的普遍现象。"人类之所以创造了艺术，是因为人类的天性：精神欲"①，这句话当然也适用于文学。"精神欲"是先天的，在精神欲求统摄之下的对于世界的意识与感知当然也是先天的。以后的发展变化只是在原有认识主线的基础上进行的些微修正与补充，除非在人的成长道路上发生某种重大变故，否则人对于世界的感知和意识是不会在某个既定时刻发生与先前截然相反的陡转的。同理，优秀作家的整个创作过程都会贯串一条主线——可以是一种思想观念，也可以是一种原型意味的直觉，这条主线将构成他之所以为他的徽记。有的作家把它灌注于"毕其一生"的一部大书中（比如，惠特曼、波德莱尔、豪尔赫·纪廉等），对于大部分作家而言这一主线串联在他们不同时期的多部作品中。

---

① 曹文轩. 第二世界［M］. 北京：作家出版社，2003：96.

　　关于格非，有人说他是"转向"最慢的一个，但不可否认，他确实是"转"了。① 这一被大多数评论家所承认的说法似乎言之凿凿、不容置辩。但笔者认为不然，如果从作品对于现实的关注度来看或许如此，但至少在关于现实、关于世界的虚幻性认识与表达上，笔者认为格非没有变（之所以说他变，与我们的文学研究方法有关，我们总喜欢把单个作家归入某个群体，把群体里的某些相似性作为一个现象，现象当然会变，然后我们就在想当然的现象变化框架下把作家的个性也给强制性地"变化"了。方法没有错，问题是被掩盖了的作家的个性不应该被忽略）。从最初的《追忆乌攸先生》《迷舟》《褐色鸟群》《青黄》等作品，到长篇《欲望的旗帜》，再到《人面桃花》《山河入梦》《春尽江南》，直到近年的《隐身衣》《望春风》，我们可以说直到现在，"虚幻"贯串了格非创作的始终。这种虚幻性在作品中的生成方式及其溯源，是本文关注的主要问题。

一

　　余华坦承他的小说创作源于自己与"现实的紧张关系"，所以"一生都在解决自我和现实的紧张关系"的柴可夫斯基使他"尊敬"。② 无独有偶，格非也认为"文学写作的根本目的，是运用语言去阐述个人与他所面对的世界之间的关系"③。在他看来这种关系显然也是紧张的。他的作品中与现实关系紧张的"边缘人"比比皆是，而且无一例外地让人感到神秘虚幻、似有若无。

---

① 程光炜. 论格非的文学世界——以长篇小说《春尽江南》为切口 [J]. 文学评论，2015（2）：108.
② 余华. 音乐影响了我的写作 [M]. 北京：作家出版社，2014：88.
③ 格非. 博尔赫斯的面孔 [M]. 南京：译林出版社，2014：122.

他的第一篇小说的主人公名字就叫"乌攸先生"，这不能不让人把他和乌攸联系起来。乌攸先生被人误认作杀人犯而枪决，奇怪的是他自己也一口承认。《迷舟》中，格非竭力渲染萧的身份的真实性，说他是北伐时期孙传芳手下"棋山守军所属 32 旅旅长"。而事实上，在极力给读者营造这种"似真幻觉"的背后，作者真正的目的是强调他实际上的不存在——最后他被贴身警卫员当作通敌分子枪杀了。事实上他正在为部队的胜利殚精竭虑，这可不可以看作人与现实紧张关系的表达呢？在同一篇作品中的另一个人物——萧的情人杏的存在似乎比萧更模糊。她的第一次出场就如鬼似魅，让人感觉虚无缥缈。而且在随后的故事中她几乎就没正面说过话，所有关于她的故事都是用作者的叙述或是别人的言语展开，甚至通过某些暗示，杏说的唯一一句话是用来约定她与萧下次见面的暗号。她的结局是肉体惨遭摧残之后被遣送回娘家。杏的经历当然不能单纯地用"旧的社会制度禁锢人性"之类的说法来解释，她固然没有得到最初的爱，可是当错过以后，她对丈夫三顺并不缺少温存。她的结局可不可以被看作对于人类"原罪"的惩罚呢？《褐色鸟群》里棋的有无让"我"存疑，最后只留下一片镜花水月。没错，水与镜子是这篇小说的中心意象。《青黄》通过对于一个词条的探源，引出了一个张姓人和他女儿小青的故事，这张姓人似乎带着一个久远的传说。由于一个偶然事件，这对外乡人被认为会带来灾难，在村里并不受待见，而且常受鄙视，所以生活在村子的主流生活之外。同样虚幻的是《欲望的旗帜》里的那个锯木厂背后的垂钓者，这个神秘人物的存在有什么暗喻呢？窥伺者？攫取者？引诱者？不得而知，作者直到最后也没有交代他的底细。除了钓鱼，他活动的唯一地点是张末的梦里。《望春风》里的唐文宽同样是一个神秘人物，不过随着故事的展开这个虚无缥缈的人物被坐实了，其中可以作为虚幻人物的恰切例子应当是"我母亲"。"母亲"在"我"不满周岁时就离开了，而且直到她逝世也没能再与"我"见上一面，对于"我"来说，她的"存在是一个甜美，虚幻而又破碎的幻影"，在故事中她从没有亮过相，是一个让人记忆恍惚的缺席者。后来，"我"将各种传言与流言综合比较，得出了一个似乎可信的结论，可是关于"母亲"的真实存在感连"我"自己也心里没底。

格非作品中的男女关系虽不像《金瓶梅》那样"几乎是'无情可尊'"，但却也不像《红楼梦》那样让"贾宝玉始终处于未成年状态"，相反他的作品中男女双方的年龄差距往往很大，这也可以看作作者的"极富深意"吧。① 其中的代表是谭端午，这个中年男人脱离了时代、游离于社会边缘。他对世事有点冷漠，又有些随遇而安；有点呆呆傻傻，办事犹豫不决；却又深情款款，善于发现每个女人的亮点；爱着每一个人，给人的印象却是浮荡轻佻。如果说张季元与梅芸、谭功达与白小娴、谭端午与家玉、"我"与玉芬之间可以看作发生于作品现实之中的爱情，那么张季元与秀米、谭功达与姚佩佩、谭端午与绿珠、"我"与无名女人之间的爱情就有些若即若离、虚无缥缈了，而恰恰是在这些似有若无的关系中透露了爱情的空幻。二者同样没有完满的结局，例外的是《隐身衣》，最后"我"与无名女人似乎是幸福地生活在了一起。但这个圆满是建立在佛家"相空"观念之上的，是在幻想中与世界的和解。幻想终归是幻想，佛只管精神，现实世界不会因为一个人的想象而发生改变，它还是一片荒芜。在《春尽江南》的结尾，端午好像醒悟到了什么，于是他千方百计来到家玉所在的医院，可不幸的是家玉已经香消玉殒，他的最后归宿也还是空。不只爱情是这样，即使是亲情，作者也在貌似与世界解除了紧张关系的《隐身衣》中通过人物的口做了格言式的表述，蒋颂平是这样说的："亲人之间的感情，其实是一块漂在水面上的薄冰，如果你不用棍子捅它，不用石头砸它，它还算是一块冰。可你要是硬要用脚去踩一踩，看看它是否足够坚固，那它是一定会碎的。"

虚幻的人物在《隐身衣》里达到了极致，"我"最后的妻子——那个面目狰狞的无名女人来历不明，有的读者会一度怀疑她是玉芬，但最后证明也

---

① 格非. 雪隐鹭鸶——《金瓶梅》的声色与虚无［M］. 南京：译林出版社，2014：175.

不是。"我"急于知道她原先的样子,可她总安慰"我"说:"你别急啊,等女儿长成大姑娘的那一天,你就知道了。女儿什么样子,我原先就是什么样子。"读者们也想知道她到底是什么模样,但她一下子把时间支到了"女儿长成大姑娘"的时候。这无异于在说想要明白"真相"就只有等到无尽的将来,可是等到"将来"来到的那一天"我"是否还在呢?丁采臣不就是很意外、很神秘地死去了吗?即使"我"通过佛家"相空"说对人生有了貌似透彻的领悟,可是一个"死"字把所有的幻想都归结为虚无。她说她只是丁采臣的一个人质,"我"也一样。同样身份不明的丁采臣无疑代表了某种神秘的力量,这是不是要说明人的生而被"绑架"的不自由呢?

关于"社会边缘人"的讨论已经有很多了,我们这里要关注的是另一类"边缘人",他们不是我们通常意义上所说的"社会边缘人",而是相对于作品结构而言的那些非主要人物,他们不但不是"社会边缘人",甚至在某些方面还可以被称作社会潮流的引领者。不过他们的故事在作品中所占比例极小,不构成整个叙述的主体,人物本身也是若隐若现,从这个意义上说,他们是"作品中的边缘人"。但这些与作者的乌托邦幻想有关(关于乌托邦幻想会在后文讲到)的角色对形成作品虚幻主题的作用非同小可。他们是王观澄、郭从年和王元庆,他们各自在不同时代造就了"花家舍"的兴起和毁灭。三个人物都不是他们所在作品中的主角,王观澄的经历被概括进韩六的话和秀米的梦里,郭从年出场时间少之又少,王元庆给人的印象是没有正面出场过。这几个人物都有些神秘感,他们也都不是情节进展的"行动元",但如果没有这类人物的话,不仅是单部作品,就是作者苦心经营的整个文学世界都有可能轰然坍塌。《人面桃花》通过尼姑韩六第一次提到王观澄:

> "至于大爷,近年来一直在生病,已很少过问村子里的事。甚至……"韩六犹豫了一下,接着道,"甚至有人说,大爷王观澄如今已不在世上了。"

　　王观澄自己也称自己"活死人"，可见他对现存世界失望、厌恶到了何种程度。他的前半生经历使他的落草为寇多少带上了点古代士大夫的隐逸之风，即使这样一个对世俗功利心灰意冷的人却终因心里的"大执念"而死于被外来人挑唆的火并之中。《山河入梦》里的郭从年似乎是走在时代前面的人，他在花家舍提前实现了"社会主义"，使之成为远近闻名的示范公社。但这个人物让人百闻不得一见，他也有着和王观澄一样的传说。谭功达费尽心思想面见这位"花家舍的设计师和缔造者"——"一个神秘的象征人物"，却不得其门而入。就在他要离开花家舍的前一天郭从年自动现了身，他就是与谭在花家舍每天照面的旅社管理员——驼背八斤。这位管理员二十年里反复读着《一千零一夜》，在那个由"细节的真实和情节的荒诞之间"建立起的"神秘的国度和现实的国度"里①，咀嚼着使他越来越痛苦的体会：

　　　　我预感到，我的事业，兄弟，我也许应该说，我们的事业，必将失败。短则二十年，长则四十年，花家舍人民公社会在一夜之间灰飞烟灭。什么痕迹都不会留下来。

　　没有"痕迹"的"灰飞烟灭"暴露了空无而虚张声势的世界。

　　在颇富历史感的"江南三部曲"里，王元庆是王观澄和郭从年的继承者。这个人极度聪明，在自己所从事过的行业中都出类拔萃。在幻想建立花家舍的"独立王国"时被迫撤资，后来只建了一家疗养院，没想到住进去的第一个病人却是自己，开始了半疯狂的精神病人生活。从此这个"自诩为这个世界上唯一的'正常人'"的人，以写格言警句的先知姿态参与着对世界的解读。

　　格非"作品中的边缘人"与过去我们经常提到的所谓社会的"零余者"

---

① 余华. 温暖和百感交集的旅程［M］. 北京：作家出版社，2014：58.

"多余人"虽然都与现实社会格格不入，但二者之间还是有所不同的。在后者的身上表现的是作者对于社会的批判，现实针对性相当强，前者承担的却是人物对于整个世界形态的理想化追求。他们最开始的努力也是积极的，然而，他们努力的结果是一无可免的失败。最后导向的是作者对于空幻世界的哲理性认识。这种认识来自乌托邦使人近于绝望的从建构到毁灭的过程。

二

乌托邦与桃花源有些类似，中国古代即有对于小国寡民、与世无争、人民安居乐业的桃花源的向往。《人面桃花》《山河入梦》和《春尽江南》三部曲中的乌托邦——花家舍也是类似于这种悠然自适的地方，那里"是真正的世外桃源"。二者的表现形态虽然相近，存在方式却南辕北辙。桃花源是"向后看"，继承的是陶渊明的传统。现代意义上的花家舍则是"向前看"，更多借助于西方式的文化资源。① 如果说桃花源偏重于以空间上的位移来达到"不知有汉"的时间上的恒定，那么乌托邦则是通过空间上的分割来实现对于未来的指向。从这个意义上说，桃花源只能作为对于现实失望之后的慰藉，而乌托邦则带有明显的功利诉求。但是在"江南三部曲"里我们看到了作者出自自我生命体验与对于世界的认知对花家舍的存在意义做出了提升。花家舍是"指向未来的乌托邦社会理想和具体形式"，但吊诡的是这里的乌托邦虽然是在某种程度上"展现历史远景形象（未来的时间指向）"② 的想象，"它的最终结局"却是与桃花源一样的"寂灭"。王观澄的孤岛建立于辛亥革命时期，郭从年的公社兴盛于二十世纪五六十年代社会主义建设初

① 吴晓东. 文学性的命运 [M]. 广州：广东人民出版社，2014：67.
② 吴晓东. 文学性的命运 [M]. 广州：广东人民出版社，2014：68.

期，王元庆则在如火如荼的社会主义市场经济大潮下勾画花家舍的商业帝国。他们无一例外地都走在了时代的前面，作品中的乌托邦应是革命者幻想中的现实社会发展结果的预先演示，从这个角度说这里的乌托邦是"一个具体空间或政治设置"①，它的建立无疑具有超前性质。建设者忍辱负重、不辞劳苦，乌托邦的图画总是产生于革命要实现的愿景之前。但是建造者对于毁灭的结果早已是心知肚明，后来的事实证明，从前的繁荣只不过是一个一厢情愿的幻想。除了建设的时机没到，其更深层的原因在于人类的原欲，郭从年认为"花家舍的制度能够存在多久……是由基本的人性的原则决定的"。所以荒原里的乌托邦最后还是要变成荒原。这就是花家舍这一乌托邦构想的前瞻性，它的"寂灭"显然不是对某种社会制度、经济体制可行与否的评判，而是一种形而上的人生体味与关于存在本身的思考。以现实改造为基础的乌托邦必定毁灭，那么就只有在虚幻里想象一个归宿，对此《欲望的旗帜》里的张末最清楚，她知道"她最终想要抵达的居所并不存在，但它是她真正的家园"。乌托邦的建造与崩溃反复提示人们对于理想的社会性向往已无可能，那么为了个体幸福也只有在个人生活圈内造一个小型桃花源了，即《隐身衣》里一家三口所住的丁采臣的郊外别墅。这部作品中作者以半幽默半正经的姿态高调介入，"我"似乎在神秘的个人经历中找到了应付现实烦恼的法门："事若求全何所乐。"最后"我"宣称："如果你不是特别爱吹毛求疵，凡事都要去刨根问底的话，如果你能学会睁一只眼闭一只眼，改掉怨天尤人的老毛病，你会突然发现，其实生活还是他×的挺美好的。不是吗？"没错，如果我们在现实生活中听到这段话，当然会感觉到这种调侃的腔调里所表达的生活智慧。可我们不要忘记"我"是在过了小桃花源里的幸福生活后才亲口说出这样的话的，问题在于那个小桃花源事实上根本就不存在。这仍然只是一个幻想，前文已经说过"和解"只是一种假设。其实早在《欲望的旗帜》里就已经出现过这种假设，因为一朵玫瑰花，张末"差一点就与

---

① ［美］王德威. 乌托邦里的荒原——格非《春尽江南》[J]. 读书，2013（7）：46.

这个世界达成了和解"。但是那时候格非就已经很清醒，他让小偷的刀片再一次把张末切入了现实的卑鄙无耻与混乱无序中。

《春尽江南》里还有一个叫"呼啸山庄"的地方，是陈守仁建在江边的私人别墅。那里有凉亭、假山、游泳池，是"崇尚病态的'唯美'和'虚静'"的主人"静修"的好地方，俨然一座由现代园林艺术生成的桃花源。事实上这却是人们喝酒打牌、灯红酒绿的所在，颓废的生活让人想起"失乐园"而不是桃花源，这里的宴饮豪奢又常常让人想起大观园里的觥筹交错，极度繁荣是凋落的前兆。能把艾略特的《荒原》"从头背到尾"的忧郁女孩绿珠的存在应该不是偶然，是作者有意为之的一个暗示。最终由陈守仁的死结束了这里的一切。"失乐园"的存在似乎与乌托邦的建构有些参差，但这一笔并不是多余的，它是对行将崩溃的乌托邦神话的补充。"荒原"意象的加入使整个乌托邦的寓意更具"现代性"。"荒原"意象同样出现在出版于2016 年的《望春风》里，格非在其中表现最深刻的就是"一个具有传统文化意味的村庄消失了，那些曾和他一起生活过的人物消失了，几千年来建立在乡村伦理的基础上的中国乡村社会，突然间只剩下了废墟"①。虽然格非说："艾略特没有放弃对圣杯的寻找，或者说，废墟的存在同时也暗示了她的复苏"②，但是从整个作品的基调来看，他对于乡村的"追溯过程"只能被理解为"对乡村的告别"。告别之后他仍然依依不舍，期待着"大地复苏，万物各得其所"，可这"只是一个美好的愿望，在急流勇进的 20 世纪中国，在数次天翻地覆的动荡之中，各得其所的'所'何在，各安其分的'分'何在"③? 既然任何人都已找不到回忆中的桃花源，那么，格非也就只有"望春风"了。他站在这块废墟上，想在生命的河流里搜寻过往的消息，

---

① 格非，舒晋瑜.《望春风》的写作，是对乡村作一次告别［J］. 长篇小说选刊，2016（6）：4.

② 格非，舒晋瑜.《望春风》的写作，是对乡村作一次告别［J］. 长篇小说选刊，2016（6）：4.

③ 李云雷.《望春风》：格非的三重"乡愁"［J］. 长篇小说选刊，2016（6）：135.

可是他自己心里最明白："个人记忆往往很不可靠。"

三

　　格非虚幻的来源主要有两个，一个人和一本书，阿根廷的博尔赫斯和中国的《红楼梦》。

　　对于成名于八十年代中期的那拨中国作家，特别是"先锋"作家中的余华、格非、苏童等人来说，博尔赫斯是他们共同的外来文学资源，那时候博尔赫斯在中国确实很流行。他的"叙述迷宫"给那一拨小说家以深刻久远的影响，但相对于其他小说家，格非不仅接受了他的"叙述迷宫"，同样接受了他对于世界人生的虚幻性认识。"博尔赫斯认为，他所面对的这个世界本来就是虚幻的，不堪一击，弱不禁风。"① 这是格非对于博尔赫斯的理解，对此博尔赫斯自己也反复提及，甚至把臆想的矛头指向了自身。他常常怀疑现实自我的存在真实性，非常厌恶把自己和那个成了名的"博尔赫斯"等同起来②，并时常对自己从梦中醒来发现自己还活着而耿耿于怀。《欲望的旗帜》中的张末时时"感到眩晕，感到不知所之"，"身体犹若一羽轻鸿飘泊③无着"，甚至所有人"无一例外地匍匐在幻觉的阴影之下"。他们在生命的可能与不可能之间挣扎，却"怎么也抓不住它"。《春尽江南》里的秀米也常常感到身体不是自己的。在花家舍的土匪窝里也"只有在阅读张季元的日记时，秀米才觉得自己还活在这个世上"。她的革命似乎也不是由于什么救万民于水火之类的崇高理想，而只是对于张季元事业的延伸。英雄的壮举失

---

　　① 格非. 博尔赫斯的面孔［M］. 南京：译林出版社，2014：308.
　　② ［美］威利斯·巴恩斯通. 博尔赫斯谈话录［M］. 西川，译. 桂林：广西师范大学出版社，2014：110.
　　③ 飘泊：现为"漂泊"的异体字，不推荐使用。

败后，她终于发现"其实，我们每个人的心，都是一个被围困的小岛"。从
《追忆乌攸先生》到《欲望的旗帜》、"江南三部曲"，格非的写作对象好像
越来越现实，不可否认"江南三部曲"里的虚幻色彩是没有从前那么缥缈得
彻底了，在《春尽江南》里"格非决意摆脱先锋技巧的困扰，要带着他的
男女主人公重回写实主义的传统"（作为乡土叙事的《望春风》作者更是极
力营造着一场似真幻境）。但是在上述作品中，他还是沿用着"普鲁斯特
《追忆似水年华》的叙述手法，以及博尔赫斯小说的那种虚幻加隐喻的眼
光"①。《隐身衣》与当下现实生活相当贴近，但仍在使用迷宫式的叙述，作
者仍然在一次次地"装神弄鬼"。为了全面起见，我们还可以加上一个加西
亚·马尔克斯，但是加西亚·马尔克斯并不承认"魔幻"一说②，所以格非
也就有了现实经验的基础，这一基础是对"向壁虚造"的博尔赫斯幻想的有
力补充。还有一个卡夫卡的虚无，对此，格非在《博尔赫斯的面孔》和
《小说叙事研究》中有"夫子自道"，此不赘述。

格非的虚幻继承的另一个传统是《红楼梦》。《山河入梦》中的谭功达
在某种意义上似乎可被称作现代的贾宝玉，宝玉本是补天无用的顽石，那顽
石空有大才却被遗落尘间。谭功达和顽石一样有着济世的梦想，不管计划有
多么不切实际、要花多少代价，他都在所不惜，还是进行下去。后来终被现
实中的蝇营狗苟之辈架空，英雄梦碎。关于爱情，谭功达更是痴、傻、呆、
憨，这与他四十出头的年纪实在是太不匹配。遇见女生他常常会"两眼放出
虚光，直勾勾地盯着"人家看，过分"呆滞"的眼神使人怀疑"他是个花
痴"。对女孩倾尽身心，对方却认为他玩世不恭。最后因缘际会，爱情梦碎。
《春尽江南》里有个叫作"荼蘼花事"的私人会所，本来是富人们行乐的地
方，在作品中出现时正经受着大雨的浸泡，垃圾遍地，有的是"一种颓废的

---

① 程光炜. 论格非的文学世界——以长篇小说《春尽江南》为切口 [J]. 文学评论，
2015 (2)：108.
② 格非. 博尔赫斯的面孔 [M]. 南京：译林出版社，2014：152.

岑寂之美"。这是一幅世纪末的荒原景象，繁华过后的倾颓。叙述者猜测
"荼靡花事"这一名字"大概是取《红楼梦》中'开到荼靡花事了'之意"，
显然是作者有意安排。关于"荼靡"格非在《山河入梦》中也提起过，佩
佩的妈妈给她留下"开到荼靡花事了"这最后一句话后自杀了，妈妈给佩佩
留下的最后印象是坐在镜前梳妆。很明显的一个美人凋落成泥、人生痛苦虚
幻的隐喻。

除了对于人物与意象的引入，格非对于《红楼梦》的继承也表现在叙述
手法上。《红楼梦》中写了数不清的宴会，在贾府最后一次中秋夜宴中众人
正把酒赏月，黛玉和湘云却联诗凹晶馆去了，最后同悲寂寞。这种旁逸斜出
的写法，在《春尽江南》中有了颇为巧妙的借用。一次"呼啸山庄"的聚
会上端午"深感无聊"，踱步而出，在江边初遇绿珠。与凸碧堂前凄清的月
色相对应，端午和绿珠"最终抵达的地方是一个巨大的垃圾填埋场"，凄清
的月色暗示贾府的没落，垃圾填埋场当是世界的荒芜。不巧的是他们在路旁
小吃摊遇到了一群司机，他们正在大声喧哗喝着啤酒。黑夜漫步以其他人的
欢宴为背景，存在的真实被推到远处，虚化之后只闻其声，面目却很模糊。
绿珠是个忧郁的女孩儿，她对一切都无所谓，不管是臭烘烘的垃圾场还是与
一个初次相识的男人一起待到天亮。她明白一切都是虚幻。

格非对于《红楼梦》的继承当然没有停留在人物引入、修辞及叙述手法
层面，前面所述的艺术技巧的移用最终导向的是对于《红楼梦》的思想和文
化观念方面的延续，特别是由"佛道结构"产生的"绝望"主题。如果沿
着这一思路再追溯下去的话，我们会发现格非承袭的中国古代小说思想文化
资源还有《金瓶梅》。"《红楼梦》继承了《金瓶梅》的佛道结构，也在相当
程度上继承了《金瓶梅》的相对主义，将出家或对世界的逃离作为其基本归
宿……也就是说《红楼梦》继承了《金瓶梅》对这个世界的批判、否定乃
至绝望。"① 当然格非的作品中并没有哪个主人公真的出了家，但他们或多

---

① 格非. 雪隐鹭鸶——《金瓶梅》的声色与虚无 [M]. 南京：译林出版社，2014：176.

或少都与佛有点关系。《欲望的旗帜》里，与曾山关系最密切的是一个叫作慧能的和尚，他叮嘱曾山要"生活在真实中"，可到最后曾山还是只能在小女儿这里寻找些许慰藉。《人面桃花》里，秀米被劫到花家舍之后，在岛上陪伴她的是尼姑韩六，韩六给了她不少点化。但她的点化更像是对世俗人的宽怀解惑，所以秀米到最后也没醒悟，她只是感到很孤独、很落寞。《春尽江南》里，当初"对出家没什么概念"的绿珠"只是想找个干净的地方死掉"。很巧的是在雷音寺里她遇到了一个和尚，在听了"松树千年朽，槿花一日歇"后感到"出家也许真是一件挺不错的事"，而且由此得了一个"舜华"的法号；家玉几次想去西藏，但最终也没有成行。《望春风》里的"我"与春琴终于在"我父亲"自缢的便通庵里落叶归根，让我们看到了生命历程的轮回宿命……当然，我们不能以是否在作品中写到和尚、尼姑或寺庙为标准来判断作者是否对《红楼梦》有继承，关键是书中人物在与方外人接触之后所受的出世观念的影响，以及生成这一动机的对于现存世界的"绝望"与幻灭。《望春风》里小付所翻译出的唐文宽的那段"怪话"应是最好的注脚："一年当中，有三百六十五个日日夜夜。这些日子就像一把把刀、一把把剑，又像漫天的霜、漫天的雪，年赶着月，月赶着日，每天都赶着你去死。等到春天结束的那一天，花也败了，人也老了，我们都将归于尘土。这世上，再也没有人知道我们这些人曾经存在过。什么痕迹都不会留下来"（与曹雪芹的《葬花吟》几近于同一面目，或者说就是它的译文）。"我"面对德正与春生的死所发出的"日来月往，天地曾不能以一瞬"的感慨亦属此类。即使世界如此让人绝望，可是格非好像并不悲观，在《隐身衣》里"我"与无名女人运用佛道的理论求得了内心的平静。如此说来，格非还有点倾向于自然委运的道家人生观——一种达观通脱的人生态度，《隐身衣》的结局多少表现出作家对于此岸世界的人文关怀。但是不要忘了，本文已经多次指出，无论你怎么达观、如何顿悟，和解只是一厢情愿的幻想。在现实中无论是绝望得自暴自弃，还是洒脱地笑对人生，二者的立足点都是对于世界的虚幻性认识。

当一切都寂灭了以后，留给人们的就只剩下一场整个宇宙的大虚幻，这场虚幻里的个人没有一个能逃脱掉，他们显然是孤独的。现代科学技术迅猛发展，孤独的人们始终在学习，可我们以为"在学习怎样生活，其实是在学习怎样死亡"①。如果说现实是"由一个更高意志（智慧）的主宰（也许是上帝）所做的一个无关紧要的梦"②，那么文学就是作家的梦。格非写的是虚幻，可是他又很清醒，他明白"一个人要是过多地沉湎于冥想，沉湎于那些由宇宙的浩瀚和时空的无穷奥妙所组成的虚幻之境中，他本人也很容易成为虚幻的一个部分"③。所以他的创作从虚幻开始经由历史达至现实，但出于思考者的"天真"，虚幻贯串了始终（至少到现在为止）。以后的格非还会继续虚幻下去吗？我们拭目以待。

初刊于《当代作家评论》2019 年第 2 期

---

① ［法］克洛德·西蒙. 佛兰德公路［M］. 转引自格非. 博尔赫斯的面孔［M］. 南京：译林出版社，2014：109.
② 格非. 博尔赫斯的面孔［M］. 南京：译林出版社，2014：308.
③ 格非. 博尔赫斯的面孔［M］. 南京：译林出版社，2014：308.

天真的叙述者

——余华创作性格别解

余华作品中表现出的冷酷、残忍在他甫一出道就被广泛关注。对于这个冷酷世界的叙述人们最常用的形容是冷漠、"情感的零度"，这种形容并不为过，在《河边的错误》《现实一种》《难逃劫数》等作品中余华确实很冷淡很冷静，有人形容的他血管里流的是冰碴子并不为过。普遍认为余华的客观、"情感的零度"是一种叙述策略，但笔者认为如果仅仅把它作为策略来理解的话，那么这种策略在很大程度上是失败的。从根本上说，作家对于世界的反映根本无法做到纯客观，因为文学艺术是"表象世界的表象"①，是作者以自己的意识过滤过的世界在头脑中的定格，每个作家看世界都会戴着自己的有色眼镜。所谓"情感的零度"也根本无法实现，因为要做到"情感的零度"就必须全部用中性词语无褒无贬地来描述世界，但是我们设想一下，即使在一篇短至几千字的小说中只用中性词语来做描述是可能的吗？虽然余华本人也在寻找"无我的叙述方式"，但就文学的本质来说"无我"也只能是一种追求而已（不过"让阴沉的天空来展示阳光"是有可能的，这是另一个问题，下文会涉及）。②

那么余华对于他作品中所呈现的残酷画面的态度我们该如何理解呢？这

---

① 曹文轩. 第二世界 ［M］. 北京：作家出版社，2003：83.

② 余华. 没有一条道路是重复的 ［M］. 北京：作家出版社，2014：171.

里有一个颇为恰当的词：平静。"平静"具有客观性，但不是纯客观。这是一种最自然的状态，指的是心无波澜、静如止水。但这绝不意味着叙述者是一部作品所述内容的旁观者，因为他对于他的发现并不是有意忽略，如果他有意视而不见，那他为什么还要把它物化于纸上供人观瞻呢？所谓的叙述策略不过是作者使用的一个观察书写的角度，它并不能透露作者的一点点冷漠，而且有可能恰恰是这个"旁观者"的感情最热烈。余华很平静，也很"无情"。这里的"无情"不是与冷漠残酷并列的无情，而是一种自然的心境，即内心的本真状态。如果说在早期的中短篇小说创作中余华还有些激动、愤怒，那么从《活着》以后到了《第七天》他已经逐渐地平静下来，不再如莫言在《红高粱》《檀香刑》里所做的那样，使读者不断地在他所描述的暴力场面中看到"叙述者的暗藏不住的快意与美学情趣"①。也许是年龄增大心态有变，也许是对于世界的理解有所深入，他已经如正常人一样品味着杀戮、暴力和热泪、爱情。只不过在叙述的字里行间仍能保持着克制与平缓，不让自己的情绪伤害到所要展现的人间图景。不管这图景是温馨的还是残暴的，他就这样平静地把它端上来。也许在这个过程中他的心里也在诅咒着现实的黑暗与丑恶，也在歌唱着人间的温情与美好，可是他仍然沉默着，如水的行文表达出了一切。之所以能做到如此，是因为他内心的本真状态，这种状态与自然最接近。而"天真的诗人与自然融为一体；实际上，他们就像自然——平静、无情而又睿智"②。帕慕克根据席勒的《论天真的诗和感伤的诗》把小说家分为天真的和感伤的（也并不排除二者的交集）两种类型，本文要论述的正是作为天真的小说家的余华。从成名作《十八岁出门远行》到《第七天》，余华一直坚持"叙述"在小说创作中的主体地位，甚至在他看来"叙述"就是小说本身，所以我们称他为"天真的叙述者"。

① 曹文轩. 小说门［M］. 北京：作家出版社，2002：215.
② ［土耳其］奥尔罕·帕慕克. 天真的和感伤的小说家［M］. 彭发胜，译. 上海：上海人民出版社，2012：13.

一

　　大自然是生命的源头，也被一些作家作为一种价值的标准。"风景乃是一种认识性的装置"，它"在成为写生对象之前首先是一种价值颠倒"①，由此可见风景的展示在文学创作中的重大意义。天真的小说家作品中当然少不了自然风景的描写。但在他们那里大自然已不仅仅是人物活动的场所，对于大自然的描述也不仅仅作为故事的背景、情节的衬托与气氛的渲染，同时也对他们探讨人性、理解人生、批判现实、表达理想起到了至关重要的作用。余华的小说以叙述为主体，但是他能在叙述里融进对于自然风景的恰切描绘。这些描绘并不是可有可无的，它们承载着余华对于他所呈现的人生图景的心灵体验与价值判断。《第七天》里杨飞进入阴间的最后栖息处是一个叫作"死无葬身之地"的地方，然而那里并没有一般所认为的地狱的阴森颓败，反而是绿林碧水、欣欣向荣。树叶都是心形的，颤动时是心跳的节奏。风景中伴有婴孩们轻盈美妙的歌声。这里的大自然无疑与"那个世界"的环境形成强烈对比，那里的大自然已经惨遭破坏，甚至连一条小季节河周遭的花草和石头都不被放过，全部被现代高楼侵占。意味更深的是作者对于强行拆迁后所遗景象的展现，让我们从残砖断瓦堆上看到了"那个世界"已经变为一片废墟。这就已经超出了单纯的保护环境的生态观念，而直达对于整个生灵的人文关怀的高度。不仅是《第七天》，在那些奠定余华当代文学史特殊地位的叙述暴力、血腥故事的作品里也不乏对于自然的描述，那些故事往往发生在自然里面。比如《祖先》，人类的祖先当然生活在原始自然中，这

---

① ［日］柄谷行人. 日本现代文学的起源［M］. 赵京华，译. 北京：中央编译出版社，2013：10.

个题目就已经对作品的整体基调和中心有所暗示。果不其然，开篇第一段作者就给我们展现了一派自然风景。虽然是简单的勾勒，但就在这一小段内作者给读者展示了一个明显的对比：昔日的纯净与今天的混沌。过去"我们村庄周围的山林在初秋的阳光里闪闪发亮。没有尘土的树叶，如同玻璃纸一样清澈透明"。但这些都"是有关过去的记忆，那个时代和水一起流走了"，"如今这一切早已不复存在，就像一位秃顶老人的荒凉，昔日散发着蓬勃绿色的山村和鸟鸣一起销声匿迹了，粗糙的泥土，在阳光下闪耀着粗糙的光芒，天空倒是宽阔起来，一望无际的远处让我的父辈们看得心里发虚"。《祖先》发表于1993年，晚于《活着》一年，虽然仍有暴力血腥场面出现，但它表达的同样是对温情的呼唤。而这一写作时间恰是在余华所谓的"转向"不久，这就形成了他的"温情"之初与现在创作的首尾呼应。《祖先》的"人性恶"主题不仅表现于人们对于猩猩的分而食之，也表现于对生存环境的遗弃与"改造"。改造之前风景繁盛，空间闭塞，性是善的。改造之后风景凋落，空间开阔，人却变恶了。这样，风景的变迁就与猎杀分食猩猩同样具有了对于现代文明批判的反讽意义。《活着》的故事发生在乡间，那里的风景与对于苦难和温情的叙述相互穿插，表现的是作者对世事遭际的人道情怀。在《活着》之前的很多作品中，故事也发生于自然环境下：《十八岁出门远行》发生于一条山区公路上，《河边的错误》当然发生在河边，《此文献给少女杨柳》发生在城乡接合部，主人公的住处也在河边，地名叫作"烟"，《鲜血梅花》里阮海阔为了寻找仇人走遍了千山万水。有些故事虽然没有发生在乡村或是自然风景里，作品中的人物却以自然现象命名：《现实一种》里的山岗山峰兄弟，《命中注定》里的陈雷，《难逃劫数》里的东山、露珠、沙子、森林等。

如此多与自然相关的叙述出现在余华的创作中应该不是偶然，首要的原因当与二十世纪八十年代开始的真正现代意义上的中国城市化进程相关。商品经济的迅速发展，人心私欲的不断膨胀，导致了人性纯良温厚品质的缺失，荒诞、丑恶现象也就层出不穷。面对颓败的现实困境，回归自然、回归传统也就成了人类自我救赎的可靠途径。这其实是一个世界性的潮流，不过西方比中国开始得早。面对物欲横流、人心不古，一些西方人试图从东方的古老文化精神中求得"摆脱自己局限的可能性"，这种文化精神即"面对宇宙之谜……更多地强调'天人合一'，破除人为概念上的种种魔障，以求整个心灵肉体与浑一自然同化同在，以应和宇宙万物的规律"①。从这一点上说，余华对于自然的偏爱与八十年代中期形成的中国小说现代派和寻根文学是相通的。但余华又有自己的特点，也许我们可以在他的童年经历中找到他与其他作家对于自然理解不同的蛛丝马迹。余华的童年在医院里度过，所以我们当然不能如解释沈从文对自然的倾心那样来探讨余华对自然的偏爱。但是即使居于县城也无法隔断他与自然的接近，是一座桥把他和自然连接到了一起。

> 那时候我还没有上小学，我记得一座木桥将我父母工作的医院隔成两半……夏天的傍晚，我父亲和他的同事们有时会坐在桥栏上聊天。那是一座有人走过来就微微晃动的木桥，我看着父亲的身体也在晃动，这情景曾经让我胆战心惊，不过夏季时晚霞让河水泛红的景色至今令我难忘。我记得自己经常站在那里，双手抓住桥栏看着下面流动的河水，我在河水里看到了天空如何从明亮走向黑暗……②

晚霞如血的颜色染红了河水，暗红里深藏着大自然的秘密，俯瞰令人感到恐怖。河水中的天空去往黑暗的路上给少年人本就好奇的心性罩上更加浓郁的神秘感。这不仅是成年后的余华对自然偏爱的原因，也是他喜欢阿根廷

---

① 陈思和. 中国新文学整体观 [M]. 上海：上海文艺出版社，1987：182.
② 余华. 没有一条道路是重复的 [M]. 北京：作家出版社，2014：33.

人博尔赫斯的原因吧。

二

　　对于天真的小说家来说，文学作品"就是自然赋予的一个有机的印象，这印象从未离开过他们心田"①，这印象就如一张张世界缩影的"风景画"，他们要做的就是运用词语将"主人公的眼睛看到的某个时刻的画面"② 具象化到纸上。说到底，"小说本质上是图画性的文学虚构"③。作为天真的叙述者，余华"自然"的另一个表现就是对于人生图景的自然呈现，在这一过程中他的心情是平静的。"他企图建构一个封闭的个人的小说世界，通过这种世界，赋予外部世界一个他认为是真实的图像模型"④，以这一说法来描述余华的小说创作是行得通的。在二十世纪九十年代之前，余华不言不语地为读者提供了诸多血腥场景，我们从词语中读不到一点点诉诸理性的解说，也体验不到一点点来自言语的说明，一切都只是呈现。在《十八岁出门远行》《河边的错误》《现实一种》《难逃劫数》等作品中我们不断受到来自残暴场面的极度冲击，但作者好像总是无动于衷，他很平静。可是他为什么会很平静？正如博尔赫斯写暴力是因为他的家族历史，余华写暴力也在很大程度上与他早年的经历有关。他一贯得见的世界即如此，那么他当然就习以为常。面对读者的提问博尔赫斯回道："每个作家都有选择自己的象征媒介的自由，

---

① ［土耳其］奥尔罕·帕慕克. 天真的和感伤的小说家［M］. 彭发胜，译. 上海：上海人民出版社，2012：14.

② ［土耳其］奥尔罕·帕慕克. 天真的和感伤的小说家［M］. 彭发胜，译. 上海：上海人民出版社，2012：96.

③ ［土耳其］奥尔罕·帕慕克. 天真的和感伤的小说家［M］. 彭发胜，译. 上海：上海人民出版社，2012：86.

④ 陈思和. 中国当代文学史教程［M］. 上海：复旦大学出版社，2005：301.

如果我选择了诸如磨坊主、石匠和刀子之类的东西，那有什么不行呢？为什么我就不能做这些选择?"① 因为这些生活离他近，不管是物理距离还是心理距离，所以他就近取材，对自己熟悉的东西当然也就见怪不怪、平静对待。"对于暴力的迷恋"到了《活着》中好像有了改观，我们从作品中不断读到对于人世冷暖的轻微感叹。然而笔者要提醒大家的是作者讲述《活着》所用的视角。它不是将写作者作为视角人物，而是假借一个老人之口诉说一个故事。在文本时间之外的现实时间（其实就是一个下午）里，作者只给我们提供了三个主要图景，即老人和牛犁地、老人和"我"在树下说故事、老人和牛收工。中间有几次理所当然的间歇，那是调整一下叙述节奏，给读者留一个缓解的空间。其中的核心当然是老人和"我"在树下说故事，我们犹如在一个炎炎夏日的午后远远地透过有些波动的热浪看到了一老一少两个身影，他们不同发色的脑袋相互并列，彼此示意，有时又指手画脚。整个作品无非就是这样一个画面，其他所有内容都包含在老人的娓娓讲述中。如果说余华之前的那些关于冷酷、残忍的故事是散装的，那么这个关于温情的故事就相当于被作者打了一个包。因为作者的平静，这种叙述在实质上还是一种呈现，只是方式不同而已。在老人讲述的过程中"我"出现过几次，但这个"我"并不出现在故事里，"我"的出现并不对文本故事的进展造成影响，作者始终保持沉默。所以文本中的温情不是作者的温情，而是作品中人物的温情，正如文本中的苦难也不是作者的苦难，而是人物的苦难。前面的冷酷与残忍亦做此解。但是有人会质问：难道作者心中真无波澜？难道冷酷与残忍、温情与苦难不是作者对于人生的实际感受？前一个问题的答案是有，后一个问题的答案也是肯定的。那么有人会继续追问下去：既然对生活有感受、内心有波澜，这显然也不是一种故作姿态，那么平静又从何而来？笔者只能说这是一种外在状态，可以把它比作一泓深水，表面安静，其实深处正

---

① ［美］威利斯·巴恩斯通. 博尔赫斯谈话录［M］. 西川，译. 桂林：广西师范大学出版社，2014：196.

波涛汹涌。作者热血沸腾，可是他一句话也不说。这么回答好像还是不尽如人意，有人可能会抓住本文题目不放：那么，凭什么说余华是一个平静的天真的叙述者？问题正在这里，因为作者与叙述者不能直接画等号，我们不能认为余华就是事实上的真正叙述者，这中间有个转换的过程在里面。对于还不能完全明了的人，笔者只能说：他中了余华的叙述"圈套"。以下是余华的自我陈述："在叙述过程中，个人经验转换的最简便有效的方法就是，尽可能回避直接的表述，让阴沉的天空来展示阳光。"①

　　过了二十二年后，余华依然在运用这种方法，而且乐此不疲，而且屡试不爽。在《第七天》里，"我"真的哭了，而且哭过好多次，二十多年前余华的成名作《十八岁出门远行》中的"我"被打之后"鲜血像是伤心的眼泪一样流"。这里的"我"似乎比《活着》中的"我"更进了一步，因为他既不是作者本人，也不是叙述者，他只是一个角色，与其他角色不同的只是他给叙述者提供了一个视角而已。而余华作为"小说家不过是在和我们一起穿越想象，在此过程中，读者获得快感，小说显示其意义。'文本之外，没有任何东西'"。作品中"'我'的声音在很多时候和很大程度上实际上是'我们'的声音"②。

　　余华的《第七天》在阴间的美丽自然风景与现实世界的残破风景的对比中实现了对现存世界无序、衰败与黑暗的批判，我们有必要在这里再探讨一下他在整个生活画面的呈现上是如何来实现这一目的的。杨飞的鬼魂在阴间的旅途很自然地让我们想起《神曲》中但丁游地狱的场面，不同的是但丁的地狱阴冷恐怖，余华的地狱却不亚于一个世外桃源。他还是很平静，叙述从容不迫，如水漫流。在这种从容的节奏中我们看到了"死无葬身之地"人际关系的和谐，在这里就算是生死相拼的仇恨都可以被阻隔到"那个世界"。人们之间相互帮助与扶持，不分你我，鼠妹甚至在有了安息之处后还有点不

①　余华. 没有一条道路是重复的［M］. 北京：作家出版社，2014：171.
②　丁帆. 中国乡土小说史［M］. 北京：北京大学出版社，2007：325.

舍得离开这个孤魂野鬼们聚居的地方。最给人温暖与震撼的是李月珍身前身后紧紧跟随的那些婴孩儿的形象，这使得李月珍俨然成了一个圣母式的人物，向人们播撒着爱的种子。在这一图景的对比下的"那个世界"是什么样子呢？有人为私欲竟然可以爆破一座仍睡有人的楼房，把人活活压死在废墟下面。为了住房一家人口角不休，为了一个 IPhone 竟跳楼殒命，网上还有人支着儿提建议。两相对照，到底哪个是地狱，哪个是人间？这就难怪杨飞在游历"死无葬身之地"第五天的时候会说出："我怎么觉得死后反而是永生呢？"

　　平静并不意味着余华在向读者呈现这些画面时毫无选择地把生活原型原样照搬到书中，在呈现的过程中他的叙述笔调是一如既往的细腻，在那些人们容易忽略的微小处加入了自己对于世态人生的认识并使之强化。《第七天》第一节中市政府被砸后，"我听到玻璃破碎的响声从远处传来"，这是一个极细微的声响，平常人们是不容易注意的。这里是否有某种隐喻暗含其间呢？我们首先注意一下"远"，这里的"远"不仅是物理空间的远，更是心理时间的"远"，作为阴世的世界与作为阳世的世界的疏离。二者之间点缀的是"破碎"的光亮，噼啪作响。"我"隐藏在背后，或飘浮在空中，平静的眼睛终于有了些许不安稳。对于不经意处的把握在余华从前的作品中也俯拾皆是，对于小说中故事发生地的具体描述人们往往会忽略，比如门牌号，这些虽然都是小细节，但运用好了它的作用不可低估。《西北风呼啸的中午》里虹桥新村 26 号 3 室就是这样一个例子，这个门牌号使得"我"和大汉的冲突不可调和，于是推动了整个叙事进程，因此具有了结构意义。① 这是细节的另一个功能，在故事的讲述过程中，细节对于整个情节的推进、发展与转换会起到至关重要的作用。余华的细腻得益于对川端康成的阅读，他说："我是 1983 年开始小说创作，当时我深受日本作家川端康成的影响，川端作品中细致入微的描叙使我着迷……由于川端的影响，我在一开始就注重叙述

---

① 王确. 文学理论教程［M］. 北京：人民教育出版社，2003：180.

的细部，去发现和把握那些微妙的变化。"① 后来读的《一千零一夜》也给了他极好的佐证。虽然之后余华发现一味细腻给他的写作进程造成了难以想象的"桎梏"，但创作初期对于川端的借鉴还是使他直到现在都获益匪浅。与卡夫卡的相遇使余华对于人事图景的呈现更加平静，在写作过程中他越来越"发现人物有他们自己的声音"，作家要扮演的只是一个"记录者"的角色②，所以他只呈现而不对故事横加干涉。《在细雨中呼喊》《活着》《许三观卖血记》是这方面的代表作品。作者的不在场使作品有了多种阐发的可能性，变得丰厚起来。聪明的叙述者懂得"作家要以某种天真来写作，他不应该考虑他在做什么，否则，他写出的根本就不是他自己的诗歌"③。

我们说余华对于人世生活图景的呈现并不是全盘照搬，是因为他无边的想象力，正是运用想象力对于现实的变形化处理使得文本中呈现出的世界比现实世界更真实（余华本人对此也有专论《强劲的想象产生事实》），这也是余华作品时时让我们产生陌生感的原因。但这也引起了某些批评者的质疑，他们认为余华在某些细部的处理上不合生活逻辑和现实情况。一个最明显的例子是，有人把《兄弟》中宋凡平死后被砸断双腿放进棺材这一细节看作作品的"硬伤"。对此我们要说，关于呈现我们不必纠结于某个细节在现实生活中的存在与否，还是那句文学是"表象世界的表象"，作家在对世界的感知过程中必然有他自己的变形。因为大千世界无奇不有，任何事都有可能发生，如果你硬要说上面的例子是"硬伤"，那笔者只能说这是在钻牛角尖。虽然我们坚持细节的真实性，但是"真实性"不等于"真实"，因此没有必要像十九世纪的法国自然主义作家那样对现实生活表象细节的真实穷究不放，只有充分发挥想象力才能做到"叙述方式上的随心所欲"④。余华做

---

① 余华. 没有一条道路是重复的 [M]. 北京：作家出版社，2014：105.
② 余华. 没有一条道路是重复的 [M]. 北京：作家出版社，2014：107.
③ [美] 威利斯·巴恩斯通. 博尔赫斯谈话录 [M]. 西川，译. 桂林：广西师范大学出版社，2014：191.
④ 余华. 没有一条道路是重复的 [M]. 北京：作家出版社，2014：105.

到了，所以他的笔锋流畅，思想的表达毫无滞重感，《十八岁出门远行》
《现实一种》《世事如烟》等是他在明白了"随心所欲"之后的首批作品。

三

  与当时和他并列"先锋"阵营的孙甘露对存在真实性的怀疑不同，余华
像个天真的孩子那样不断用手指出他所看到的一切让我们看。不管他所指出
的有多么微小，那都是他的发现，他完全相信自己感知到的。看到苦难他就
展现世界是残酷的，看到温情他就展现世界是温暖的。从《十八岁出门远行》
到《第七天》这近三十年的创作生涯里，余华一直在暴力和温情之间徘徊，原
因在于世界的普遍景观就是如此。他端着胳膊不停地转身，手指不停地指点，
让我们感觉余华一直还保有着当初《星星》里的那颗纯真、晶莹的童心。

  余华写过一篇关于"看法"的文章《我能否相信自己》，其中列举了很
多人们关于"看法"的看法，为的是说明那些所谓睿智的人对于"看法"
的不可靠的看法。但是直到文章结尾，余华也没有明确回答自己的问题。其
实最后五个字"作家的看法"已经说明了一切，这五个字就是余华所相信
的。对于自己相信的，作家会一再重复。而他所重复的又往往是"这个时代
的一些我们远远没有讲清楚、不愿意讲的东西"①。正因为我们不愿意讲，
所以他固执地一再用手把这些东西指点给我们看——几乎是在请求了，让我
们把司空见惯的东西再看一眼。可是人们并不以为意，所以他只好一遍又一
遍地重复。《第七天》是一部"包含了余华以前所有作品的作品"②，有暴

---

① 张新颖. 余华长篇小说《第七天》学术研讨会纪要 [J]. 当代作家评论，2013（6）：
93.

② 张新颖. 余华长篇小说《第七天》学术研讨会纪要 [J]. 当代作家评论，2013（6）：
94.

力、残酷，也有温情、有爱，有作者与"现实之间的紧张关系"，也有幻想中与世界的和解……但是，"在这个作品里面，其实有余华的新的发展出来东西。……他继续调整了"①。一个最明显的现象是，过去他总喜欢从现实出发往虚空里看，而在《第七天》里他是从虚空出发向现实看，这或许也可以算作对于现实世界价值颠倒的隐喻性结构。作为二十年的老朋友，陈晓明认为余华是一个"纯真、直率、真实"的人，纯真、直率当然也表现在他对于自己的发现的执着，他相信"在阴世阳间交接的地方"有着人们应该了解的隐秘。

重复也包括艺术上的重复，天真的小说家相信自己所看到的，他也"毫不怀疑自己的言语、词汇和诗行能够描绘普遍景观……能够恰当并彻底地描述并揭示世界的意义"②。所以，三十年里余华始终保持着自己的用语习惯和行文风格，比如，冷静的语调和平静的姿态。平静是一种返璞归真，词语的简洁有力使叙述锋芒直抵人心。这是余华最初阅读时从卡夫卡那里得到的第二份"遗嘱"。风格在不断重复中逐渐形成，形成后就不易改变，它可能贯穿一个作家一生的创作。这是预言一样的表述——"不管作家怎样写作，总会在某一天或者某一个时期，其叙述风格会在某一部作品里突然凝聚起来"③，《第七天》总结了以前的所有。但是从《十八岁出门远行》到《活着》并不一定是突然的转变，再到《第七天》也并不是简单的重复，这个转变和重复的过程里必然会有新的发展。这种转变与"先锋"这一称谓无关，作家也只是把它看作为了自己表达的需要而做出的适当调整。对于作家个人而言这是一个技巧问题，对于整个文学而言事实上是一个历史的问题，从某种意义上说，"所有的作家都是在一遍一遍地写着同一本书"④。

---

① 张新颖. 余华长篇小说《第七天》学术研讨会纪要 [J]. 当代作家评论，2013 (6)：94.

② ［土耳其］奥尔罕·帕慕克. 天真的和感伤的小说家 [M]. 彭发胜，译. 上海：上海人民出版社，2012：14.

③ 余华. 温暖和百感交集的旅程 [M]. 北京：作家出版社，2014：68.

④ ［美］威利斯·巴恩斯通. 博尔赫斯谈话录 [M]. 西川，译. 桂林：广西师范大学出版社，2014：302.

　　纵观余华到现在为止的整个创作历程，他一直在温情与暴力之间不停地转换，不仅是文本与文本之间，更体现在同一文本之内，这种转换流动的景观一直在重复。《第七天》刚刚写作完毕还没有出版的时候，就开始在网上流传开了对于作品"新闻串烧"式结构的不满指摘。可笔者要说，恰恰是因为这些"新闻"在某些人，或者某些团体的眼里已经司空见惯、见怪不怪，已经产生视觉麻木、爱搭不理的效果，而软弱的个体又对此无能为力，所以余华也只有不厌其烦、一次又一次地提醒人们。其实一切都源于最初那句天真的话："我像一个兴致勃勃的孩子一样，不断地伸手指着某物让人们去看见，事实上我所指出的事物都是他们早就见过的，我只是让他们再看一眼。我能做的就是如此。"① 当一切都已说尽，或者某些东西已难以言传，最好的方式就是保持沉默。所以我们看到余华只给我们呈现图景，而不做叙述的"侵入者"，这是他的睿智处。

　　余华的创作有"宁静雍容、不矫揉造作"的一面，当然也有"感伤"的一面，他也一样"多思和理智，文学创作活动也多纠结和痛苦，清醒地知道自己的文学方法"，有时候也"对这些方法的可靠性持怀疑态度——并感到这些态度和特点更为'现代'"②。正如帕慕克所说，任何小说家都不可能只是单向性的"感伤"或"天真"，优秀的小说家都是"天真"与"感伤"的融合体。但关于余华"感伤"的一面并不在本文论述的范围，就此打住。

　　初刊于《玉溪师范学院学报》2016年第5期，原标题为《天真的叙述者——余华小说叙述个性别解》

---

① 温儒敏，赵祖谟. 中国现当代文学专题研究［M］. 北京：北京大学出版社，2002：353.

② ［土耳其］奥尔罕·帕慕克. 天真的和感伤的小说家［M］. 彭发胜，译. 上海：上海人民出版社，2012：16.

记忆与想象中的二十世纪

——论余华《活着》《兄弟》《文城》

在文艺界有一个比较广泛的共识：一部真正伟大的作品不会随着历史的行进被时代风云所掩盖，它不朽的关键因素在于艺术成就。但我们总会回忆起过往，当历史在不经意间还魂于我们面前，对于一位天性敏感的作家来说，这显然是一场幸福的偶遇，他很可能在此基础上运用想象力来塑造一段属于自己的世界。或许是出自对于文学创作环境曾极度压抑的反抗，二十世纪八十年代后半段的"先锋"作家们将艺术形式作为个人写作的主要努力方向，余华就是其中的典型代表，当时年少轻狂的他似乎对于"典型环境中的典型人物"嗤之以鼻，趾高气扬又信心十足地将小说称作"虚伪的作品"。然而，当时过境迁，曾经特定氛围里的那些所谓的"反抗"也可能只是一种姿态，因为个人性的艺术表达被压抑，就势必会产生一些矫枉过正的极端做法。随着八十年代的过去，"那时候为了冲破什么的气氛已经不存在"了①，文学就在绕出一个小小弧度后，依然回到了回忆与历史的本质上来。事实上，"写作就是一种回忆，每个人所写的东西都是对或远或近的事物的记忆"，作家不会像记者一样将眼前发生的事马上报道出来②。小说的回忆本

---

① 余华. 先锋文学在中国文学所起到的作用就是装了几个支架而已 [J]. 文艺争鸣，2015（12）：12.

② 张炜. 小说坊八讲 [M]. 北京：作家出版社，2014：261.

质决定了历史在我们头脑中的挥之不去，而反映记忆中的时代同时超越它，是一部经典作品有且必须有的条件。从某种程度上来说，余华的艺术表达接近满足了评论家们的这一"苛求"。对于历史中的暴力与苦难，生于六十年代初的余华不会陌生，附之个人的成长经历，暴力和苦难便共同构成了《活着》《兄弟》《文城》的主题。面对这种主题，他的叙述态度是平静的，平静沟通了他"转向"前后的整体创作，他也继承了鲁迅、福楼拜的艺术传统。在余华的观念里，"几乎所有优秀的作家都处于和现实的紧张关系中，在他们笔下，只有当现实处于遥远状态时，他们作品中的现实才会闪闪发亮。应该看到，这过去的现实虽然充满了魅力，可它已经蒙上了一层虚幻色彩，那里面塞满了个人想象和个人理解"①。"处于遥远状态"是记忆，"虚幻色彩"是想象，二者共同构成了某一个体关于特定时间段内的主观历史，"个人理解"让这段历史闪闪发亮。余华通过自我对于二十世纪的记忆与想象完成了一位有人文担当的作家对于人类命运悲悯的使命，同时实现了对于现实社会的反讽和批判。

一、暴力的空间

一直以来，学界都将二十世纪八十年代与九十年代之交视为"先锋"作家集体"大逃亡"的时间节点，余华也被认为从这一时期开始了文学写作风格的"转向"，特别是有关暴力的书写以及由此产生的面对现实的姿态方面，表现出了与之前截然不同的风貌。余华本人也承认，确实从那时以后自己创作中的暴力叙述大量减少了。他与评论家们共同举出的例证是《在细雨中呼喊》之后的一系列长篇小说，而大家将余华定义为沉迷暴力的"冷酷"写作者的依据是在此之前的以《现实一种》为代表的诸多短篇作品。笔者认为，事实上，从所谓的"转向"以来，余华对于暴力的书写并没有大幅度减

---

① 余华. 温暖和百感交集的旅程［M］. 北京：作家出版社，2014：128-129.

少。大家（包括余华本人）之所以觉得减少，是出于阅读印象的误差，即短篇小说与长篇小说在篇幅上的巨大差异。余华出道于短篇创作，一篇作品就是一种感觉、印象的集中展现，一篇小说就是一幅凶杀、恶斗的惨象，多篇合到一起就构成了他的"冷酷"标签。但是如果我们有可能以量化方式统计的话，就可以清晰地看到余华"转向"后的长篇里的暴力场面总和并没有比从前少多少，只不过没有短篇里的那样集中，而是被散落在叙述的各个板块里。一个短篇可以从头到尾聚焦于暴力场面，但对于几十万字的长篇来说显然是不适用的。我们不可能要求读者在每一页的阅读中都对暴力欣然接受，一个作家也不可能将几个或一群人的斗殴与厮杀抻长在好几百页的纸上，这样做不符合读者乃至作者本人对于长篇小说的体裁定位。它必定有铺垫、有穿插，还有由多重主题复合性所决定的人世间其他方面的书写。对于余华来说，暴力显然是他观察理解中国二十世纪的出发点和总基调。暴力意味着对于秩序的颠覆，而他眼中的历史恰好处在秩序被不断"颠覆—重建—颠覆"的循环过程中。"在暴力和混乱面前，文明只是一个口号，秩序成为装饰"①，加之由此产生的个性化体验，共同构成了余华眼中关于中国二十世纪存在图景的最高真实。

对于记忆与想象中二十世纪的整体展现是余华在创作的前半期就萌生的一个愿望，《活着》《兄弟》和《文城》共同标志着这一愿望的实现，它们代表着迄今为止余华创作的总体题材取向与风格面貌和艺术表达的高峰，不管"转向"与否，三者表现出的艺术追求是与作家之前的创作一以贯之的。余华"觉得一个人的成长经历会决定其一生的方向。世界最基本的图像就是这时候来到一个人的内心深处，如同复印机似的，一幅又一幅地复印在一个人的成长里。在其长大成人以后，不管是成功还是失败，不管是伟大还是平庸，其所作所为都只是对这个最基本图像的局部修改，图像的整体是不会被

---

① 余华. 没有一条道路是重复的 [M]. 北京：作家出版社，2014：167.

更改的"。只不过"有些人修改得多一些，有些人修改得少一些"而已。①
余华的成长经历中充满了血腥，大环境是"文革"时期的"武斗"及其少
年时代阅读的革命历史小说，他父母都是医生，本人在医院周围长大，父亲
做完手术后工作服上沾满的鲜血是他挥之不去的记忆，而自己又当过几年牙
医。所以就取材来讲，暴力仍然是《活着》《兄弟》《文城》串联起叙述的
主要线索，余华的笔并没有比从前柔软多少。

《活着》《兄弟》这类偏向于"写实主义"的作品自不必说，即使是采
用传奇写法的《文城》也按捺不住余华对过往现实的记忆与想象，虽然他自
己笃定减少了暴力描写，但各种写法仍然在他笔下层出不穷。林祥福被张一
斧用尖刀插进了耳根，小美和阿强被冻死在雪里，李光头的父亲淹死在粪池
里，苦根撑死在床上，二喜被水泥板夹死，凤霞产后大出血而亡，"和尚"
断臂流血流死，宋凡平被红卫兵活活打死，有庆被抽血抽死，孙伟的父亲用
砖头将铁钉拍进天灵盖，宋钢的身体在火车轮下被截成几段……除了死亡的
结果，余华对于暴力场面的经营也仍然不遗余力。在他早期的短篇作品中，
暴力多来自非现实题材，更像是某种寓言，而在这三部作品中就比较有现实
依据了。《文城》的故事发生在二十世纪初期，那时正值党派林立、军阀混
战，更兼土匪横行、浑水摸鱼，林祥福、陈永良的侠义价值实现于他们与土
匪的生命对峙中。军阀混战自不必说，里面有的是枪林弹雨，战斗惨象中并
不缺少肠子流了一地，眼球挂出眶外等恶心场景。关于土匪的刻画则以冷兵
器带来的切身感受为主体，里面有割耳朵、卸膀子，亦有连肩带头一刀切。
对于村民的报复手段，大规模的屠杀也频频上演。《活着》虽不是以战争为
叙述主体，但二十世纪四十年代后期解放战争中的杀伐场面依然足够震撼，
炮火震天、流弹飞窜，伤号成堆连片。其中描写"文革"中武斗的篇幅占整
个叙述的比重并不是很大（只有村长被打和春生受伤），不过这部分在《兄

---

① 余华. 没有一种生活是可惜的 [M]. 西安：陕西师范大学出版社，2019：5.

弟》中得到了完整补充。《兄弟》的上半部由李光头偷看女人屁股起首，引出李兰与宋凡平的婚姻、爱情往事，权衡之下，关于李光头和宋钢兄弟俩的交叉叙述并不是特别多，总的讲述框架还是"文革"前后的故事。"文革""是一个精神狂热，本能压抑和命运惨烈的时代"①。宋凡平被关押后，被打得鼻青脸肿，胳膊脱臼。为接回李兰，逃走途中又被围攻于车站，彼时他不顾围追堵截者们的拳脚棍棒，誓要把钱递到售票员手里，终于被打断了的棍子戳入躯体，血尽而亡，喂了苍蝇。二十世纪末期，暴力的故事仍在上演。李光头赔了合伙人的钱，被债主们以各种不同方式"从春天揍到了夏天"，赵诗人甚至只为了多年前的一句话，就想乘人之危揍揍李光头，不想却被后者着实揍了一顿。

与肢体暴力同样使余华记忆深刻的是语言暴力。所谓"暴力"者，不仅指以武力对受害者施以身体上的打击，也包括以非武力形式对受害者造成心理上的伤害，语言就是此种暴力形式之一种。《文城》里的小美被休掉后受到村民们的评论指点。《兄弟》中的李光头揍完赵诗人，围观群众想起曾被他揍过的刘作家，想要再看一次，于是进行言语挑拨。当李兰在车站包起浸满丈夫血迹的泥土，捡去落在宋凡平尸体上的苍蝇，邻人们并没表现出同情，而是兴致勃勃地议论消遣。李兰悲痛于宋凡平的暴亡，在人群前一头晕倒，人们却没有一个蹲下看看如何解救她，而是拿号啕大哭的宋钢和李光头取笑。"我们刘镇的群众"兴趣广泛、好奇心强，有人死了要围观，有人结婚要围观，有了桃色新闻要围观，游斗了要围观，打架了要围观。而围观总不能悄无声息，于是产生出各种流言，给被围者（死人除外）以及被围者的亲人造成极大心理压力。

余华对于暴力与死亡的专注其实是对于中国新文学开创者鲁迅传统的继承，鲁迅文学创作道路本身就始于对"砍头事件"的忧愤难当。被视为现代文学开山之作的《狂人日记》是一个关于生命被终结的恐惧的故事，其后的

---

① 余华.《兄弟》后记［A］. 兄弟［M］. 北京：作家出版社，2008：631.

《孔乙己》《药》《明天》《风波》《阿Q正传》《祝福》等也无不以暴力与死亡作为主题实现的最终载体。暴力与死亡是二十世纪文学的显在主题之一，鲁迅开手就写，早期乡土派在写，沈从文在写，革命文学更在写。原因在于二者在人类发展进程中不可忽略，只不过余华将它们集中化了，这或许也可被看作他经典观念的一种实现方式。无论是生理暴力还是心理暴力，余华都将它们描绘得毫发毕现，尽力与鲁迅一样以细节的力量使主题深入人心。两种暴力结合起来后，表现出的是命运的忧虑或者悲悯。

二、苦难的行程

作为一位有相当造诣的艺术创作者，悲悯情怀是一种必不可少的道德素质。曹文轩认为悲悯情怀"是文学的一个古老的命题……任何一个古老的命题——如果的确称得上古老的话，它肯定同时也是一个永恒的问题……文学正是因为它具有悲悯精神并把这一精神作为它的基本属性之一，它才被称为文学，也才能够成为一种必要的、人类几乎离不开的意识形态"①。就小说创作来说，悲悯情怀首先表现于作家对于人间苦难的展现与同情。余华在《活着》《兄弟》《文城》的创作中秉持了这一观念。

从某种程度上说，《文城》就是二十世纪初期中国普通民众的一部灾难史。在那个年月里，战乱频仍、匪祸横生，加之封建势力回光返照式的余威，使得中国大地上满布着流浪者的足迹，林祥福、陈永良在各自命运的安排下不约而同漂流到了溪镇，而阿强和小美则漂流到了林祥福的老家。《活着》里的福贵本来是个衣食无忧的阔少爷，抗战结束不久由于赌博输光了家产，全家人的苦难从此开始。他在解放战争时期被国民党军队拉了壮丁，全家失去了徐父去世后的顶梁柱。土改时期日子虽然安稳，却也一样使人愁苦，苦到要把女儿送出去才能供儿子上学。"大跃进"时期全家人忍饥挨饿，

---

① 曹文轩. 小说门［M］. 北京：作家出版社，2002：215.

人民公社运动初期的兴奋过去后又回到了贫穷，"文革"里看着朋友受辱而死，他们毫无办法，好不容易盼来包产到户，福贵已老，却只能只身一人拼命干活。困苦的日子偶然也有一些小小的精神慰藉，让人感受到生活里的一丝光亮（这也是人们认为余华变得"温情"了的一个原因），但这种光亮并不会一直存在，它往往被突如其来的变故倏忽掩盖。有庆越长越懂事，还夺得了跑步比赛的冠军，随后却被抽血过多而死；凤霞终于嫁给了二喜，而且喜怀贵子，怎奈产后出血，留下小的，走了大的；面对这些，家珍已无力承受，撒手人寰；唯余苦根多少给了福贵和二喜一丝安慰，二喜却被水泥板夹死；剩下福贵祖孙二人，生活虽苦，苦根却也聪明可爱，谁会想到，他又因吃豆子撑死。劫余的福贵就像是一条破船，完全不可自主地颠簸在随意起伏的生活波浪上，他的故事串起了抗战末期到改革开放之初半个世纪左右的中国历史。《兄弟》里的宋钢下岗后去码头扛活扭伤了腰，卖白玉兰花又受到别人的嘲笑，打零工收入微薄，在水泥厂又被呛坏了肺，无奈之中浪迹江湖，甚至不惜做了隆胸手术，身心备受摧残。小关剪刀与老婆流浪途中的相互照应、宋钢与林红之间的彼此关心、宋钢李光头兄弟之间的两相记挂，这些慰藉和《活着》中的表达同样转瞬即逝。比起物质，精神上的苦难更加使人难以承受。福贵为自己多给了苦根豆子耿耿于怀，小美为偷走林祥福的金条和弃夫抛女负疚终生，李光头和林红为背叛宋钢各自饮罪。如果不是因为那个时代的物质匮乏，福贵不会把苦根独自留在家中。如果不是因为封建伦理，阿强和小美不会远走他乡。如果不是压抑，李光头和林红或许不会偷情。然而，余华似乎并不是用"如果"经营情节的走向，更像是将它作为挖掘苦难命运的一个"引源"。我们不排除余华在对他者苦难的同情中寻找情感平衡点的人性诉求（正如《祝福》里鲁镇人对于祥林嫂故事的反复倾听），但普通读者感受更多的是生发于苦难中的穿透力。文学只有在面对苦难时，才会被唤起它隐藏的力量，这种力量或者使人振奋，或者使人安详，余华的创作正应验了这一常规。

　　从现有的余华本人对其生活轨迹的概括中，我们可以明显地看出他并没有经历过上述苦难，他的父母都是有正规编制的城市医生，物质匮乏感不大可能如农村人那样强烈，不像莫言、阎连科一样对于饥饿有那么深的记忆。他家也没有在"文革"中受到什么冲击。莫言在很多场合坦言，自己走上文学创作道路是因为梦想每天都能吃上饺子。在阎连科看来，"童年，其实是作家最珍贵的文学的记忆库藏。可对我这一代人来说，最深刻的记忆就是童年的饥饿……贫穷与饥饿，占据了我童年记忆库藏的重要位置"①。余华很少有这种自白，他的自白是"我在'牙齿店'干了五年，观看了数以万计的张开的嘴巴，我感到无聊至极。当时，我经常站在临街的窗前，看到在文化馆工作的人整日在大街上游手好闲地走来走去，心里十分羡慕。有一次我问一位在文化馆工作的人，问他为什么经常在大街上游玩。他告诉我：这就是他的工作。我心想这样的工作倒是很适合我。于是我决定写作，我希望有朝一日能够进入文化馆。当时进入文化馆只有三条路可走：一是学会作曲；二是学会绘画；三就是写作。对我来说，作曲和绘画太难了，而写作只要认识汉字就行，我只能写作了"②。由此看出，余华走上文学创作道路并不是为了"发愤著书"，也不是为了物质享受，而是因为"无聊至极"。所以从暴力和物质生活两方面造成的苦难来看，余华的展现可能并不是出自亲身体验，更多的是一种感同身受，或者说是一种眼见为实过后的想象加工，是基于社会大环境的一种主动提炼。苦难和暴力是二十世纪中国不可回避的主题之一。余华在谈到马原《黄棠一家》的时候说："我读完这本书有一个感觉，这是一个江湖中人写出来的书，一个经历了很多的人才能写出来的书。至于里面有一些什么细节或者故事你们可能在网上看到过，有些人拿这个来批评马原。其实文学早就不是什么新鲜玩意了，什么样的主题什么样的题材都被写过了。"③ 余

① 阎连科. 我的现实　我的主义［M］. 北京：中国人民大学出版社，2011：4.
② 余华. 没有一条道路是重复的［M］. 北京：作家出版社，2014：109.
③ 余华. 没有一种生活是可惜的［M］. 西安：陕西师范大学出版社，2019：210.

华自己的《第七天》面世时也受到了同样的批评，很多评论家认为新闻串烧式的写作没有什么新意，它提不起人们的兴趣。问题是，在互联网极度发展的今天，还能有什么让我们感到惊奇呢？更不用说一个主题，文学（其实是整个人生）中也无非这几个主题：生命、人性、历史……如果我们愿意的话，这个例证序列可以一直延续下去，而这些主题是大多数成年人都会想到的。作家要做的只是在众所周知的领域里与读者交流一下自我的感受，小说不是猎奇的工具，而是孤独者呼唤共鸣的手段。想象中的苦难触动了余华的心灵，所以他要将其表现出来，其间是悲悯情怀的适度释放，这只是一个人文意义上的灵魂对于世界的入于眼出于心。《在细雨中呼喊》出版后，人们普遍认为余华也让大家看到了"人类与生俱来的亲情关系仍然以这样或那样的方式继续存在着，犹如灰烬中的余火，给人意想不到的温暖"[1]。这是事实。但是我们也应该看到，余华笔下的温暖（包括亲情以外的）绝大多数是在人物遭受苦难的前提下渗透出来的，如果没有冷酷世界里产生的苦难，温情也就无从表现。宋钢和李光头的相依为命开始于李兰的逝世（《兄弟》），福贵、家珍对于春生活着的规劝产生于有庆之死和春生受迫害以后（《活着》），当王先生由于被土匪割掉了一只耳朵，形成了一个在讲课时不由自主向教室门口跑偏的毛病，几乎所有学生都离他而去，唯有陈耀武主动投入他的门下，原因在于耀武曾经和他一起被土匪割去了耳朵——同病相怜（《文城》）。

综观余华对于苦难的表现，我们会发觉，人们的苦难行程并不是由某个"坏人"使然，而是由当时人们的整体生存环境所决定。没有人存心使坏，只是人类天性中的邪性被时代的斧凿开掘出来，随后在席卷一切的风潮里弥漫开来。《文城》里的苦难来自二十世纪前半期的军事、土匪势力横行；《活着》里的苦难来自四十年代前后至"文革"继续而来的"战争文化心理"、非实际战争环境下的群情亢奋和席卷大半个中国的自然灾害；《兄弟》

---

① 郜元宝. 小说说小 [M]. 上海：上海文艺出版社，2019：102.

里的苦难显现了改革开放后物欲横流大潮中人对于物质生活无度追求状态下的作茧自缚。没有坏人的苦难可能更像是一种宿命，在那样的时代里，在大环境和个人贪欲的主导下，个体很难把握自我的运命。在这种观念主导下的余华实现了对于人世的佛系领悟，悲悯情怀由是生发。但是，余华的悲悯和同情并没有表现为以泪洗面、捶胸顿足，而是一以贯之的平静。

三、平静的态度

余华的创作多是呈现，较少评价，但我们还是会在叙述的间隙里分析出他关于现实态度的蛛丝马迹。出道之初的余华以"冷酷"名世，"转向"之后以"温情"为标签，二者之间虽有界限，但并不是那么泾渭分明。冷酷和温情或者可以作为一对反义词被看待，二者有着各执一端的并峙性质，但又有着相互转化的可能性。由于在本文探讨中心的三部作品中暴力的延续和苦难的引入，冷酷和温情在很大程度上得到了化合，催生出介于二者交叉地带的情感形态。综合考量余华"转向"之后的创作，我们更倾向于将他对于世界的态度归结到一个中性的词语上——平静。

余华的平静首先表现在对于司空见惯的词语的个性化运用上，或者是大词小用，或者是庄词谐用，也可能是重词轻用。当他用起某些形容词，我们可以清楚地明白故事情景和人物内心的状态，有时却并不会陷入一般情形下的叙述氛围里，它会产生一种奇怪的审美距离。"凶狠"是余华写到暴力场面时常用的一个词，他可以很形象地让人看到施暴者的拳头或者武器从扬在半空到接触于受暴者躯体的浓缩过程，但读者内心里并无痛感。"温暖"会让人想到火、阳光，但同样较少让人感到余华笔尖上的热度。"近似成语"通俗易懂，它们的罗列更使叙述者的姿态跃然纸上。现下日常生活里家长对于孩子的教育较少正襟危坐式的传统说教，老话套话面临着形式主义的指责，《兄弟》里的宋凡平对宋钢和李光头说："从今天起，你们就是兄弟，你们要亲如手足……互相帮助……有福同享，有难同当……天天向上。"余华似乎只在传达人物的内心想法，而忽略掉了语言的形象性问题，更多的像是"转述"。这并不是说作者由于写作水平低下用词不当，而更可能是其参悟透所谓创作技法后的有意为之，他并不在意一个词语的普遍效果和一般功用，恰恰是反其道而行之：重重提起，轻轻放下。一种拿捏有度的艺术分寸感，话语里时有讥刺，但又抽不出鲁迅式的锋芒，他只以平静的观察和准确的表现让我们看到真相。言辞里间或也有感伤和感动，但他并没有煽情到一塌糊涂的打算，他无意于使读者泪流满面，而只让人感到似曾相识。

余华的平静也表现在叙述细节的凸显和场景的经营上，在这方面他仍然保持着"先锋"时期的写作风格，人物的每个细微动作和微妙感觉都被他用凸透镜放大了出来。关于《兄弟》里的宋钢之死，余华并没有写得悲悲切切，而是静穆幽远。宋钢卧轨之前先是呼吸了几口刘镇的新鲜空气，看看田里的稻子、被晚霞染红的河水、日落时的天空，他在这样的环境里似乎感到了生命本身的肃穆庄严。火车来临时宋钢心里平静如水，面对即将实现的死亡，他从容不迫。先是"取下眼镜擦了擦"，然后又戴上，接下来有意识地将它放在石头上，但"又觉得不明显，他脱下了自己的上衣，把上衣铺在石头上，再把眼镜放上去"，然后戴上口罩，"他那时候忘记了死人是不会呼吸的，他怕自己的肺病会传染给收尸的人"。

> 他向前走了四步，然后伸开双臂卧在铁轨上了，他感到两侧的腋下搁在铁轨上十分疼痛，他往前爬了过去，让腹部搁在铁轨上，他觉得舒服了很多。驶来的火车让他身下的铁轨抖动起来，他的身体也抖动了，他又想念天空里的色彩了，他抬头看了一眼远方的天空，他觉得真美；他又扭头看了一眼前面红玫瑰似的稻田，他又一次觉得真美，这时候他突然惊喜地看见了一只海鸟，海鸟正在鸣叫，搧①动着翅膀从远处飞来。

---

① 搧：现为"扇"的异体字，不推荐使用。

火车响声隆隆地从他腰部碾过去了，他临终的眼睛里留下的最后景象，就是一只孤零零的海鸟飞翔在万花齐放里。

通过上述描绘，我们能够感觉到在由生到死的间隙里宋钢心绪的淡然或者麻木，他悲伤的故事已经结束，留下的只是缥缈人世的万物虚空……《文城》里的林祥福为女儿乞奶时是一副木讷表情，叙述者的平静和主人公的呆板达到了统一。

那时候的溪镇，那些哺乳中的女人几乎都见过林祥福，这些当时还年轻的女人有一个共同的记忆：总是在自己的孩子啼哭之时，他来敲门了。她们还记得他当初敲门的情景，仿佛他是在用指甲敲门，轻微响了一声后，就会停顿片刻，然后才是轻微的另一声。她们还能够清晰回忆起这个神态疲惫的男人是如何走进门来的，她们说他的右手总是伸在前面，在张开的手掌上放着一文铜钱。

在这一场景里，细节的刻写冲淡了情绪本该有的鼓胀。林祥福敲门乞奶时的神态本应是一副可怜、辛酸模样，但作者的描绘并不催泪。余华并非心无同情，只是将它做了还糙处理，让人感到滞涩。空气中弥漫着陈年木料的气息，人物的动作、形态细节构成的雕像更像是一则神秘的寓言。当这座"一动不动"的雕像被作者用笔尖轻轻掀起，很多往事就从人与大地之间的接触点上漫流了开来。

在写《兄弟》的时候，余华就已经将自己对于现实的平静态度拉了回来，只不过程度比先前减少了一些，到了《第七天》有所加强，到了《文城》又回到《兄弟》的水平。这是作家在有意无意间对于叙述力度不断调整的结果。"转变"并不意味着与从前一刀两断，而是一种发展和完善。在余华从前的冷酷里较难看出他对于社会存在现象进行干预的实质性行动，而当冷酷被调整为平静之后，反讽的意味就不请自来了。《兄弟》中的许多主打场面都是在"我们刘镇群众"的眼前展开，这本身就暗示了一种旁观立场，余华站在群众包围圈的最外层，面无表情地观察着看者和被看者的一举一动，他只看，一言不发。"刘镇群众"可以被当作一个专有名词来理解，他们是麻木又亢奋的一群人，被叙述人报以俯视的目光。宋钢和李光头的命运连接了两个时代，它的正面叙述从"文革"开始，面对那段记忆惨痛的历史，余华采取了与新时期伊始时的作家们迥然有异的处理姿态，不像刘心武、卢新华们正襟危坐、义正词严式的讨伐，更多的是经过多年沉淀后形成的置身事外的戏谑式讽刺，其中充满了对于当时历史环境下催生出的人性的无情揭露。作品开头即一幕充满戏剧性的偷窥犯被游街的场面。李光头在厕所偷看女人屁股后，被赵诗人和刘作家押解示众，二人努力使自己的言语接近高雅，却总是适得其反。他们押着李光头几次在派出所门前经过，却偏不将李光头送进去，无非是为了满足一下自己作为正义使者的虚荣心。"受害者胖屁股"对于李光头义愤填膺的指责控诉给看客们留下了讥笑双方的把柄，其内容泄露出的信息本身也正是使她蒙羞的渊薮，让我们不禁想到，如果她通过不大叫大嚷令其丈夫惩罚"罪犯"，或许她会减少丢人的程度。她对其丈夫的倾诉和催逼，更像是作者对鲁迅《祝福》里村人们欣赏祥林嫂的苦难片段的反其道而用之，"胖屁股"想通过对丈夫的倾诉让大家看到她受到了多么大的委屈和屈辱，以便将自己放在弱者的地位，从而得到些许同情。这一情景在一定程度上恢复了鲁迅小说"看—被看"的创作模式，但鲁迅多是对"被看"者同情，对"看"者批判，余华似乎是对"看"与"被看"双方各打五十大板，他的冷静比鲁迅来得更彻底。李光头最终还是被送进了派出所，其间的审问像极了王小波的《黄金时代》。有人如饥似渴地想看林红的屁股，但有贼心没有贼胆，所以"拿住了李光头自然是机不可失"，哪怕听听别人看到的细节也多少解解馋，听到紧要处，他们的"眼睛突然像通电的灯泡似的亮闪闪了"，甚至"憋住了呼吸"，俨然将审问变成了打听。他们也难逃天性的"龌龊"，却偏偏拿出一副正义的嘴脸，背地里也一样腌臜。《文城》里的北洋军游兵在饭馆吃饭时的喊声被作者比作牲口的叫嚷，嫖娼时却要排队保持军威。余华的戏摹手段让人忍俊不禁,他并不高声斥责,只是双手抱胸,面露微笑,在一旁静静观望着一幕幕闹剧似的场景。

当二十世纪末期的经济建设取得了初步成果后,人性的浮躁、贪婪、虚伪、唯利是图本性也就随之展露。《兄弟》里的李光头将这一现象看得比任何人都透彻,他直言不讳,五年前用福利厂的残疾人照片和诚意就可以拉到大把生意,"现在时代不同啦",只有靠"行贿才能拉来生意"。李光头第一场生意失败,其他合伙人的心理反复几次变化,他们并不是为了基本生计,而是想拥有更多的资本。当听说李光头将要返回,他们极尽客气之能事,当得知李光头并没有拉到生意就开始拳脚相加。给李光头的服装加工厂投资赔了钱的王冰棍和余拔牙当初对李光头恨之入骨,后来眼看李光头的旧品收购公司日益红火,他们又见风使舵,赚了大钱,完全忘记了曾经对于李光头的破口大骂。那时和二人一起投资的另外三人因为对现在的形势心有忐忑,没有参加第二次投资,彼此之间相互埋怨。余华将他们当作跳梁小丑,不动声色地看着他们上演着你来我往的小戏。余华的平静并非毫无来由,在被异化的暴力环境下,"与失去牲口后哭天号地的悲哀不同,失去亲人的悲哀显得平静"(《文城》),加上肉体饥饿经验导致的唯利是图,情性的麻木也就不会让人感到奇怪了。余华的平静更像是一种审美观照意义上的"同情"或者"移情",他或许是在努力设身处地体会那个荒谬的情境。从人文主义角度上来说,余华在平静的态度里实现了对于丑恶的嘲讽,其目的在于呼唤美好。二者并存于作家对于世界和历史理解范围的中心,作家以超然的姿态使它们互通有无,借以完成对于现实的呈现与同情。冷眼旁观的嘲讽其实是幽默的一种方式,而余华"对幽默的选择不是出于修辞的需要,不是叙述中的机智讽刺和人物俏皮的发言。在这里,幽默成为结构,成为叙述中控制得恰如其分的态度,也就是说幽默使"余华"找到了与世界打交道的最好方式",他通过这种方式解放了从前短篇小说中表现出的"自己越来越阴暗的内心"①。

---

① 余华. 温暖和百感交集的旅程 [M]. 北京:作家出版社,2014:28.

小说创作是记忆的累积，余华在回忆，其笔下的人物也在不断回忆。陈永良每每想起初到溪镇时的情形，林祥福死后他又回忆起林祥福与他相识时的模样，宋钢和李光头频频回忆起小时候，福贵的讲述本身就是一场关于记忆的行旅。余华说："写作可以不断地去唤醒记忆，我相信这样的记忆不仅仅属于我个人，这可能是一个时代的形象，或者说是一个世界在某一个人心灵深处的烙印。"① 余华在这三部作品里利用回忆基本上实现了对于中国二十世纪一个侧面的独特表达，延续了自己一贯的写作观念，并对之前有了调整，在叙述和感知两方面都几乎达到了成熟境地。就他对于过往记忆与想象的呈现来说，《文城》《活着》《兄弟》就已经足够，它们共同来自余华出自个人经历形成的对二十世纪中国一个侧面的基本认知图景。不管是记忆还是想象，它们都可以构成一个人的经历，区别只在于直接与间接、外在与内在。回忆是图式，想象是理解，《活着》《兄弟》里的记忆和《文城》里的想象一起缔结出一段属于余华独有的微温历史。但余华似乎无意于探讨是什么开辟了历史，只是尽力要把"真实"指给人看，"转向"之前他的指尖聚焦于人的内心，认为那里才有最高的真实，现在他从封闭的空间走出，面向整个世界。从很大程度上来说，回忆和想象又都是出自个人内心的真实，它们不是对实存的机械复制，而是对自我当初认知图式进行修改的必然结果。其中折射出生命在时间里流淌的印迹，灵魂在空间里摸索的历程。福贵之所以令"我"难忘，是因为他"对自己的经历如此清楚，又能如此精彩地讲述自己"，而那些由于记忆的单薄显出对往事木讷的老人们往往被后辈们鄙视为"一大把年纪全活到狗身上去了"（《活着》）。余华对于历史的记忆与想象或许也可以被看作为自我的生命存在寻找些许证明。

初刊于《重庆三峡学院学报》2022 年第 3 期

---

① 余华.《黄昏里的男孩》自序［A］. 黄昏里的男孩［M］. 上海：上海文艺出版社，2004：1.

现代性与反现代性

——对"寻根"边缘乡土小说《浮躁》的再解读

"寻根文学"从发起到现在已历经三十余年，关于如何看待这一文学潮流，在此之前就已经有了一些反思文章，其中发表于 2011 年的程光炜的《在"寻根文学"周边》值得注意。该文认为"在一定意义上，'寻根小说'可以说是'乡土小说''农村题材小说'近亲繁殖的产物"，就是说"寻根小说"与"乡土小说"是既有区别，更是有联系的。我们"稍微翻阅一下寻根作家的个人档案，可以看到许多人在成为'寻根作家'之前，都有过创作'乡土小说'和'农村题材小说'的历史"①。有些"寻根作家"并不是有意"寻根"，而是批评者根据他们的创作与"寻根"的相似性把他们纳入了"寻根"话语的指称下。比如贾平凹，他虽然不乏对"寻根"的某种认同，但他"并没有'寻根'的宣言"，而只是"凭着他长期养就的文化底蕴在写作"②。虽然他的《浮躁》写于"寻根"风头正劲的1986 年，但是我们也可以明显看出其与正宗"寻根小说"的异处来，但二者又有着某些共同性，因此我们把这类小说定义为"'寻根'边缘的乡土小说"（从直观上看，《浮躁》更容易被人理解为"改革小说"，因为他确实是以经济改革大潮下的乡镇现实与人心浮动为叙述框架，这也是贾平凹从始至终一直在关注的主

---

① 程光炜. 在"寻根文学"周边 [J]. 解放军艺术学院学报，2011（1）：16.
② 陈晓明. 中国当代文学主潮 [M]. 北京：北京大学出版社，2009：332.

题，但是如果我们换个角度从"寻根"边缘着眼，将更有利于阐述本文的论题），这类小说还包括张炜的《古船》、王安忆的《小鲍庄》、莫言的《红高粱》等。

"寻根"是一个有着强大概括力的概念，除了几位理论倡导者的创作外，有些学者还把一些没有明确声称"寻根"而文本表现出相似性的创作包含在内，但这些作品与正宗"寻根派"又有着颇大的差别。它们有着与"寻根"相似的反现代性诉求和历史发展过程中必然的现代性因循，通过对它们的分析，我们将看到"寻根"这一术语涵盖下的创作与"乡土小说""农村题材小说"的复杂交集，从而更深一步理解"寻根"的文学史意义。这就是现代与反现代错综对话后磨合出的现代化发展的可能性，这比九十年代以来的后现代主义者的极端姿态更全面。随着中国现代化进程不断进入深水区，现代社会的发展程度与"寻根"时期早已不可同日而语，可彼时出现的乱象在今天有增无减。在具有纪念意义的"寻根"三十年，我们把它与其边缘的乡土小说并行研究不仅有文学意义，也有现实意义。这双重意义表现在一系列的追问：传统与现代就一定是两个相互悖谬的概念吗？我们可不可以把它们看作中国现代化发展进程的两翼？"寻根小说"与"寻根"边缘的小说会不会给我们以必要的回答？本文通过对《浮躁》的解读，以民族国家的想象、主体意识的张扬和理性蒙昧的悖谬来回答这几个疑问。

一

同样是对于民族国家的想象，"寻根小说"与"寻根"边缘的乡土小说仍有很大差异，但两者之间的关系彰显了乡土小说对于中国文学现代化、文化现代化乃至国家现代化的重大启示意义。"寻根小说"的内容主要是"中国传统文化笼罩下人的精神生活"与"苍凉蛮荒、充满悲剧氛围的洪荒时代古老先民的生活形态"①，从这方面说，"寻根"边缘的《浮躁》与正宗"寻根"表现出很大不同。《浮躁》并没有完全扎进传统文化的"坚硬土层"，贾平凹有着明确的当代意识，他的创作与当时当下紧密相连（不管是政治、社会还是人生）。同样处于"寻根"边缘的《商州初录》"通过描绘秦汉文化环境中特有的生存方式和风土人情，展现出来自民间的美好人情，以一种清新、纯朴的笔调营造出了一个特别具有诗意美感的艺术世界"②。"诗意美感的艺术世界"在《浮躁》中同样有所展现，但显然不是这部作品的着力点所在，它和《腊月　正月》《鸡窝洼人家》，甚至和隔了相当时间的《秦腔》《古炉》同属一类，寄寓的是作者不可磨灭的现实关怀，这是贾平凹的一贯主题。《浮躁》最显在的主题即对二十世纪八十年代初的经济改革进行反思，作为记者的金狗下东阳、斗田巩为的是揭露虚报浮夸和官僚作风，与州河考察人的一夜长谈表现的是作者对于当时社会形势的困惑与思考。作品里的其他平民百姓也都在讨论着天下大事，那韩文举守着州河渡口也算是小有见识，整天口舌不止的是对于政策和政客的臧否赞讽，虽说所持仍是小生产者的眼光，但偶尔也不免道出些真实情况。雷大空乘了改革的东风成为首批"先富起来"的人，与田巩斗法固然可称平民英雄，但作者借其对买空卖空、官商勾结行为的批判力透纸背。

就时代典型而言，金狗与同一部作品中的雷大空以及《腊月　正月》里的王才、《鸡窝洼人家》里的禾禾有同样的功能，但金狗这个人物的立足点显然要比这二者高出很多，他对于民族国家的想象比他们更长远、深刻。而且《腊月　正月》《鸡窝洼人家》的主旨与《浮躁》是不同的，前者着重突出对于人事的正面评价，后者则复杂得多。故乡的现实生活把金狗从浮华的州城拉了回来，因为迷惘于时代氛围中的"金狗真不知道他该怎么活人了"。

---

① 丁帆. 中国乡土小说史［M］. 北京：北京大学出版社，2007：262.
② 陈思和. 中国当代文学史教程［M］. 上海：复旦大学出版社，2008：285.

《浮躁》专注于社会变革后的现实给人的心理、精神带来的变化与巨大冲击，《腊月　正月》《鸡窝洼人家》也写了变化，但并不复杂，这两部作品中的人物分成了两派：一方是顺应时代潮流的改革践行者，一方是旧有生活方式的守卫者（《腊月　正月》中是王才、韩玄子，《鸡窝洼人家》中是禾禾、回回）。但《浮躁》表现出了同一个人物内心的矛盾——对现代性的反思，这种对现代性的反思是"寻根小说"里所少有的，对比之下反现代性的声音在"寻根小说"里就弱了一些。"以郑万隆、李杭育、钟阿城为代表的寻根文学，在寻找催发民族文化生机的原始野性之根或触探民族惰性赘瘤的时候，却渐渐为手段而忘却了目的，抛却了现实的紧急呼唤"①，《爸爸爸》似乎回到了人类的远古时代，《棋王》更像是对"人"的"抽象"式关怀。这是"寻根小说"对于贾平凹所关注的"当下"的忽略。

　　紧贴现实的家国想象使《浮躁》极具现代化渴望，而"诗意美感的艺术世界"又通过传统审美的复活给了《浮躁》与后现代主义方式殊异的反现代性。后现代主义以"情感的中性化以及对暴力、逃亡等行动的极端表现"来表达对于历史和现实的焦虑和迷惘②，贾平凹则是带着浓厚的感情回归到传统温馨的"自然"中来反观现代浮躁的社会，这条路子与沈从文的城乡对照似有一脉相承之感，但又有所发展。在《浮躁》中我们不难发现，行文处处有着沈从文湘西小说的影子：守渡口的船夫、女孩儿和黄狗以及渡河的方式，吊脚楼，与女尸同眠的男子，与水手相恋的寡妇，不会做生意的巫岭人，还有那些传统习俗与自然风景……凡此种种，构成了贾平凹深情怀念的故土诗意世界，作者似乎与沈从文用着相似的方法有意在城乡两个世界的对照中来完成对于现代化进程中人心不古的批判。"治国之道亦正是治心之道"是点睛之笔。金狗初入州城路遇车夫与城里人冲突而与城里人大打出手，其后对车夫的那句告诫更是一种文化自信，在这里沈从文作品中表现出

---

① 黄轶. 张炜研究资料 [M]. 济南：山东文艺出版社，2006：128.
② 陈晓明. 中国当代文学主潮 [M]. 北京：北京大学出版社，2009：363.

的城乡对立已经演化成了面对面的短兵相接。这种对比的写法在"寻根小说"中是不多见的，是贾平凹对于单向度的"寻根"的一种超越。

中国现代小说史上很少形成过完完整整的理论与实践完全吻合的流派，任何外来思潮一到中国肯定要变形，即使是中国本土文化催生出的思潮也不一定严丝合缝，总有内在的矛盾在其中。"寻根"也是如此，这一思潮说明了"在中国'反现代性'的追求中"，"启蒙"与"反启蒙""现代性与反现代性"总是"交互影响，让种种的质疑与批判都陷入自相矛盾的理论悖谬当中"①。乍一看来，"寻根"是反现代的，但这实际上只是一个策略，它是为了中国文学、文化走向世界，"反现代"事实上正是为了"现代"。在这一目标下，贾平凹与"寻根"的倡导者们走到了一起，不过前者更贴近现实。正所谓一方水土养一方人，《浮躁》中由传统的生活方式和生命形式以及所处的生活环境所形成的人性美德比比皆是，金狗、大空、福运的相扶相携、疾恶如仇，开拓未来的诉求，以及州河考察人所信赖的民族坚忍品质……作者应该是有意识把这些传统文化造就的可贵精神作为"反现代性"的武器，以抵御现代化发展过程中出现的浮荡淫糜，从而确保现代化的进程平稳安全。"寻根小说"有着突出的寓言性质和明确的传统文化指向，这与"寻根"边缘的《浮躁》是一致的。但二者的区别是，前者将文化与寓言搅在了一起，其结果是它越要借传统济当下就与当下越远。处于"寻根"边缘的贾平凹却实实在在注视着中国当下现实，以自己的浓郁热情和理性批判参与着民族国家的重建。在《浮躁》中传统文化与当下现实紧密联系，这与"寻根"诸人一头扎进故纸堆中而远离现实是截然不同的。正是在这种差异中《浮躁》完成了对"寻根小说"对于"当下"忽略的补救，使与中国经济社会现代化进程同步的八十年代中期的小说在努力回顾传统的同时，没有丧失对现世人生的意义。

---

① 李怡. 现代性：批判的批判［M］. 北京：人民文学出版社，2006：100.

二

对于民族国家的想象离不开个人主体性的事先确认，贾平凹"认为，'时代'往往是从'生命意识'和民族的'文化意识和心理'中派生出来的"①，"生命意识"当然指的是个体自我的价值向往。随着时代发展，来自生命深处的主体生命力喷发在《浮躁》中并不鲜见。主体意识说的是个体反对被压抑，它的觉醒涉及人性的张扬，释放生命原欲是单一个体的合理要求，这是人的自然属性。而"自然需要的是人不离动物，方能传种"②，所以周作人才强调"'从动物'进化的"和"从动物'进化'的"人性的统一。他赞美人的自然性："人的一切生活本能，都是美的、善的，应得完全满足。"③ 但是周作人所说的"动物"显然不是萧红《生死场》里与动物一样忙着生也忙着死的人的动物本能，后者是人与动物等同后的麻木，前者则是对于麻木蒙昧精神的突破与唤醒，并借动物性的力实现对人性的呼唤。以上主张与追求在《浮躁》里最显明地体现在小水的觉醒中，在一次又一次拒绝金狗之后，她终于在黯夜一片诵经声中冲破了传统儒家伦理道德，在福运身上释放了主体生命本能。在肉体狂欢的巅峰，她无视看山狗的叫声放开喉咙喊道："我就是要这样活人！我就是要这样活人！"这种觉醒同样在其他"寻根"边缘小说中存在，如《红高粱》里的戴凤莲、《小鲍庄》里的二婶、《古船》里的含章。关于后者，张炜的表现很隐讳。含章与赵炳之间的关系很容易让人理解为一个清灵水秀的女儿家落入一个专事弄权的邪恶人物手

---

① 严家炎. 二十世纪中国文学史 [M]. 北京：高等教育出版社，2010：269.
② 沈从文. 生命 [A]. 沈从文文集（第 11 卷）[M]. 广州：花城出版社，1984：294.
③ 赵恒瑾. 中国新文学的现代性追求 [M]. 上海：学林出版社，2006：195.

里，很少有人会注意到含章的生命原欲渴望。她并不是对赵炳的把握顽拒千里，而是有着潜在的渴求。当她最后一次反省自己时，这种渴求已然暴露，作者写道："她真想把自己关在屋子里，再不见任何人。她有时从晒粉场上走出来，茫然四顾，觉得惟一的去处就是四爷爷家。这个四爷爷不仅是个恶魔，还是一个男人。他的强健粗壮的四肢、有力的颈部、阔大的手掌，甚至是巨大的臀部，都显示着无法征服的一种雄性之美。他精力无限，举止从容，把含章玩于掌股之上。含章在小厢房默默地捱①着时光，内心却被耻辱、焦渴、思念、仇恨、冲动、嫉愤、欲念……"所纠缠。当人陷在某种困境中，当他（她）想抓住什么却什么也抓不到时，可能剩下的也"只有可怜巴巴的那么一点性欲"了。这是生命原初的根，只有当它被释放，人才可能在各种纠结的世事中不致泯灭，所以即使菩萨一样的小水也终究需要自然的动物本能释放吧。这与"寻根"作家"韩少功、阿城等提出的……恢复人类的原始本能"有一致处②，不过小水有了福运之后也仍然没有逃脱伦理道德的束缚。福运是伟大的，在金狗困顿的夜晚他想把小水留下予以陪伴，但小水没有实施哪怕是被动的背叛。正是在这种忠诚与背叛间显示了现代性与反现代性的二律背反，从那短命的孙姓少年到金狗，再从福运到金狗，小水给人的感觉是一直在顺从与冲动之间徘徊（有意味的对比是石华，她从来就没有想过什么束缚不束缚，她像是一个完全的个性解放者）。可能在释放与压抑之间的张力空间才会保证人的安全，正因如此，我们说生命欲望固然是现代人性精神的张扬，但是如果任其发展，结果将适得其反。"爱欲"只有在"承受特殊的社会压力"时才"具有精神的深度性"。③

《浮躁》里的雷大空与《古船》里的隋见素可看作一类人，从他们身上我们可以看到"理性价值目标的失却，生命欲望的爆发，构成了这个时代特

---

① 捱：现为"挨"的异体字，不推荐使用。
② 程光炜. 重看"寻根思潮"[J]. 文艺争鸣, 2014 (11)：30.
③ 陈晓明. 审美的激变 [M]. 北京：作家出版社, 2009：236.

定的浮躁心态、浮躁情绪，精神上的焦灼烦乱实际上是生命欲望的躁动奔突所致"①。这是没有理性制约下的主体性的失控。金狗、大空与巩田两姓争斗的根本在于金雷二人急需权力的把握来彰显自己的主体性，问题是"权力是一种结构系统，而至于权力结构中的个人或个体，并无根本的主体性可言，充其量是一个功能位置"②，所以金雷二人获取主体性的斗争必然会以阶段性成功后的失败告终。对于这种生命欲望的膨胀，与张炜把传统文化作为解决办法（小说的结尾作者把重病的见素交到了具有哲人气质的老中医郭运手里）不同，贾平凹借助于现代理性精神加以批判，这一批判的策略其实与张炜的"传统疗法"共同体现了"寻根"边缘小说反现代性的共同旨归。在贾平凹的笔下，个体欲望与理性批判往往互相推动，作家似乎在极力让我们明白"历史蜕变内在动力的渴求，启发了人的生命意识觉醒和浪漫感性精神寻求"，"生命意识和浪漫精神的理智寻求随历史发展表现为人的生命躁动的感性再现"③。可是如果"感性再现"之后缺失了理性的节制，那么个体和集体都将是危险的。

比起《古船》，《浮躁》的丰厚处在于它同时体现了现代性启蒙中两种思路的结合，这两种思路"一种是客观人本主义思路，这个思路坚信理性，坚持科学和理性在人类生活中的核心作用，相信人类可以整体地运用自己的理性来认识世界，把握自身，通过把握世界发展的客观规律来获得自由，主张人类通过总体革命获得解放，将人类的自由和对客观世界的规律的发现和遵循联系起来……另一种思路"是"主观人本主义思潮，它反对客观人本主义者忽略个体价值、感性存在，反对将人的本质定义为理性，而对人的官能化、非理性化报以肯定，将思想基点从国家、民族、集团的解放转化到真正个体生命的解放上来，将人的本质归结为生命本体欲望和激情"，但这"两

<hr/>

① 张德祥. 当代文艺潮流批评 [M]. 北京：中国文联出版社，2005：196.
② 徐勇. 乡土社会现代转型中的缩影及宿命 [J]. 文艺评论，2015（7）：96.
③ 张德祥. 当代文艺潮流批评 [M]. 北京：中国文联出版社，2005：298.

种思路在文学上的分别并不是绝对的泾渭分明",所以也才有了贾平凹的正反相济。① 对于第一种思路,州河考察人已经有所发觉,他从大空的身上看到了一种普遍的时代心态,"即特定历史环境中的普遍意识"。既然问题出在"普遍意识"上,那就只有"整体地运用自己的理性来""把握自身",在"把握自身"的基础上通过"总体革命"实行对于客观世界与主体生命的双重改造,进而获得物质与精神的全面解放。第二种思路在上述小水、金狗、大空的引例中已经体现得相当充分,但是正如前文所说,它需要第一种思路的节制。否则"生命本体欲望和激情"的无度蔓延将会使浮躁的社会更加混乱不堪,"革命"也就失去了意义,严重的是它更有可能给人类带来普遍性的灾难。"寻根小说"虽有韩少功这样对社会、人生具有理性思考的作家,但这并不是"寻根小说"所共有的,它是流派共性下作家观念的个体性差异。贾平凹把主体生命意识的张扬与理性的思考相济互掣,体现出他意识中的辩证天分,对于当代中国现代性发展的思考也就多了一份谨慎。

三

从上述分析中,我们发现主体性与家国想象其实是应该并行不悖的,因为"人的主体性的真正实现在价值取向上却不能背离社会历史价值目标……主体性只意味着个体在推动历史进步中自我实现的主动性,而不是意味着无视社会价值而以自我利益为中心,以自我为衡量一切的标准。离开整个人类的社会历史价值取向,也就失去了判断主体性价值的客观依据,个体也就失去了发挥主体积极性的价值目标及必要,就必然陷入无目标、无价值也无动

---

① 赵恒瑾. 中国新文学的现代性追求［M］. 上海:学林出版社,2006:3-4.

力的自我主体失落境状"①。但是，正如上文所述，理性精神的标举与同样属于现代性范畴的主体性张扬可能产生龃龉，其中最突出的一点是理性对于主体性的压抑与剥夺。解决办法不是没有，而且不止一种，五四时期即有鲁迅关于"审美现代性"引入的尝试。但"审美现代性"在被引入之初就存在着某种误解，"西方的审美现代性是在现代性框架内对启蒙理性的一种反抗，它在矫正理性过度膨胀的同时也存在着解构现代性的危险"②，结果是它以主体性的追求为出发点，却恰恰导致了"主体性的消解"。贾平凹同样从审美的角度切入来抵制由"理性过度膨胀"导致的启蒙现代性对于主体性的伤害（可能他本人没有自觉的意识），但结果没有走向西方"审美现代性"的歧途。《浮躁》用以抵消伤害的是传统文化，这些文化包括知性的，也包括蒙昧的，就在这看似反现代的传统回归之路上贾平凹完成了对于失落的个体的寻找。传统文化在"寻根小说"里并不少见，而且是它的主要挖掘对象，但是阿城们多是从传统到传统，贾平凹却在通过传统反现代的道路中与"后现代"的文化颠覆走到了一起。不过相对于"后现代"歇斯底里情绪下的话语狂欢，贾平凹在回归传统审美的同时并没丢掉批判的理智。

《浮躁》来自民间，当然有传统民间文化的渗透。贾平凹把对人的命运的理性思考具体化到了剧烈社会变革过程中的中国农民身上，而农民天生与自然同气连枝，对于自然保有的那份天生的敬畏和亲近使他们甚至常常甘于蒙昧，他们宁愿相信鬼神的存在，继而从中获得心理的安慰。韩文举跟不静岗和尚学算卦，每遇无法排解之事必要摇上一卦，铜质大钱翻滚跳跃时他内心充满忐忑，当铜钱落定他对预示的结果深信不疑；即使村人们对大空的死义愤悲伤，但是为了不给村子带来灾难，这个无家可归的年轻男子依然要被"浮丘"一年；成人节的饼"上天入地""门槛年"红衣面鱼寄寓的是对于

---

① 张德祥. 当代文艺潮流批评 ［M］. 北京：中国文联出版社，2005：281.
② 陈佑松. 主体性与中国文学现代性的缘起 ［M］. 北京：中国社会科学出版社，2010：96.

个人幸福的渴求；看山狗的凄厉叫声、州河发水的神秘预言更是在复活民间文化的同时参与了文本艺术结构的生成……对于这些带有强烈迷信色彩的民间文化，贾平凹的态度稍有暧昧，这种观念在贾平凹其他作品中也有所表现，《古炉》里每有大事发生，狗尿苔总能在事前嗅到某种特殊的气味，他与动物更是亲密无间。

其实，不管作家对这些民间文化持何种态度，表现在作品中形成的还是一种策略，要完成的是对于被历史理性过度压抑的个人主体性的救赎。人们通过上述那些"迷信"活动与天地融为一体，鬼神在他们心中的"有"，使他们回到了宇宙开辟之前的"无"，无有即无所不有，有自然也就有了"我"。另一方面，"我"感到了万物，那万物也就是我，在与自然的同声同气中完成自我主体性的实现。从鸿蒙开辟之初人开始与自然分离，走向社会，中国民众在法家的极权统治与儒家的伦理规范下逐渐迷失了自我，几千年后遂有在外来文化刺激下的启蒙运动极力要求个性的解放。这一要求又与现代民族国家的构建同时起步，国家的现代化与个人的主体性发展应是同时并举的，但是如果来自个体生命欲望释放的主体性没有节制地倾泻势必会导致混乱，因而有理性的"矫枉"，但如果"过正"又会造成对主体性的损害，所以需要再次救赎。贾平凹对于传统民间文化的借用暗合了老子天人合一思想的"道"，这是在中国现代性发展进程中传统文化不可低估的价值所在。贾平凹对于传统文化的活学活用比"寻根"作家更有可能对现代的浮躁产生濯清效果，因为"寻根思潮"作为一场与意识形态相关的文化运动在某种程度上却陶醉于形式忘却了使命。"'寻根派'的写作不是遵循'寻根'的宗旨"[①]，他们在很大程度上是借"寻根"为名陶醉于各自对于传统文化的情有独钟，从这方面说贾平凹是更为理智了。他的理智处就在于通过传统文化实现了"现代"与"反现代"的统一。

"寻根"的着眼点在于民族文化的恢复、民族国家的重建，但是他们在

---

① 陈晓明. 审美的激变 [M]. 北京：作家出版社，2009：128.

策略上将触角伸向了过去，把基点拖到了后面。《浮躁》却不同，它的立足点在当下，似乎是站在了过去与未来中间，并就此思考着现代化的走向与历史的轨迹。贾平凹把现代性的渴求与现代性的抑制同样置于乡土小说的框架下，在追求传统中实现了"后现代"急于却无力实施的对于现代性的批判。这种姿态与策略印证了"中国启蒙文化提出、所面对的'现代'发展的基本问题同样为'反现代性'的思想家们所拥有，其理解和解决问题的方式也自然会呈现出诸多的相互影响"①。我们看到对于问题的"理解和解决"的"相互影响"的方式同时出现在贾平凹的笔端，而且融合的效果相当不错，并没有显出多少"理论悖谬"。这得益于他对于传统民间文化的化用功夫，行走在"寻根"边缘的他并不如"寻根"作家一样死抱着传统文化不放，而是打通了传统与现代的界限，在此基础上完成了现代性与反现代性的融合。这种融合其实也是有着文化理论自身存在规律的根据的。我们总有一个误区，认为现代性与反现代性只是两个历时性的概念，事实上它们与任何思想文化范畴的概念一样，在历时性之外还有着共时性的性质。从时间顺序上讲，说前者首先出现，后者随后反思，这并没有错。但没有错不等于没有漏洞，我们不应该忽略这样一个现象：历时与共时很可能同时存在。从表面上看现代性启蒙思潮初起于二十世纪初的五四运动前后，后有二十世纪二十年代的"学衡"反之；到八十年代再次兴起，后有九十年代的"后现代"质疑。如果单以理论预设的方式来思考，这一逻辑当然牢不可破。但是，"一种文化学说从来不是单独存在的，而是在与诸多不同的文化学说的关系中共时性存在的。它的意义和价值首先是在这种共时性的关系中呈现出来的"②。现代性与反现代性的话语往往可以颉颃互竞，不论是五四时期的激进现代文化倡导与学衡派的保守，还是二十世纪末的现代性再启蒙与"后现代"的狂乱颠覆，在各个文化群体、不同的作家、同一个作家甚至同一个作家的不同

---

① 李怡. 反现代性：从学衡派到"后现代"？[J]. 中州学刊，2002（5）：79-80.
② 王富仁. 中国文化的守夜人——鲁迅 [M]. 北京：人民文学出版社，2002：4.

作品乃至同一部作品中我们都可能找到现代性与反现代性的双重话语。贾平凹就是一个代表，《浮躁》就是一个例证。在《浮躁》里他利用传统反现代，在反现代的过程中完成对于现代性的思考。这一思考与之前沈从文的策略相一致，与之后的"后现代"的目的相统一。一部《浮躁》是贾平凹创作之初乡土题材的延续与发展，也是他后来的乡土大厦的奠基。如果从整个中国当代文学发展的意义上讲，它无意间暗合了与之同时的"寻根小说"的某些话语，又与贾平凹后来的一系列作品（《秦腔》《古炉》《带灯》《老生》以及《极花》）共同代表了当代小说创作题材迄今为止最广泛、最有生命力的一脉潮流——乡土。以此说来，《浮躁》对于贾平凹个人创作道路与中国当代文学发展道路同样意义重大。

初刊于《绥化学院学报》2017 年第 3 期

由同情到和解

——裘山山小说论

作为女性作家，裘山山没有陈染、林白、海男甚至铁凝、王安忆那么强烈的性别立场，其作品传达的并不是单一的女性经验，而往往具有人生普遍意义。在流派频出的中国当代文学发展进程中，她或可被看作一个独特的存在。裘山山的创作起始正值"寻根""先锋"崛起之时，并与新写实、新历史主义潮流相伴随，但她并没有被归结到其中的某一流派名下，即使是女性主义似乎也与她关系不大。她不具有潮流认证的代表性，但也恰恰说明了其创作的个人性。新时期以来，批判精神渗透到各个文学潮流中，似乎只有质疑才能表现出作家的写作深度与思想高度。出身军旅的裘山山并没有介入当代文坛的"战斗"序列，而是从对于生命的关怀出发，保持着自我对于芸芸众生的同情。但与导向反抗的契诃夫、鲁迅式的同情有异，她在想象与假设中完成了与现实生活的和解，这是一种无奈的妥协，也是一种生存的智慧。也许在她心里，放低个人姿态才能拥有整个世界。对众生的同情和与世界的和解促成了裘山山的创作艺术形态，突出表现于舒徐、平缓的叙述节奏上，可以将之看成其主体性格的流露，更加确证的是其艺术经验的老到。

一、温情之光照耀下的日常生活之美

裘山山的创作取材有点像新写实小说，都是来源于日常现实中的琐碎生

活，即使那些与主旋律接近的作品（例如，《我在天堂等你》之属）也是以吃喝拉撒、生老病死为切入点。但是新写实小说中的生活一片狼藉，人物落魄不堪，他们的性格也大都被生活雕刻得支离破碎。裘山山笔下的人物却多有着对于美好生活的向往，在他们身上，生命之光熠熠闪亮，往往是一个小事件、一件小物品就能表现出作者对于美丽人生的希冀。《一条毛毯的阅历》并不是作者的真实阅历，她在努力通过自己的价值观来改造父辈的故事。初看起来，本篇像是要通过一条毛毯来概括一段历史，但人物的经历与毛毯的关系并不是很大，它只是一个旁观者。结尾才发现作者并没有"历史演义"的雄心，她只是将现实中不知所踪的毛毯的去处做了一个"温情脉脉的猜想和假设"，在这个"猜想和假设"里，吴向英成为烈士永垂青史，"对面那个人"得到原宥，吴念英有了归宿；《何处入梦》里的艾红被一条裙子点燃了生命之火，即使在黑暗里她自己也能感受到裙子上散发出的阳光气息；《激情交叉的黄昏》更能体现寂寞中的人对于美好人生的渴求，落魄诗人南国收到的信件让他浮想联翩，凌小凡因为一次邀约产生了过往爱情的回忆；《等待星期六》里一份没有报酬的心理咨询工作就能让李素产生回报社会的满足感……"文学和生活的不同在于，生活混沌地充满细节而极少引导我们去注意，但文学教会我们如何留心。"① 裘山山虽然少用那些细到极处的微末意象——比如，墙上的某处斑点、人物的隐秘动作之类，但也往往能在与生活无关痛痒的事实里发掘出蕴藏于其底部的幸福可能性。

与新写实小说的"零度叙述"不同，裘山山对其笔下的人物倾注了满满的同情。她说："有时候我也觉得自己的小说过于温情，用评论家的话说，不够狠，不够深，但在埋怨自己的同时，我也明白这是无法改变的。我就是我，我的小说就是我对生活的认知，我对生活的猜想，而不是别的作家。所

---

① ［英］詹姆斯·伍德. 小说机杼［M］. 黄远帆，译. 郑州：河南大学出版社，2015：46.

以它只能那样。"① 她由独立的对于"生活的认知"走向对于美好现实的独断"猜想"，以微温的同情照亮笔下的芸芸众生，在创作主体与艺术对象之间产生了交互的认同。从表面上看，《脚背》写的是两个生活阶层的冲突，但冲突双方同样是现实社会中的普通人，发生的车碾脚面的摩擦也不是什么大事件。虽然在事件解决的过程中有猜疑、有算计，但从总体上看双方算是很和谐，严立成夫妇并没有盛气凌人，"小个子男人"也没有狮子大开口。在叙述的进程中，作者不仅给予了地位低下一方以同情，同时也表现出对于相对富足者的理解。偶有讥嘲笔调，但是并不尖锐，仅有的批判色彩已经被双重温情厚厚掩盖。这一掩盖有着不彻底的嫌疑，似乎她的同情并不是那么纯粹，作者好像将自己置于一个优越的观察位置，如文化巨人一样俯视着笔下的大众。但是，我们不能说她"'对他人悲剧的感同身受'源于'拿自身优越的位置和受苦受难者做交换'"②。虽然我们能够看出裘山山也是在刻意努力将自己的脚塞入他者的鞋子，但是对于生活的艰难处自有其铭心刻骨的体验。即使将《脚背》作为一篇喜剧作品来看，作者的主人公们也显然不是比她更"坏"的人，近似的生活经验（无论是被动的还是主动的）使作者与人物走到了一起，同情也就显现不出矫揉造作。

　　或许会有人质疑：一个出身军旅的作家怎么可能与小人物有着共同的生活经验？如果真是这样，上述对于普通人的命运关注也就打了折扣。但是，我们不要忽略一个作家创作的初始来源——童年记忆。童年时期的经历是文艺创作资源的重中之重，汪曾祺认为"小说是回忆"，中国现代文学史上的鲁迅、废名、沈从文等人都努力打捞着童年记忆，并将它作为思想观念的生发点。许多外国作家也努力运用童年记忆来切入叙述，比如，普鲁斯特、高尔基、乔治·艾略特等。乔治·艾略特的童年回忆发生论甚至对废名的文学

---

① 裘山山. 关于毛毯的猜想［A］.《小说月报》第 11 届百花奖获奖作品集［M］. 天津：百花文艺出版社，2005：683.

② ［英］詹姆斯·伍德. 小说机杼［M］. 黄远帆，译. 郑州：河南大学出版社，2015：124.

创作起到了决定性作用。① 如此看来，裘山山对于上述质疑的回应也就顺理成章："关于这点，很多朋友和读者都想不明白，觉得我对小人物的关注，与我的身份不符。一个作家关注什么，并不等于一定要熟悉什么，而是缘于情感上的贴近。也许，根源来自父母吧，我小时候曾经过过苦日子的，对贫困日子还是有体验和感受的。"② 裘山山对于童年经历的开掘最明显的要算《春草开花》，此中更能显示出作者与人物之间的经验关系。裘山山在散文《小钱大快乐》里说到自己十二岁时打牛草卖钱的事，"过完秤人家把钱递给我时，我不好意思数，一把捏住就塞进口袋里，然后边走边悄悄用指头去捏"。《春草开花》里的春草通过卖自己的头发有了人生的第一笔收入，拿到钱之后"手紧紧攥成一团，手心里是两张毛票和三枚硬币，还有一些汗。那个女人递给她时她没敢看，一把就攥住了。到底是多少，她也不清楚"。人生的第一笔收入使作家和人物心中同样涌动着暖流，同样紧张与欣喜交杂并陈。不同的只是二者收入稍有差距，用以买来的第一件物品稍有不同——一个买的是西瓜，另一个买的是米糕。关于存款的花销方式，特别是《小钱大快乐》里母亲带"我"买新衣服时对于"我"的钱财的"征用"，与春草的经历何其吻合！当然，裘山山在回忆起自己有关财富的过往时，流露出的是一丝丝欣悦，吃尽生活苦头的春草则对钱有着纯稚天真的寄托。二者心胸似有差别，但我们不能说春草是个唯利是图者，对于美好生活的想望是每一个独立个体的权利。作者对于春草的同情自不必说，它有着人生经验形成的基础，对这个基础进行改造、开掘是作家理应完成的任务。《春草开花》虽有冲突，但多半是为生活所迫，而且并不是那么剧烈，生活的琐碎消解掉了剑拔弩张的态势。春草虽然命苦，却也遇到了不少好人：孙经理、张阿姐、娄大哥……那个在半夜里买她茶叶蛋的警察虽然语气生硬，但也在客观上缓解了她的困境。这显然不是批判的笔调，只能看作作者在同情的观照下，对

---

① 郭济访. 梦的真实与美——废名 [M]. 石家庄：花山文艺出版社，1992：79.
② 裘山山. 小说是我对生活的设问 [N]. 厦门日报，2010-01-06（24）.

于笔下人物命运的真挚祝祷。

在裘山山的意识里生活是美好的，人性是美丽的。她的作品里少有丑恶现象，也少有绝对意义上的"坏人"，虽然也有对于生活困境的展现，但她似乎一直都"相信美好的事情即将发生"。用她自己的话说："我保持了看到美好事物的能力。"① 但是，生活并不一定如表象呈现出的那样美好，"看到"什么，很可能与个体对于人生的信念有关。从信念出发对现实做出单方面的判断，是一种有着心理预设的幻想，虽然大部分读者都"接受并认同"她"对生活温情脉脉的猜想和假设"②，然而在一般情形下，它往往只是个人的一厢情愿（说自欺欺人可能严重了一些）。作家之所以有着对笔下人物微温的同情，除了主体的悲悯情怀外，一定是人物的遭遇并不称心如意，因为平凡的美好之下潜藏着命定的危机。当危机显露，人又无可奈何，为了寻求生命与生活的平衡，唯一的解决办法只有主动和解。

二、无奈中的和解

在作品中表现生活之美和对于人性善的坚信者并不在少数，他们的共同之处在于将危机作为一种潜在的动向压抑于美好生活与人性的底层，对于人与世界之间矛盾的解决方式往往是一方压倒另一方，裘山山的独特之处在于借助想象力催生出的人与现实的一幕幕和解。虽说这种纯粹的同情只能是一种理想，多多少少掩盖了生活的复杂性，但从艺术上讲，她为作品设计的心理和解（而不只是情节的完满），弥合了人与现实世界之间的裂隙，同时深化与拓展了中国传统小说的大团圆叙事。《梦魇香樟树》是一篇批判现代文明的作品，作者用近一半的篇幅来进行铺垫，无非是向我们呈现当时的社会氛围。"我"拒绝和抗争过，但香樟树最终还是被砍了。按正常的叙述走向

---

① 张杰. 专访裘山山：写老老实实的东西　传达老老实实的感情. 华西都市网，http：//news. huaxi100. com/index. php？ m=content&c=index&a=show&catid=248&id=832259.

② 裘山山. 关于毛毯的猜想［A］.《小说月报》第 11 届百花奖获奖作品集［M］. 天津：百花文艺出版社，2005：683.

来说，"我"最后应该是分到了房子。可是童年记忆中的"价值自然"已经不复存在。"我"能做的也只有一个为逝去的人类生命本真情怀唱起哀歌的梦。梦醒之后，就算再倔强的人也会与现代文明握手言和，更何况富足、安逸的生活也是"我"想要的。似乎"我"与春草同样坚信"女人一定要自己有钱"才能把握自我的人生方向，物质的幸福会在时间的流逝中在一定程度上抵消掉精神的噩梦，毕竟对于普通女人来说精神的幸福是要由物质来催动的。读者可以看到，"我"对于经济利益并无排拒之心，她所留恋的是童年记忆中的那份精神守望。当这份守望无法保持下去，而且以之为代价可以换来现世的安逸，也就只剩妥协一条路可走。然而，我们当真要妥协吗？这是作者在纠结中的一个设问。从这个意义上说，创作于1988年的《梦魇香樟树》在今天仍有意义。

　　"文学写作的根本目的，是运用语言去阐述个人与他所面对的世界之间的关系。"[①] 这种关系在先锋作家那里是紧张的，裘山山则在假想中实现了对美好生活的祈望，也同样在假想中完成了与现实的和解。《等待星期六》里李素与丈夫的生活很幸福，然而幸福只是表象，其下同样隐藏着危机发生的可能性。王微的电话是一个玩笑，也是一个提示，加上丈夫迟来的电话，李素陷入了心神不宁状态。志文到底出差与否，处于模棱两可中。关于他的出轨，虽有旁证，但是李素与他并没有就此事直接对话，一切都在猜想中，两个证据都有疑点。第一个证据被李素自己否定掉了。第二个证据是假想中志文的出轨对象，但是我们会怀疑，出了轨的男人怎么会愚蠢到大半夜用自家电话和情人联系？因为从叙述中李素的生活轨迹看，那时她一定是在家的。这样，作者就在无意识中将可能变成了不可能，将前面所说关于志文可能出轨的种种条件全盘否定掉了。这是一个自我驳难的假定，与现实和解的愿望不言自明。整篇故事是一个开放性的结构，因为志文到最后并没有回来，夫妻之间的对质也就无从开始。就算有所沟通，男方的解释是否可信？

---

① 格非. 博尔赫斯的面孔 [M]. 南京：译林出版社，2014：122.

赵教授又会说些什么？就算遇见了赵教授，李素会向他倾诉吗？一切都在两可之间，替怨妇打抱不平也就显得没有多大必要了，生活自然会给自身的云谲波诡来一个无声的解释。作者反复强调李素行为的真实性，其实完全没有必要，因为大家都知道小说本来就是一种想象的构造。其中的关节大部分是人为的假想，反复强调真实性往往显得欲盖弥彰。人类能够想象到的就必然有发生的可能性，成熟的读者自然会心甘情愿服从阅读的逻辑，作家不必刻意突出故事的真实性，那样做反而是对读者的不信任，也是对自己讲述策略的自卑。关于主题的阐发，裘山山的假设已经成功，如果没有王微的整盅电话，李素不会对丈夫产生怀疑，继而翻看他的通信簿，发现他的隐秘。她对于王微的责怪其实是自欺欺人，她想在"无知"里继续享受现有的幸福。李素对生活本来很满足，并怀着一颗感恩之心，然而正是这颗感恩之心促成的回报行为引出了日后的痛苦。看起来，作者是在提示生活的假象，内里却蕴藏着对于真相的否定。否定的结果并没有导致对于现实的批判，反而形成了皆大欢喜的结局。

《激情交叉的黄昏》又是一个关于"人与现实之间紧张关系"的故事。人类本是群居性的动物，与他人交往同时被理解是每一个人的渴望。但是，南国与陌生女人见面时并不知道该说些什么，只能以平凡的客套话开篇，却招来女子的频繁回怼，弄得自己无所适从。他想要紧握其手以表激动，却又感冒昧，无胆实施，也就只有"重复着搅动咖啡的动作"了。人与人之间的距离由是而生——他也总是词不达意，口出与心想总是反其道而行之。他的妻子凌小凡与他是同样的心情，但是结果也好不到哪里去。两场约会，前者不欢而散，后者是个骗局，他们的幻想同样无疾而终。风波过后，老夫老妻的他们重回日常生活轨道，所有的浪漫不过是想象中的昙花一现，拉拉杂杂的琐碎生活仍将继续——也只有继续。《何处入梦》也有着与希望相关的人物对话之间的别扭，往往是自己的言不达意，或是对方的无趣倾听。艾红对于"疲惫的旅人"之探问，得到的是冷语以对，其行为也充满了矛盾。最后来找她的男人是不是那个旅人？实耶？梦耶？又是两可之间。作品结尾稍嫌生硬，无非想要呼应梦境，给女主人公一个小小安慰。《卡萨布兰卡的夜晚》同样是一个无尾的故事，但我们根据女主和丈夫的沉默与言语完全可以一厢情愿地假定他们最后不会分手。作者似乎在为我们灌输一碗"鸡汤"："两个人在一起，不说话也是一种陪伴。"这句话无疑会给在现实中处于冷战状态的夫妻们提供些许安慰。但是，观念变了并不等于激情回归，柳无慧和丈夫与凌小凡和南国一样恢复了从前平淡的日子。他们在现实生活的平流层上挣扎的那一瞬过后，只能接受枯燥乏味的结局。无聊与寂寞仍将无处排解，可是又能怎么样呢？柳无慧遍寻从前交往过的男性，已经发现再也没有谁能提起她的兴趣，那些大龄女性朋友是她假想中的楷模。既然孤独无法被拯救，那也就只有忍了。是人到中年的必然，没有任何命运之匙的解放，和解是唯一的选择（与世界、与他人甚或与自己），毕竟，人还是要活下去。

如果说在短篇小说里裘山山利用作者的统治力，为故事设计了种种矛盾，在个人意识里"强迫"情节朝着主观预定的方向发展，那么她的长篇看起来就显得更加水到渠成一些，和解的诉求也就更加可信一些。由于篇幅所限，我们很难在短篇中看到人物性格的变化。长篇则不然，在裘山山平淡的叙述里，人物的遭际看起来并不像其短篇中那样有着稍嫌过分的着力痕迹，他们有着自己的生活轨迹，性格或者心理也就在他们的经历中逐渐转变。往往是人物在最初正面面对现实的矛盾，看起来似乎毫不妥协，但是随着故事的展开，他们改变了初衷，努力调整自己的心态与行事方式，以寻求与生活握手言和，目的同样是拥有物质的幸福或者心理的慰藉。具有美丽生命的人物遭受苦难是裘山山常用的叙述模式，她在《春草开花》里给予了主人公春草以耐心的同情，但是与前述作品的基调一样，春草到最后也没有"开花"。春草本来是一个呆憨木讷、倔强倨傲的女孩，随着一次次的失败后来学会了圆通世故。在第一次远行做生意的路上，她的灵活变通让何水远对其刮目相看。他们占了火车过道的位置，本来列车员的态度并不是很友好，这时，儿时倨傲的春草放低了她的姿态，她"帮列车员扫地拖地，还给大家倒水，忙得一头是汗，就好像她是列车员"。这种"和气生财"的"本事"让何水远不禁佩服起春草，认为她是一块做生意的好材料。到了娘舅家，春草继续发挥着低调的手段，忍气吞声，以好言好语换来生意的基础，在她看来"嘴巴甜又不花钱"，"看看脸色能省钱还是合算的"，何乐而不为呢？在百货商店租摊位是她经商天赋和头脑的最初显现，后来与顾客的讨价还价更是说明了她不仅能说会道，还会察言观色、"见风使舵"。当一个人主动对生活伸出和解之手，可能世界就会以另一种面目呈现在他（她）面前。春草品尝过自己的初步胜利果实后，对于从前以仇家相看的母亲也"没那么恨了"。后来她懂得了玩弄心机，学会了给人送礼，对于损人利己的事情也颇能容忍，并以报答为由自愿委身于婚外男人……这些勾当是少年时期的春草绝对做不出来的。但是我们能否责怪她呢？春草的性格变化显然是主动的成分居多，目的是换取更美好的生活，也许妥协下的和解是实现幸福的一个法门。虽然在故事的最后她并没有东山再起，但是她依然在努力着，作者透露给我们的也是奋斗必胜的信念。春草还在"卯足了劲儿①和外面的世界较量"，和解是她以退为进的斗争策略。

一个作家的世界观生成了其作品的主题，由主题出发，又往往生成了他（她）的叙述姿态与方式。我们可以从裘山山的同情以及与生活和解的态度里看到她性格里的温润一面。所谓文如其人，从艺术形式上看，这温润突出表现在其对叙述节奏的把握上，平缓、淡然，没有激情四射，更没有剑拔弩张。

三、平缓的叙述

和解是一种胸襟，当一个人与现实握手言和，他（她）也就不再情绪

---

① 卯足了劲儿：现应为"铆足了劲儿"，为尊重作品原文，正文中未做修改。

化，创作中表现出的是平淡、平静的气质。像是旁观，与对象之间保持着恰当的距离。不是余华或者新写实作家式的远观，而是不近不远、不疏不密。这就不是"零度写作"或者冰碴子式的冷酷，而是一种与人体温度接近的微温状态，这种状态与和解的愿望正成标配。裘山山的讲述语调不走极端，因为不走极端所以会让人联想起各种流派也正是因为不走极端所以又难以被归入任何流派，这也可能是当代文学史中很少提及她的原因之一吧。

微温同情下模糊的叙述立场会导致叙述节奏的客观化，去除暴躁凌厉，减少愤激火气，直至真实地再现生活本身。在西方，"自柏拉图和亚里士多德以来，虚构和戏剧的叙事就引发了两个重大而反复的讨论：一个问题的核心是模仿和真实（小说应该再现什么），另一个问题是关于同情，以及小说如何运用同情。慢慢地这两种反复出现的问题合而为一了，我们发现，大约自塞缪尔·约翰逊以降，基本共识是，对于人物的同情性认同在某种程度上取决于小说真实的模拟：去真实地观察一个世界以及其中的虚拟人物，或能拓展我们在现实世界中同情的能力"①。对于真实的再现需要一种平静的心态，在平静中反而能展现出作者的同情，这似乎是一个悖论性的现象，但又有着确论性的基础。在中国也是如此，对于现实的模仿是一种"弃智"行为，也是一种去情行为，它要努力摆脱自身的思考与情绪，将外部世界的图像缓缓绘来。去情与"弃智"看起来与同情正成反调，但是凡事不能走极端，这里的"弃"与"去"是对于极端的否定，微温才是人生的常态。从这方面来说，裘山山继承了中国传统美学的中和之美。《脚背》很容易让人想起鲁迅的《一件小事》，它们同样是关于两个阶层的对比。鲁迅的姿态很复杂，用的是知识分子的俯视视角，最后却站到了平民的立场上。裘山山貌似站在平民立场，却又见不出对肇事男女有什么批判，如果从"碰瓷"角度看的话，她反而表现出了对严立成夫妇的同情。如上文所述，作者对小个子

---

① ［英］詹姆斯·伍德. 小说机杼 ［M］. 黄远帆，译. 郑州：河南大学出版社，2015：124.

男人也是同情的，对双方的同情抵消掉了是非对错的判断（"此亦一是非，彼亦一是非？"）。我们暂且不论事故双方的对与错，从这"无是非"观里见出的是作者心态的平和，她的立场并没有如鲁迅似的从一个阶层到另一个阶层转变，而是始终站在二者的中间地带。在这中庸的态度里，本无什么情节的叙述节奏也就自然而然地舒缓了下来。《卡萨布兰卡的夜晚》讲述的是关于婚姻的故事，可是其中并没有见出一般女性作家对于性别立场的主动把持。不仅如此，她甚至对当事双方同时表现出了些微的调侃意向，这种意向表现在二者关系生成的张力空间，而不是专门针对某一个人。而且这一调侃并没有达到讽刺的程度，它完全可以被看作无聊枯燥现实生活的调节剂，使作者、读者、人物会心一笑，仅此而已。

　　文本结构往往能折射出一个作家的讲述节奏，对于裘山山来说，《春草开花》这种一般结构自然不在话下，它以中国传统的节气命名提领各部分的叙述，作者信手拈出某个时间节点，像是打鱼人提起了渔网的总绳，在她从容的笔调之下，拉里拉杂的生活事件在其中蔓延开来。她的布局少有"一起之突兀"，但是不乏时空的穿插，奇怪的是我们并没有感觉到作者编排组织的着力处，反而一切都显得那么自然而然。《卡萨布兰卡的夜晚》的正面故事与作品的同名影视作品的放映交叉呈现，是作者理智的比衬策略。叙述时间又在现在、十年前和三个月前之间回环往复，构思的努力足见作者耐力之强，对于时间的前后把控，造就了她关于博爱心胸的左右逢源。在《激情交叉的黄昏》里作者为两个主要人物各自设置了两个场景：南国——家里—咖啡馆，凌小凡——家里—招待所。她像一个心理调研者，将假设的种种情形慢慢铺开，然后一一拆解，从中捋出人物的情绪走向。虽是"激情交叉的黄昏"，但不见叙述者热情的高涨，恰如两位主人公的生活状态不温不火、平淡静寂。《我在天堂等你》也在回忆和现实之间来回跳跃，有些地方看起来是要在过去与现在的比较中实现对当下的批判，但是只有苗头并无发展。作者的笔端对过去与现在的人物均充满同情，她就那么不厌其烦地前后映衬、颠来倒去，为的是在平静的面容下完成对于现实（物质或是心理）的打量。作品一开头就铺开了现实生活中的各种矛盾，似乎涉及的所有人物都处在"与现实的紧张关系"之中。从代际隔阂方面看，欧战军是矛盾的连接点。儿女们有的"投机倒把"，有的要闹离婚，作为父亲的欧战军从个人生活经历形成的价值观出发对他们的行为做出了否定，所以有了家庭会议的召开。但代沟并不能概括全文的叙述要点，木鑫、木槿、木棉他们各自的处境代表的是当代生活的普遍状态。看起来矛盾重重，但是作者的叙述有条不紊，不动声色，她的语言简洁干净，很少用到额外的形容与陪衬。对于"天堂"的回忆部分基本上由过来人白雪梅讲述，作为一位在丈夫的突然去世中精神陷入低落状态的老者，她的讲述自然不会高昂激烈，其语速将作品的叙事带向了纡徐形态。

在上述作品中，我们很容易见出裘山山对于展现人物心理的努力，不论是《春草开花》还是《卡萨布兰卡的夜晚》，特别是《我在天堂等你》的主人公视角的运用使作品呈现出一定的心理深度。她借助于文本结构的时空位移，对人物心理层面的变化做出了颇为细致的把握，对于心理的梳理在一定程度上减缓了叙述的硬度、增强了叙述的密度，从而引发读者对于生活现实的思考。但是能引发思考，并不代表艺术上的完美，裘山山的讲述缺陷是心理表现基本上处于直言形态。我们不能说上述作品不是感人的故事，但是作者在讲述中往往是尽心竭力让我们知道一切，无论内与外，她都始终掌控着作者的"全知"权力。虽然不乏感染力，但她很少将人物心理附着于"动作"上。南宋诗论家严羽曾说："盛唐诸人惟在兴趣，羚羊挂角，无迹可求。故其妙处透彻玲珑，不可凑泊，如空中之音，相中之色，水中之月，镜中之象，言有尽而意无穷。"① 诗歌如此，小说亦如此。文学之美很大程度上在于清晰与遮蔽之间的朦胧地带，这样才能调动起读者的想象力，缺少暗示、

---

① 严羽. 沧浪诗话·诗辩［A］. 中国古代文论选读［M］. 大连：辽宁师范大学出版社，2002：187.

过于直白往往削弱了阅读过程中的品咂趣味。作家本人说"我不太喜欢象征意味很浓的东西"①，此处的"象征意味"主要就题材选取的历史意义而言，这当然很适合裘山山的人格气质。但是，就创作方法来说，或许加上一点朦胧色彩也不无裨益。不管怎么说，由文本结构与心理展现生成的叙述节奏是可以视为裘山山创作特点的承载的，也正是因为如此，她让我们看到了生活的芜杂，体味了世事的无奈。

军旅出身的裘山山并没有对重大题材的迷恋，更没有对意识形态的解读愿望，她将两只脚深深扎入平凡生活的底层，来感受其中的生命温度。她没有同时代先锋作家那样鲜明的形式创新追求，也没有寻根作家那样强烈的文化精神坚守愿望，她只是平静地看取生活，平淡地予以表述。从对于现世人生的温情关怀出发，努力追求与表现着平凡的生命之美，即使受阻后的无奈和解也显示出与生活周旋的智慧。与温情与和解相适应，她的叙述笔调是平缓的，如静水流深、宁静致远。叙述氛围犹如良朋话旧，拉拉杂杂但并不枝枝蔓蔓。语言的纯粹保证了主题的明晰，她很少在作品中宣告什么高旨要义，但读者总会心知肚明。因为芜杂的生活在她缓慢的讲述中变得舒徐有秩，我们不需要像读先锋小说一样为了拆解一个细节与作家一起费尽心思，省下的精力也就可以仔细品味文字间与我们正在经历的相似的生活。如此说来，裘山山必定是一位紧贴生活的作家，却又不像新写实似的冷淡，微温的同情及其带来的人生观念与艺术形态共同完成了对于当下众生生活困境的解答与表述。对于这样一位有着悲悯情怀又有着独特艺术表达方式的作家，当代文学史上理应有她一笔。

初刊于《宜宾学院学报》2019 年第 7 期

---

① 裘山山. 一路有树 [M]. 北京：昆仑出版社，2004：102.

记忆与历史，或无处可归

——再释裘山山

　　裘山山是一位创作生命力旺盛的作家，二十世纪八十年代走上文坛，至今仍有新作不断面世。在将近四十年的创作生涯里，她一直在不断拓宽自己的文学道路，但一直保持着个人的创作风格。纵观裘山山的创作轨迹，我们很难像对待余华、格非、苏童等先锋作家一样，给出一个明确的前后期创作观念与风格变化的时间点。一个作家的创作总有一根持续不断的线索串联着，否则他就不是他了，我们对于作家的理解当设身处地，全面看待，不能忽略掉其创作道路的整一性。努力搜寻生命流程的个人经验，致力于用回忆构建起理想中的文学础石，是裘山山迄今为止一直秉持的创作策略。在这一策略的主导下，她谋划篇章，又深入历史，为的是满足寂寞个体的精神诉求，但灵魂追寻的结果往往是回归原点，寸步未移。这可能是她对人生的感性体验，或者理性思考。她的这一体验与思考应验了文学创作发生的普遍条件，也丰富了文学表现历史的方式，并在精神向度上展现出人类存在的本质。

一、作为方法的回忆

　　小说是一场打捞记忆的行旅，作者在创作过程中将其中的边边角角加工改造，目的是成就一个圆全，成功与否不重要，重要的是对于过往经验的确认并以此表明个体的存在实情。记忆与回忆稍有不同，前者更多倾向于名词性，后者兼具名、动双重性，比前者多了一份主动性。记忆似有若无，却总会在某一个瞬间、某一个契机的触发下不请自来，它的浮现与主体的寻索关系不大，多半是一种毫无戒备状态下的不期而然。回忆则不同，它是主体在某种精神诉求下对于某段生命历程的主动钩沉，也就是对记忆的打捞，在这个过程中"我"的价值得到确认，从这个意义上说回忆是肯定自我存在的方法。二者虽有不同，但在大多情况下它们又异曲同工，在裘山山的小说里它们并行不悖。《隐疾》里，一条微博信息使青枫的记忆在早春复苏，而"此刻的记忆之门"深不见底，她也只有努力搜寻。她的网名"白云去悠悠"已经显示出了对于过往的愁绪，"青枫"的由来更是一片怀古之幽情。年逾花甲的她在从前的提示里感到"整个生命程序都进入了尾声，仿佛一首歌，抒情的序曲唱过了，高亢的主旋律也唱过了，甚至副歌也唱过了，剩下的只有余音"，她也只有在余音里才能感味到几十年生命历程的蛛丝马迹。否则一切都是空无的，生命的存在就是一具躯壳。对于那些过往，青枫有时候并"不是怀念，就是想起。好像那个日子在她的脑海中的划痕特别深，稍不留神就凸显出来"，就是这稍不留神的凸显填补了她的生命空白。作品结尾，仍是裘山山一贯的和解主题，青枫原谅了所有人，将一切罪责推给了那个让人无法原谅的年代，而对于这个四十年前的不原谅"只是为了把自己和过去捆绑在一起，不让自己与过去脱钩"，这是个体对于存在感的渴望，"从来就不如烟"的往事有时不只是感慨者的喉中之鲠，它也可能是生命印迹的见证者。《打平伙》中，一个普通小菜馆的名字将老董拽回了青年时代，一道上不了大雅之堂的腊肉烧萝卜成了老董重温人间至乐的媒介。下乡的日子虽苦，可它才是实实在在的。当分手的妻子将过往岁月带走后，他连画画都没有了灵感。在很多作品中，裘山山设定的正面叙述时间并不是很长，却往往能包含人物的一生。《我在天堂等你》《隐疾》《死亡设置》《琴声何来》等，它们的表层时间不过是几天甚至更短，在这短促的时间里，好像趣味是作者孜孜不倦的追求，然而她的创作不只是为了有趣。如果只为了一个出人意料的结局，一万字左右的短篇就已经足够，而她写成了中篇或者长篇，其间的回忆内容当然就没有理由被忽略。裴山山作品的流派辨识度并不高，她的"创作起始正值寻根、先锋崛起之时，并与新写实、新历史主义潮流相伴随，但她并没有被归结到其中的某一流派名下，即使是女性主义似乎也与她关系不大"①。所以她很难被归结为"某某主义"的作家，因为她的表层叙述总是从当下开始，或许我们可以将她称作"现在主义者"？她叙述的立足点是当下生活，不过真正给人印象深刻的还是从当下生活这个原点逐渐扩散开来的往昔记忆。在记忆的回溯里，人物的形象趋于饱满，自我得以成立。

对于裴山山来说，回忆不仅有着精神满足的主体指认功用，同时也是一种技术上所需的方法。它可以向前追溯形成叙述的轻流，也可以为后叙设立一个参照性的标的，特别是记忆中某些琐碎细节的凸显往往会决定一部作品的讲述脉络。"回忆有着由隐到显、由内而外的运思力量，使人们精神世界深处幽闭着的东西得以敞亮，并且形成有序的结构，回忆可以使原本是日常经验的琐碎记忆审美化，使那些本来并不完美的东西变得完美。"② 裴山山的笔致主调是流动型的，虽有很多情节范畴上的意外追求，但不属于结构型。不过，对于"琐碎记忆"的重视与打捞往往又给了她运思的起点，经过了无痕迹的审美组织有时也会形成"有序的结构"。只是她的结构没有西方结构主义式的封闭性，而是将言语向内心的组织（个人的或者他者的）敞开，作为方法的回忆也就适应了现下的个体寻求确立自身的愿望。讲述对象在一定程度上决定了文本的形式风貌，裴山山的小说多用倒叙，有主人公的回忆，也有作者的钩沉。《琴声何来》以吴秋明的住院引起过往，故事虽不是由马骁驭讲述，但作者仍以追忆笔法开头："那个晚上有什么特别的吗？

---

① 陈广通. 由同情到和解——裴山山小说论 [J]. 宜宾学院学报，2019（7）：9.
② 张晶. "追光蹑影"与"通天尽人"——论谢灵运诗的审美特征 [J]. 中国语言文学研究，2019（春之卷）：114.

马骁驭回忆过好几次。"随后又将关于当前的主体叙述作为对主人公回忆的二次突入——从"那个晚上"一笔荡到了二十年前的大学生活，继而用一个类似三百六十度大回环的行迹回到当下。在这一轨道上，马与吴的心史自然流露，并在之后与过去的几次交叉中得到了发展。《我在天堂等你》与《隐疾》类似，故事都在过去与现在之间穿插，似有对比评判，然而并不明显，作者要的是记忆里的感喟。白雪梅与青枫的追忆同样是被迫的，她们之前并无意识回忆从前，都是在突发事件的触发下迎接了过往的不请自来。如果没有回忆的参与，我们很难想象这两部小说会是何种模样——几乎接近于土崩瓦解。只有在记忆里，主人公们才能回到那段峥嵘岁月，不管是激情或是愤激，总之当今老态龙钟的她们在昨日重现里找到了青春昂扬的血液。《红围巾》以"老革命"的死亡开始故事，对于他生前生活轨迹的追索是完成其遗愿的重中之重。作者的讲述中不仅有对于受助者的回忆，还有姜妍和老范的回忆，对于前者的寻找（在现实层面上找的是邱医生）构成了对于后者的启发，难怪姜妍说："人一辈子总会遇到些完全意想不到的事，比如我，从来没想到我会在茫茫人海中寻找一个人，寻找一个完全陌生的人。而那个藏在人海深处的陌生人，也肯定想不到我们在如此费力地找她。也许我不是在找她，是在找自己，因为在这样的寻找过程中，我的心跳清晰可感。仿佛又回到了七年前的日子。"《听一个未亡人讲述》用一张张照片串起一个男人的过往，全都是女人的回忆，结构方式有点像土耳其作家奥尔罕·帕慕克的《纯真博物馆》，女主在记忆里找到了逝去的丈夫，似乎也找到了自己。上述作品里没有什么家国大事发生，只是生老病死过程里的常态，《琴声何来》的回忆多是学生时代的校园生活，《我在天堂等你》虽是有关保家卫国，但白雪梅的经历也不过是平凡妇女的履印，《隐疾》起源于一个年轻人的恶作剧，《红围巾》来自一箱遗物。裘山山正是从这些琐碎日常出发，梳理出一条条有关生命意义的叙述线索，它串起的是一个个故事，也是一条条心迹，其中的"我"若隐若现。如果没有这场回溯的行程，"我"究竟会在哪里？

加强记忆的印象、突出今昔的差异往往是在过去确认主体存在的有效手段，裘山山所用的方法是大量新事物、新语汇的引入，这与她紧贴当下现实、丝毫不落潮流的生活状态有关。从创作初始至今，在她的每个生活时期里经历的新事物、新语汇都会被她移入文本，比如，电脑、手机、QQ、微信，以及"高大上""吐槽""煲电话粥""单身狗""分分钟""菜鸟""公主范儿""闺密""三观"等流行语（有时候还会冷不丁蹦出一个英语词汇）。这些新事物的呈现和流行语的运用不仅使作品有趣味、接地气，更重要的是使当下叙述与过往回忆拉开了心理距离，在当下叙述的现场感里得以用今天的眼光打量过去。回忆不仅仅是怀旧的感慨，还有关于生命价值的二度判断，时空距离被拉开后，当时的当局者之"迷"会在很大程度上被廓清，判断也就变得更加全面、客观、成熟，"我"也就有可能更加立体、丰满。但是潮流总会过去，而且它有着明确的适应对象，这个属性或许会给裘山山作品的传播造成隐患。当时过境迁，或者接受者变更，它们还会不会调动起读者的兴趣？这是个问题。就当前来说，这一"流行"策略还是收效不小的。它可能只是作者的一个无意识举动，但可以使作者站在一个时空的制高点上向后看，用不着担心"以我观物，故物皆著我之色彩"①，观望者"我"反而成了物，在两相交锋中他们一起变得客观、实在，反思的空间也在其中得到了有效拓展。

裘山山将回忆作为一种方法，又以叙述结构和叙述角度的经营作为强化记忆的方法，目的是还原、确立作为个体的存在感。她在通过回忆拒绝被遗忘，尤其拒绝被自我遗忘。但当我们也尾随作者，将目光向二十世纪中期到现今的中国发展进程稍稍回望过去，就会发现，裘山山的回忆里不只是私人经验。如果我们将这些零碎的个人记忆进行提炼整合，很容易看到其中包含的历史形态。上文已经涉及记忆与历史的问题，比如，裘山山对于"物"的

---

① 黄霖等.《人间词话》鉴赏辞典［M］. 上海：上海辞书出版社，2011：9.

运用，如《听一个未亡人讲述》里的照片、《红围巾》里的围巾、《打平伙》里的腊肉烧萝卜以及下文要提到的《烤红薯的前世今生》里的红薯等，这些"物"都随主人公经历了某段刻骨铭心的生命时期，作者对于它们的运用近似于文化学者本雅明、诗人波德莱尔以及作家帕慕克的思想策略与创作方式，即让"物"的存在"构成了承载过去记忆的空间形式"①。也就是说，这个"空间"不是单纯的物质性显现，它"被赋予了历史感。换句话说，这种空间的时间化，也就是历史化。因此，空间意义生产不是完全自足的，而是与时间历史记忆结合在一起的"②。但从上述解读中我们只看到了裘山山的个人历史记忆，那么她的个人史与正统"大"历史的关系如何呢？

二、记忆中的历史

从文学创作的终极追求上讲，裘山山只是以对平凡生活的表现与追问为主，并没有构筑宏大历史的野心。她反复强调："小说是我对生活的设问"，最多也只是"暗含了我对生活的愿望"③。表面看来，她是一位对眼前生活亦步亦趋、紧密跟进的作家，对于历史的复现可能是她自己也未曾预料到的。早在多年以前，当时还是"青年评论家"的洪治纲就已经对裘山山提问过：她的"短篇小说几乎全部是针对当下生活的，特别是那些并不具备某种重大历史意义和尖锐冲突的普通生活"，这里是否隐含着"以小见大的创作追求"④？裘山山的回答很中肯，似乎也有些使评论者失望，她说："这个问题我还真没想过。但回头看看我的短篇，的确如此，我几乎都是写的日常生活中的一些小事情，只要它有点儿意思，触到了我的心灵，让我心里一动，就会产生创作冲动。至于它能不能'以小见大'，我似乎不太在意，因为

---

① 吴晓东. 文学性的命运 [M]. 广州：广东人民出版社，2014：103.
② 吴晓东. 文学性的命运 [M]. 广州：广东人民出版社，2014：104.
③ 裘山山.《戛然而止的幸福生活》序言 [A]. 戛然而止的幸福生活 [M]. 兰州：敦煌文艺出版社，2013：2.
④ 裘山山. 一路有树 [M]. 北京：昆仑出版社，2004：101.

‘大’是一种没有边际的东西，并不是自己想‘大’就能‘大’得了的。”①
如此看来，裘山山本人对于宏大历史的表现是没有主动追求的，如果有相关
的蛛丝马迹，我们也只能将其视作她的“无意识”之举。也许这是一种
“误读”，但在“误读”里可以拓展一位作家创作的内涵和外延，进而使她
丰厚起来、完满起来。虽然一部作品的成功在于作者与读者的交互体验：有
会写的，也要有会读的。但归根结底对作品最有发言权的还是作家本人。然
而，历史的建构并不是只有从意识形态出发这唯一道路，个人生活记忆的串
联有可能成为历史构成的另一种形式，或许我们也可称它为“生命史学”。
正是在这个意义上，我们说洪治纲的提问并不是无中生有，虽然没有“大”
的追求，但裘山山已经在客观上以自己的生命经验展现了二十世纪中期以来
的中国社会史。所谓“史书”是被当代人写成的，所以“一切历史都是当
代史”，其中包含更多的是个人对历史的解读。特别是思想解放的时代里，
每个人都有表现历史的观念自由，这样对于历史的书写才能展现出斑斓的色
彩。特别是当代史，它离我们更近，书写人又有着亲历或目睹的便利与优
势，这样的书写也就更能设身处地。裘山山正是在一己温情的观照下，反复
调动切身感受，在回忆里无意间勾画了一部中国当代史，从这个角度又可以
说“一切历史都是个人史”。她的作品中很少具有形成正统历史感的必备要
素，如家国想象、地方色彩、人物的族群特征等，但她有能力在个人生命进
程的履印里画上历史的痕迹。如果将裘山山作品里的叙述人或者主人公的回
忆所及按时间编排，我们可以从大体上得到这样一个序列：二十世纪五六十
年代的《我在天堂等你》《烤红薯的前世今生》，“文革”时期的《隐疾》
《你坐渡船去干什么》《少女七一在1973》《打平伙》《天不知道地知道》，
“文革”刚过去时的《可能》，八九十年代的《琴声何来》《到处都是寂寞的
心》以及《烤红薯的前世今生》《意外之外》《手足》等《野草疯长》集子

---

① 裘山山. 一路有树 [M]. 北京：昆仑出版社，2004：101-102.

里的作品，加上其中许多作品的写作时间在二十一世纪，按照裘山山一贯追踪当下生活的创作策略，叙述时间与回忆时间就共同承担起了新中国成立以来的发展轨迹。但是自谓"家庭主妇"的裘山山并没有二十世纪前半期具有社会科学家气质的茅盾一样的野心，其追求显然不在于从意识形态出发概括整个社会的全貌。她的侧重点在于作为单个存在的人心，在社会风潮的变幻下捡拾起一颗颗心灵的碎片，以自己内蕴的阳光照映出它们的寂寞、追求或者坚守、退却，甚至有了某些反思色彩，并借此反射出当代中国发展的各个阶段的主潮。

上述种种得益于作者对于第二叙述空间的开拓，也就是其今昔穿插笔迹中的"昔"之部分。《我在天堂等你》回忆的是一段解放军进军西藏的历史，也是裘山山少有的直接面对宏大题材的作品，但其中的旋律并不以政治的是非论证为主，而是白雪梅的个人记忆。在那样一个火热的年代里，青春和理想是她奋斗的底气和灯塔，而今一切已不复存在。但解放初期她激情昂扬的奋发精神仍历历在目，当时的白雪梅及其交好的女兵只是部队里的小人物，却体现出了历史转折、开创时期的时代气韵，这当然可以算作"以小见大"。在《烤红薯的前世今生》里，主人公——"白皮红心儿的大红薯"从饥饿的二十世纪六十年代走到市场经济发达的二十一世纪初，在勾起当事人记忆的情境里挽回了两场婚姻。其中的时代信息不是背景，烤红薯在二十世纪六十年代的作用是充饥，在二十一世纪是一段浪漫的故事，它的历史成了人的心史。

同一记忆素材的反复运用足见个人记忆的不可磨灭，《隐疾》《少女七一在1973》和《你坐渡船去干什么》是裘山山反思性的三篇作品，其中共同有着她少年时期生活经历的蓝本。"反思性与个人经验进入历史，这是文学叙事深刻性的根本机能"①，不同的切入角度使裘山山的历史反思有别于

---

①　陈晓明. 现代性的幻象——当代理论与文学的隐蔽转向［M］. 福州：福建教育出版社，2008：150.

新时期的伤痕文学、反思文学。后者产生于意识形态激烈对撞的时代，有着鲜明强烈的政治诉求，突出的是发生于历史现场的集群性抗议。尽管当时"文学界一再寻求文学的独立自主性品格，但实际上，文学与时代的意识形态关系依然非常密切"①。裘山山则是从个人经验的打捞出发远距离审视那段历史，避免了意识形态主导下即时评价的急功近利，为更平静细致地梳理其中的复杂人性内容提供了可能性。对于裘山山来说，"文革"不仅是时代背景，更包含了个人对于当时社会风潮的感受与隔空回应。青枫和七一身上都有着裘山山的影子，虽然最后她们都原谅了使其受到委屈的当事人，但那个时代如何可以原谅？可是，时至今日，从个人角度来说，原谅与否已经不那么重要了。毕竟从那个时代走来的人已经步入老年，他们有强大的内心承受力，对于曾经的苦难付之一丝苦笑，他们也不过是匆匆而过的历史潮流下被裹挟的一颗小石子而已。随着社会的发展、自我的成长，裘山山（或人物）的回忆时间也越来越近。新时期以来，特别是二十世纪九十年代以后，中国经济社会迅猛发展，其间隐伏的人心变动渐次显现。同样是关于相同记忆的反复运用，从前对于家政服务工作的耳闻目睹成为裘山山见证时代潮流、反思现实境况的有力工具。春草（《春草开花》）和黄书玲（《教我如何不想他》）都有家政服务工作的经历，她们同样为了孩子的教育、生活在城市里打拼（甚至不惜以肉身做代价），前者从农村来到城市——从无到有，后者下岗失业——从有到无，尽管她们有所区别，但是生活景况的差异并不很大，同样是市场经济大潮冲击下的挣扎者。与二者身份相似的还有《非常爱》里的尹小雨父母、《致爱丽丝》里的九香等。裘山山常用的另一个寻找记忆的突破口是同学聚会，包括《事出有因》《一夜到天明》《手足》《吉娜之夜》等，其间仍然潜藏着价值多元时代到来时社会风尚、人情习俗的历史性变化。《吉娜之夜》里的吉娜对陌生男人（老公的旧日同学）的想入非非

---

① 陈晓明. 现代性的幻象——当代理论与文学的隐蔽转向［M］. 福州：福建教育出版社，2008：80.

体现了人心的浮躁，结果却得知他是个非常规性取向者。虽不能将一切问题都归之于时代，但商品经济浪潮的确更加能够使人在寂寞里寻求刺激。

《琴声何来》和《到处都是寂寞的心》也对二十世纪九十年代以来直至新世纪的当代价值观变化做出了揭示。《到处都是寂寞的心》里的那五个单身女人都是四十岁上下的中年人，她们有着足够的生活经历以供在回忆里编织，特别是各自的婚姻经历，使她们对于生命价值的评定呈现出多元甚至混乱之势。有老公被人抢了的，也有抢了别人老公的，有引诱男人的，也有被男人引诱的，道德观相当混乱。伦理价值观的模糊暧昧，导致她们即使到了不惑之年对于爱情、人生道路依然是茫然的。虽然作者处于同情的立场，但这也很可能是其基于记忆的搜寻为当代社会习尚浮躁的一面所做的一张浮世绘。

当大规模的社会运动逐渐远去，随着思想解放的深入，历史的行进在当代的单个人眼里或许也只能呈现为碎片化的"镜像"。通过个人记忆的折射，历史的多方面侧影在其中一一复现。裘山山无意于构筑历史，更无意于解构历史——那是思想家们在历史的结构属性达到顶点时所做的矫枉工作。作为一位以对平凡生活的观察立足的小说家，她只是在对贴身生活事件的提取解析中暗合了当代史运行的轨迹。表现历史从来就不是鸿篇巨制式作品的专利，有时候的零碎短篇或许更能串起它的非整一性体系，这也代表了我们在新时代触摸历史的一种方式。"文学的历史化问题不只是关于文学如何建立自身历史的问题，更主要的是关于文学如何使它所表现的社会现实具有'历史性'，如何以历史的观念和方法来表现人类生活。"① 关于历史，自古以来就有官家史与民间史之区分，这里包含着看待历史的观念与表现历史的方法之多元性问题。多元化时代里的文学写作必然会包含更多个人经验，或许裘山山在中国文学历史化的进程中并没有占据一席之地，但她笔下的个人与历

---

① 陈晓明. 现代性的幻象——当代理论与文学的隐蔽转向 [M]. 福州：福建教育出版社，2008：76.

史的沟通适应了中国现代化的特殊道路对于历史化表述的时代需求。但是从另一方面看，我们竭力以个人经验中的琐碎作为基点来寻找历史记忆，是否也意味着我们在通过这样的方式想把破碎轻浮的生活赋予秩序和质地，并祈望在历史的整一性里寻找个体生命的完满？然而，裘山山是气定神闲的，证据是夹杂在行文中的那些让人莞尔的新潮用语以及由此形成的讲述语调，还有大词小用、庄词谐用以及那些有趣的人物形象，比如，曹德万（《曹德万出门去找爱情》）、"严老革命"（《红围巾》）等。或许是游戏精神，或许是审视距离的拉远，也可能是对于生命的看穿，使得现实层面的裘山山面对历史化焦虑时保持了一种淡定从容的姿态。但是作为隐含作者的裘山山是淡定的吗？在通过回溯记忆打捞历史并在其中寻找个人生命整体性的旅程中，那位由作家装扮成的叙述人到底走到了哪里？当真通过过往完成了对于将来的设定吗？这是个问题。

三、归往何处？

按照中国人传统的审美心理，大多数读者都希望故事有一个完满的结局，但裘山山很少让读者如愿。她一直追求给叙述一个意外的结尾，甚至有人以欧·亨利与之作比。但往往是意外造成了，却无结尾。她的情节并不是一泻而下，事件的进展在多种可能性之间左右徘徊，有点像曹文轩所崇尚的"摇摆"式叙述，亦即其所谓的"好文章离不开折腾"。但是在曹文轩那里，不管怎么"折腾"，情节摇摆到最后总会有一个结局——圆满的或者忧伤的。裘山山则不然，她的笔尖在希望与失望之间摇来晃去，吊足了读者的胃口。当读者满以为不管哪种情况总会有一个了断的时候，她的讲述会戛然而止，或者笔管又转了回去。总之就是不让读者称心如意——各种可能性都没有实现，讲述回到原点、人物回到当初、生活止步不前——一个没有结局的结局。《红围巾》里老范、姜妍他们对于邱医生的寻找（前文已经指出对于"严老革命"过去的寻找或许也是对于自己的寻找）几经周折，后来倒是打听到了她的下落，但是邱医生收到红围巾后是什么反应？她对往事或者故人是否还记得？经过寻找邱医生的旅程，姜妍和老范似乎也找回了他们的从前，作者给我们留下了破镜重圆的暗示，但是谁知道他们会不会重蹈覆辙？因为二人的性情并没有改变。就像《烤红薯的前世今生》，通过将主人公的情绪拉到从前，一只地瓜拯救了两段婚姻，预示着夫妻间的和好，但出轨者与情人的关系最后并没有断掉，生活还是从前的样子。《闭嘴》里的李小易与歌霸的关系终结与否？她的相亲也是不了了之，作者为我们提供了多个对于结尾的假设，但她无意选择任何一种，最后主动"闭嘴"了。《非常爱》的当前故事只是尹小雨工作餐馆里的几个场景，作者经过现场突出，然后从头说起，仍然是回忆笔法。最后尹小雨的学费问题解决没有？她和陈睿是否有发生爱情的可能？被卡车撞死的男子是不是她的父亲？她父亲究竟自首了没有？这些在给读者留下想象空间的同时，更使人物的命运呈现出不可捉摸的属性。在其他作家的创作中，开放式的结局并不鲜见，如裘山山一样如此频繁使用的却不多见，这就不只是叙述构思的问题了，它可能暗示着一种寻找生活意义的诉求，但结果往往像叙述的结局一样无疾而终。她的多数小说并不是如传统小说一样有着"开端—发展—高潮—结局"这样清晰的脉络，虽有少量情节但不是按"提出矛盾—解决矛盾"的模式展开。她似乎在暗示我们，生活里本来就有一些用不着刻意去解决的矛盾，随着时间的流逝它会自然消泯掉。矛盾消解后，人物又回到了从前的生活状态，但是说好的矛盾会使人进步呢？将来是什么样子？"我"是谁？"我"该怎么做？

当把这些无尾的故事具体到前一节的叙述者在记忆与历史间穿行寻找自我的足迹里，我们只能说那个被装扮而成的叙述人回到了原点，身处孤独中的人们对于将来的设定是失败的。与之相关的所有作品的主题也就呼之欲出了：寻找是无果的，世界本来就是虚幻的，"我"的存在无法在任何地方找到确证，他者更是无法寄望，生命的本质是寂寞。然而人们对寂寞与虚幻并不甘心，很多创作者似乎也认为文学是"这样一种活动，它通过人对故事中人物角色的理解，来进行人与人的思想感情的交流，读者与作者、读者与读者之间通过阅读进行对话，从而解除孤独感"①。所以他们努力挣扎，最终还是在无助里认了命。《吉娜之夜》里的吉娜在孙俊的性取向大白后又回到了常态的生活，从前的空虚仍在继续。《打平伙》里的老董已经与"女神"离婚，在新婚宴尔过后，他与宝贝儿的矛盾开始凸显。没了创作灵感的他被川菜馆的名字"打平伙"唤起当年的记忆，似乎在记忆里有着他的本真。但最后他没有与前妻（"女神"）复婚，也没有与宝贝儿离婚，日子在失落中缓缓向前。《花香催人老》里的夏晓蕙和孙哲志也没有复婚，而孙哲志和小雅也没有结婚，他们的生活还是故事的起首状态。在作品结尾出现的蜡梅花似乎预示着希望，可是我们总会回过头，将它与开篇的桂花作比，它们同样是花，是花就会催人老，连夏晓蕙本人都明白自己不过是在继续"苟活"着。《有谁知道我的悲伤》里所有的事情都没有结果（潘馨和张力民的相亲、"我"和"某人"的婚外恋），最后只是在倾听"老头儿"的过往里失落，谁也不知道谁的悲伤，各自继续孤独，仅此而已。上述种种是作者给予读者的阅读迷茫，也可能是人类生命本身的迷茫，对于记忆与历史无处可归的揭示可以被看作裴山山创作形式追求的附带品（或者叫作意外收获，因为裴山山本来是一个乐观的人）。这种迷茫并不一定是物质生活的窘迫所导致，它在一定程度上来源于人类存在过程里宿命式的根性，即无法获得主体认同（无论这认同来自自我还是他人）境况下的孤独。《美人卧》里的女友们不是官太太就是富婆，她们生活在一个经济条件富足的环境里，正如其中的叶晚云所说："退后二十年，我怎么也不会想到我有今天，我今天所有的已经超过了我想要的。"但她们同样迷茫，各自想尽办法来取悦老公，她们无法在没有陪伴的日子里确认自我价值（尤其当面对比她们更年轻的"小三"时）。《美人卧》并没有一条情节主线，甚至可以说并不是一个故事，从艺术上说可能处于一种未完成形态里，但正是未完成，才更切合人物心态——

① 杨春时. 文学理论新编［M］. 北京：北京大学出版社，2007：92.

她们从始至终都在寂寞里飘摇着。没有结局就是回到当初，像是一个圆形结构，它并没有展现出进步意义。但是这个圆圈的包容性不容小觑，它负载着相关人物的心灵史。《琴声何来》里，马骁驭从二十年前对吴秋明的视而不见到而今的念念不忘，到吴秋明的不辞而别，形成了一个循环之势。虽然二人的关系退回了原点，但马骁驭的内心在这个圆形轨迹上是有着巨大发展的。历史研究的使命之一是参透天人之际，"天"自不必说，单就人来讲，精通心理学的吴秋明深谙其道："其实不管用什么方式，都无法完全破解一个人的内心，破解所谓的命运，即使是《易经》。人心有道天然屏障，藏着一些任谁也无法看到的隐秘。"那么对于记忆的追寻目的何在？如果说是对于自我存在过的证明，可是人们怎么可能一直活在记忆里？以记忆为证据的存在也就导向了虚无，也许这不是作者的初衷，可是在不可靠的记忆里追寻结局的结局只能是没有结局。那些执着于此的人，最后也只能深陷于寂寞里无法自拔。

裘山山的很多作品都以寂寞催动，人物也多是空虚无着，"到处都是寂寞的心"不仅是一部作品的名字，它也可以被看作裘山山文学创作的总题。这一主题覆盖下的人们在过往与现下间不断穿行，为的是寻找一个灵魂归处，但是多无结果，于是再次陷入寂寞。因为有些东西你记得，而别人不记得，对于你来说它是存在的，对于别人来说它是不存在的，而且双方的记忆准确与否也是个问题（比如，《你坐渡船去干什么》里作为同学的林建军与小禾三十年没联系，前者提起很多关于后者的往事，但后者已然忘记。《追尾》里的丁晓民和曹茔也是同学，谈话间他们各自回忆对方，但是彼此都不记得，弄得自说自话，场面很是尴尬）。当初他们对于存在感的确认需求是因寂寞，这就形成了一个无法中断的悖论性循环：因寂寞而寻找，因寻找又造成新一轮寂寞，历史就在这"寂寞—寻找—寂寞"的怪圈里不断向前。说是向前，但到底比从前进步了多少？或是退步亦未可知。如果不以虚空无为最终解释，这些寻找与无果就会让人无所适从，人生就成了一笔糊涂账。

但裘山山并不是一个悲观的人，所以她对于人生、历史的认识并没有导致其个人的颓落，而是很清醒地表现着本来说不清的东西。韩少功在谈到八十年代的时候说："不少东西也许在理论上总结有点困难，但正因为困难才需要写成小说。我过去说，想得清楚的写成随笔，想不清楚的写成小说。小说没什么太特殊的功能，却最善于、便于表现某种说不清楚的东西，表达事物的丰富性。它是我们理性思考无力时的一种权宜之计。"① 岂止是八十年代，在任何历史时期人类对于生命、生活、历史的认识都很难有一个"唯一"答案，各种事物会相互勾连在一起，每个人的思想里也会有正反两方面理论力量的对撞纠缠，辩证思维使我们思考得更多。而寂寞是思考得以展开的一个重要心境，正如沈从文所言："我有我自己的生活与思想，可以说皆是从孤独中得来的。"② 裘山山也在寂寞里思考着，但理论演绎是需要结论的，当结论无法确定，那就只有呈现一个思考过程、表现一段心路历程。虽然结果仍是没有了局，至少在这呈现与表现的瞬间里我们会感觉到自己的存在，裘山山很成功地运用了小说的这一功能。

裘山山的创作并没有明显的师承痕迹，时代使然，她在创作准备期广泛接受苏俄著作，在西方现代思潮被作家们奉如圭臬的创作之初又浸染过欧美文学传统，后来又喜欢过米兰·昆德拉、村上春树等，视野可谓广阔，然而并没有哪位作家对她的创作产生决定性影响（由此造成的无根性另当别论）。她凭着一己经验在记忆与历史间穿行往还，为的是将种种对于现实生活的即时困惑行诸笔端以供思考，无论是思考的质量还是艺术的成败，其中起作用最多的还是记忆的不期而然。因为作品"并非像人们认为的那样是感情……而是经验"，作家"必须能够回想异土他乡的路途，回想那些不期而遇和早

---

① 丁雄飞. 韩少功谈《修改过程》：我对八十年代既有怀念，也有怀疑［A］. 中国作家网，转自上海书评（微信公众号），2019 年 5 月 2 日，http：//www. chinawriter. com. cn/n1/2019/0521/c405057-31094619. html.
② 沈从文. 我的写作与水的关系［A］. 沈从文全集 17［M］. 太原：北岳文艺出版社，2009：206.

已料到的告别；回想朦胧的童年时光，回想双亲……回想童年的疾病……回想在安静和压抑的斗室中度过的日子，回想海边……回想在旅途中度过的夜晚……然而，这样回忆还是不够，如果回忆的东西数不胜数，那就还必须能够忘却，必须具备极大的耐心等待这些回忆再度来临……在一个不可多得的时刻，诗行的第一个词在回忆里站立起来，从回忆中迸发出来"①。里尔克的话显然有着文学创作发生学的意义，裘山山正是在这样一种意义上用回忆结构起了自己的文学空间，并对它进行延伸改造，以至于穿透了历史的表层，最终在其中发现了人类在彷徨中寂寞的本质。"我们所处的历史时代不再骚动不安，历史在平淡与预料中行进，生活日复一日，人类已经没有了情绪。我们如何指望文学惊天动地呢？它能在平淡中坚忍地行进，就能生存下去，文学就有未来。"② 在这样一个时代里，我们没有理由指责作家对于零散的个人记忆的倚重，以个体的过往经验来串起历史的碎珠。反之，如果我们跳出记忆的渊薮，在"不再骚动"的暮年心态里彷徨四顾，是否还能找到一个价值承载的实体性景观？这或许可以被看成裘山山对于生活之设问的终极指向。问题是，这一指向并无答案，生命的本质在于寂寞，文学的根底来源于寂寞。她以乐观的笔调表达着悲观的未来，在历史认知方法的变更中透露了现实生活流转的潜层信息。

初刊于《宜宾学院学报》2019 年第 10 期

---

① ［奥］赖纳·马利亚·里尔克. 布里格随笔 ［A］. 里尔克读本 ［M］. 魏育青，译. 北京：人民文学出版社，2011：189.

② 陈晓明. 现代性的幻象——当代理论与文学的隐蔽转向 ［M］. 福州：福建教育出版社，2008：261.

小说戏剧化的新努力

——论宋楸《百合》

　　戏剧性是自小说诞生以来就一直存在的艺术效果追求，中国古代小说大多以情节为主，亨利·詹姆斯等西方作家也曾大力提倡。一般观点认为，戏剧性是一种接受美学范畴内的表述，来自情节的紧张刺激、悬念丛生，这样才能吸引读者读下去，并引发读者的想象与思考。《百合》也有着谍战情节，但作者宋楸并没有就此止步。不管是有心还是无意，他在小说戏剧性探索的道路上显然走得更远。其中包括对于场景的经营，它的直接效果是使作品产生了明显的画面直观感，形象立体的呈现使读者像是在"看"而不是在"读"。同时，意象的设置使作品内蕴丰富，也使叙述更加简洁凝练，这也是《百合》名字的由来。从文学现代性方面来说，作者突破了传统小说以人物为中心的结构方式；从传统发展方面来说，他又发扬了中国古代文学的诗性精神，将诗歌的自然意象结构移入小说中来，使诗歌、小说、戏剧三种文学体裁融合到了一起。

一

　　矛盾冲突是戏剧性生成的有效条件，几乎可以说是必备条件，有了各种力量的相互纠缠才有可能使作品抓住人心，也就是我们通常所说的"有看点"。更重要的是在各方的角斗过程中会为读者（观众）提供理解作品主题的张力空间，这个空间越大越宽阔，内蕴的包容也就越复杂越丰厚。就《百合》来说，其中的矛盾冲突大体可以被捋出三个层次：敌我之间的战斗冲突（表层冲突或者外在冲突），各色人物个体的心理冲突（内在冲突），由前两类冲突所揭示的人性存在的普遍冲突。三方面层层递进，又相互交织，在戏剧性十足的叙述流脉中展示出作者对于历史、人生的人文主义式关怀。

宋楸自称"《百合》本就不是为情节而作"①，如果为了悬念，他没有必要，而且最好不要将凶手张鲁直在叙述起始就透露出来。对于悬念的搁置有点类似于现代小说中的"情节淡化"处理方式，但是作者并没有完全放弃对于情节的经营。因为如果没有了情节的承载和连缀，整部作品也就不复存在了，它是外部冲突的根系所在。很显然，作者此言不是在强调作品的结构方式，而是要突出情节冲突下所掩盖的人性矛盾。敌我之间的战斗冲突是《百合》的故事得以成立的情节基础，它的表层进展并不复杂：一段新中国成立初期发生的剿匪故事，中间贯串着破获间谍杀人案的线索，最后我军将间谍正法，同时端掉匪军老巢。在王半川府邸救家属、百合谷决战、智取老虎山等一系列战斗中，人民解放军的正直善良与匪军的邪恶凶残形成了鲜明的对比。在历史大是大非的谱系里，"脸谱化"也可算是一种行之有效的刻画方式，矛盾双方以各自极端的姿态对峙于矛盾旋涡里。我们在其中看到了王半川、孔桂芬等为代表的敌对势力的险恶用心，而对于江媛、江大川、叶霜、周雅娟等我军战士的刻画则表明了作者对于历史正义认同的坚定立场。

如果仅仅在敌我双方的斗争中展示存在对于历史正义的必然要求的话，那么《百合》就与"十七年"时期的革命小说（比如，《红岩》《林海雪原》等）见不出分别，它们同样讲述的是革命中的传奇故事。从这方面来说，《百合》的特别处之一在于能够在清晰的二元对立模式中见出双方人物丰富复杂的心理矛盾冲突过程，并以此为全篇主旨服务。综观《百合》的整

---

① 宋楸.《百合》自序［A］. 百合［M］. 北京：金城出版社，2021：4.

个叙述过程，我们并没有发现一个能够统摄全篇的中心人物。虽然敌我双方都是当时特定历史时期的必然存在，但作者似乎并无塑造"典型环境中的典型人物"这一主动意识。无论是江媛、赵雪还是王半川、张鲁直等，其中没有"高大全"，只有对于真善美和假恶丑的"扁平"式代表，他们更像是一种符号，更接近于新时期之前的革命文学批评框架下的群像雕刻，谁都无法承担起独特的"这一个"的指称功能。不过宋楸并没有停留于此，在历史正义与邪恶的交锋中，我们还是很清晰地感受到了作为个体存在的人的精神深处的挣扎与发展变化。赵雪本来与江媛、周雅娟是同窗密友，只因政治信仰的相悖而分道扬镳。由于身处环境与斗争任务使然，她变得冷酷、决绝，但即使在以命相拼之际仍然无法忘怀昔日友谊（倒仙茶楼话别一场，她赠的百合证明了其对于昔日姐妹的冷酷只是一种"伪装"），只是因形势所迫她始终压抑着内心的温情。不过，丈夫的阵亡使她既痛恨匪首孔桂芬，也恨昔日的好姐妹江媛，最终是敌人的无情与密友的舍身相救促使她回头，并在敌我最后的火拼中完成了自我救赎。肖紫嫣的矛盾来自爱情的苦恼，最后也是在周雅娟生命代价的付出中，与战友达成了和解。作为全书情节运行的原点，张鲁直的内心看似简单（只为复仇、泄愤而存在），实则复杂。出身于工人阶级的他并不是绝对意义上的"坏人"，他原本只想做一个老老实实的本分人，成为国军间谍也只是一种"莫名其妙"的巧合。故事起始时候的他只是对于作为个体存在的王半川恨之入骨，对于王夫人爱恨交加，但是此时的嫉恨被他深深压在心底，并没有使他失去理性。作为国军间谍的张鲁直似乎完全倒戈，没有为王半川提供任何情报，反而在我党阵营里有着上佳表现，俨然一个忠于革命、忠于党的进步军人。转折发生在昔日恋人王夫人及其妻儿在战乱中惨死之后，他发誓要报复，无论是我军还是国军都是他的仇恨对象。在以后的行动中，我们可以清楚地感觉到他将自己置于国共双方阵营之外，表面上既是国军间谍又是我军战士，实际上却在残害我军的同时又与国军斗法。他明明懂得国军必然失败，我军是他的适宜归宿，却偏偏摆脱不掉仇恨的控制，以至于最终走向了覆灭。从一开始来自王夫人的爱恨冲突到由战争带来的正邪矛盾，在几次想要收手的打算里他的灵魂挣扎一直没有停止过。张鲁直近似主动地将自己置于政治斗争双方的夹缝中，他所祈求的不是个人发展道路上的左右逢源，只是想在这个有限的夹缝中极力使自己被仇恨完全攫住的精神世界得到平衡。虽然最后的结局是被毁灭，但他杀死三十二个战士为王夫人祭奠的目的已经达到，这时他的内心似乎已经平静。但在当时的斗争形势下并不是人人都有设计自己命运的自主权，张鲁直已经骑虎难下，最后犯下了更大的罪恶，成了彻底的杀人魔王，被解放军正法也是必然。

　　无论是江媛、肖紫嫣还是张鲁直、赵雪，他们身上的爱与恨以及由此催生的善与恶，都是人性中的存在。它们作为一种潜在的质素隐伏于人类的生物机体中，在平凡的年月里或许并不见得如何强烈，但一旦遇到战争这种大动乱环境它必然会被激发出来。在这个环境里，几乎一切都因爱而生又因恨而起。从戏剧性生成的角度来说，在《百合》中真正起决定性作用的也许并不是外在的情节或者个体人物的内在心理，而是整体人性中的纯正与奸邪。宋棵并没有经历过那段战争岁月，但他已经通过想象将一己个人的情感经验完全融入了讲述过程，并在由表及里、由个体到普遍的探索中层层深入，将人性的光辉与龌龊同时呈现在读者眼前。在呈现的同时，我们能明显地感觉到作者强烈的抒情愿望，似乎那个坐在书桌前对恶咬牙切齿、因爱而热泪盈眶的讲述人就在我们眼前。但从理性上来说，这种创作状态也存在着某种弊端，用笔过"狠"往往会导致情绪漫流，使作品成为一种单纯的发泄渠道，艺术性的生成则大打折扣。不过宋棵自有他的办法，他以客观场景的经营和自然意象的运用弥补了这一遗憾。

二

对于艺术创作来说结构是一个基础性问题，它关系到作品各个部分之间的衔接组合，也是作品内涵生成的根底。任何艺术形式都有着自己的特定结构方式，同一种艺术形式也可以运用多种不同的结构方式，同样的结构方式又可以被不同的艺术形式采用，当同一种结构样式同时出现在不同的艺术形式中，二者就可能各自产生与固有叙述迥异的表达效果。从结构的这一功用出发，《百合》将戏剧中的场景结构移植到小说中来，使整个讲述集中又清晰，在画面感的生成过程里让人"看"到了故事的走向、人物的心理和作者的声音。这是对文学是"听觉艺术""线性艺术"等既有观念的一个突破。

结构"在戏里起的作用是非同小可的"①，而分场在相当程度上决定了剧情发展的紧凑性，"分场太多"，就会"显得很散"②。这里的"场"指的是戏剧中的演出板块，它根据时间、情节等方面的量来安排。对于一部长篇小说来讲，如何将结构凝练起来更是一个高难度的挑战。宋楺的解决办法是把重心放在地点上，以地点承载起众多场景的编排，叙述中的"场"也就显不出松散，从而将故事的完整性规划到最大限度。《百合》的故事发生地主要有三个：我军驻地、敌军巢穴（其中包括三个"山头"）和敌我火拼的主战场百合谷。这几个地点形成鼎足之势，将双方的矛盾冲突紧紧勾连在一起，从中演绎出的各种关目毫无阻滞、隔顿之感。作者有意用场景串联起叙述的流转，一个场景就是一个叙述板块。几乎在每个板块的开头他都会首先指定一个时间、地点，然后展开人事的叙写。例如，"此刻，解放军某部的

① 田本相，刘一军. 曹禺访谈录［M］. 天津：百花文艺出版社，2010：17.
② 田本相，刘一军. 曹禺访谈录［M］. 天津：百花文艺出版社，2010：62.

会议室内""夜晚，舞会会场""凌晨，山间小路上"……接下来是周遭环境，然后出现人物，并极有耐心地将人物所处位置、道具摆放位置安排停当，人物之间的空间关系、情感关系和事态发展中的逻辑关系也都在这里定位。在接近于一章一个板块的结构形式下，与其说作者在向我们讲述，倒不如说他是在呈现，不是诉诸读者的听觉，而显然是想让我们"看"到。他通过场景的设计将叙述的"线"变成了"片"，从而产生出极强的画面感。这样，"纯叙事"也就与"模仿"调和了起来，也就是"讲述"和"显示"的错综。这同时实现了叙述时间和故事时间的平衡，使得整体节奏张弛有度。"'讲述'意味着，作者以自我现身（或通过叙事代言人）的方式向读者讲述故事，而'显示'则是直接提供场景画面，而掩盖掉作者的声音。"① 不过在《百合》中，即使作者在这种比较具有客观性的场景结构中从没有直接以第一人称现身于故事中，但他的声音也自始至终没有间断过。对于人物心理状态的提示证明他并没有掩盖掉自我声音的主观意图（全知视角使他将叙述、评判权力牢牢把控在自己手中），反而在场景的经营中频频渗透出其对于人性善恶等的个体判断，或是同情或是仇恨都凝缩于或动或静的画面中。

作为一部长篇小说，《百合》有若干叙述节点，为了使节点产生凸显人物心理、加深内蕴表现的效果，每当故事发展到节点处，作者总会以相应的景物与人物相搭配，创设一幕幕直观的视觉对象，以构成直抵读者内心的无数场景。叙述甫一开启，他就推给我们一个阴森凄冷的戏剧性画面：

> 寂静的夜，一轮圆月当空照。
> 一双带着白色手套的手正在抚弄着一株白色花瓣的百合花。那双手，近乎残忍地将百合花的花瓣一片一片地撕下来，又一片一片地散落到地上。
> ……

---

① 格非. 文学的邀约［M］. 上海：上海文艺出版社，2016：227.

被撕碎的百合花瓣，在地上七零八落地散开。银色月光的照耀，使她们闪出凄冷的光。

一阵狂风吹过，将那满地狼藉的百合花瓣，吹向了正在巡逻的解放军战士……

正是在这阴冷的氛围中，叙述时间里的张鲁直和王夫人首次相遇在百合谷，他们谈起陈年旧事和当前的营救解放军家属行动，无论是关于爱情还是关于行动，他们的对话与动作都显得与整个环境格调同样冷硬。王夫人回去恳求王半川放人失败后，在无奈中彻夜哭泣，伴随她的是窗外缠绵的小雨。作者这样叙述天明后的场景。

昨夜的小雨刚刚停止，将窗外半黄的树叶润湿。一枝树杈探过窗棂，悄悄贴近王夫人房间半掩着的窗户。枝头上最尖端的一片小树叶，还并没有怎么发黄，却浑身湿漉漉的，她一滴一滴地，将沾染在自己身上的雨珠滴在窗台上。

天气已经转寒，但王夫人依旧穿着她最爱的那一身单薄的棉布青花瓷图案的旗袍……

卧室内，格外安静。床头的梳妆台上立着的是一面晚清时代的铜镜，古朴而典雅。王夫人强装优雅地坐在卧室的梳妆台前，面无表情地看着镜子中的自己……

梳妆台上放着一个古雅的花瓶，里面插着一朵白色的百合花。王夫人慵懒地转过脸，凝视着那朵百合花的花心。铜镜里，完美地反射出王夫人略带忧郁的表情和梳妆台上的百合花。

铜镜旁边，花瓶里插着的百合花的花瓣上滴着晶莹的水珠，在阳光的照射下一闪一闪。

卧室内外的景物与王夫人复杂的心绪相互映衬，其中有着她对往事的追悔、对昔日恋人的歉疚和对无情岁月的遗憾……半黄的湿漉漉的树叶、断垂的雨滴似乎正是这女人半生宿命的写照。古镜本身就有着"以空间换时间"的艺术表现功能，它映照一切，让人看到过往和现在。百合花插在古雅的花瓶里，似乎象征着人性中纯粹的永恒，但是它此刻晶莹的闪光很像是对当前境遇下的司令夫人（她移情别嫁，辜负初衷，使旧欢心痛、蒙羞——虽然她也是身不由己）的一个强烈嘲讽。这种运用意象组合、叠加形成具象场景的表现手法，以及勾画出的实存氛围很容易让我们想起古人"雨中黄叶树，灯下白头人"的感叹。宋棁就像一千多年以前的司空曙一样，此刻他不在言说，只在呈现。虽然也有王夫人"最近似乎格外忧郁"这样的直笔，但并没有用言语刻意放大或者具化这种"烦闷的心情"。他让"卧室内，格外安静"，目的就在于让读者在无语、无声中体味眼前的情景。作者似乎明白，在极端复杂的情绪面前，一切心理描写都是苍白的，它无法传达出人的内心某些隐秘、微妙的波动，所以只能采取这种场景呈现的直观形式。这种形式在中国传统文学创作中被经常使用，除了上述唐代的司空曙，较著名的还有元人的"古道西风瘦马""杏花春雨江南"等句。宋棁是一位古代文学研究者和诗人，对这些古诗词曲当然不会陌生，将它们化用到创作实际中体现的是其对于传统艺术形式的承袭愿望。更重要的是，他将意象组合成视觉场景，继而以场景搭建成叙述框架的努力突破了小说创作中以人物为中心（集中表现为主人公的行程、经历、情感的发展历程）展开情节的结构定式。

三

以具体场景经营来代替戏剧中的"场"的划分确实有着场多必散的弊

端，宋樵的解决办法是用中心意象承担道具功能，连接起若干个叙述场景，这个中心意象是百合。在传统戏剧创作中，作家往往会将一个具体的象征物带进作品的结构线索里（比如《桃花扇》），主题会在它的每一次闪现中得到深化或拓展，它会时时调动起观众（读者）的"注意"，使其情绪进程一步紧似一步地向主题靠近。《百合》中的百合即属于这类意象，它的串联作用类似于叙事结构中的具象象征模式，在这一模式下"象征物直接进入作品的结构并推动着作品的发展。它就是一个须臾不可离的道具，作品紧紧围绕着它来展开"①。作品正文的叙述在王半川举办的一次宴会中展开，其间布满了百合花。结尾也是同样的一个布满百合的宴会，也由王半川举办，只不过在首次宴会上我军损失惨重，结尾时匪军全军覆没。再加上中间部分百合谷的历次战斗，百合花的节点作用已经呼之欲出。由于百合的重复出现，开头和结尾形成了一个圆环形的叙述框架，中间各处则是穿插性的编织。如此一来，整篇叙述就结成了一张绵密的网或者一把结实的筐，这一整体性的构造使故事的进展紧凑、凝合。这又可以看作由晚清发端，五四发展，三十年代的海派完善的中国现代小说景观结构的当代再现。

就单纯的情节走向来说，如果没有百合花，或者将百合花换成另一种物体也许并不妨碍它的发展，所以百合意象的密集出现就很明显地表现出作者有意为之的象征追求了。正如前文所言，宋樵并不认为《百合》是一部情节小说，他"将故事中百合花的象征意义看得比情节要重得多"②。虽说"没有一个创作谈是可以依赖的，都是假象。倒不是说作家自己要作假，因为这是一个没有办法的事情，时过境迁，再回头来解释，哪怕是自己解释自己，也不会准确"，而"很多研究者从创作谈入手去研究作家本体，前途真是非常渺茫"③，但作家本人的发言往往能透露出他的创作初衷，即使是经过加

---

① 王确. 文学理论教程［M］. 北京：人民教育出版社，2003：206.
② 宋樵.《百合》自序［A］. 百合［M］. 北京：金城出版社，2021：4.
③ 王安忆. 王安忆小说讲稿［M］. 转引自"文学好书榜"公众号，2021年2月9日.

工的二次追忆也多多少少能提示出创作心态的蛛丝马迹。从象征意义上说，百合的加入不仅仅使情节进行形成了具象模式，并在与多种其他意象的配比中构成了丰厚的意象群，产生出"一个完整的意象体系"，这样，它就"不是可有可无的外在装饰，不是浮在水面的油花，而是在深处支撑着人物、情节、结构和总体氛围的艺术骨骼，是作品主题之所系"①。《百合》的主题是人性根处的真与善、美与爱、恨与仇，这使得作为意象体存在的"百合"的寓意丰富而厚重，它的存在为人物心理空间的挖掘和展现提供了具象依据。

百合花首先是整体人世凄怆命运的象征。在作者苦心经营的一片阴云的故事"场"中，几乎所有的剧中人物都在努力寻找一抹温馨，它可能在回忆里，也可能是现实的主动营造。王夫人的父亲苦心择取一个谷地，只为让女儿在秋分时节的生日里能与花为伴，但花期无论如何终究会过去，然后它们零落成泥。在王夫人与张鲁直的恋爱道路上，它们又成了由聚到散的见证者。即使如此，作者也没有对爱与善失去希望，在与王夫人相关的两个例子上百合还是凝合了人们对于亲情和爱情的普遍向往。同时它也是真挚友情的象征，倒仙茶楼话别一幕中，赵雪送给江媛的正是百合。赵雪与江媛、叶霜重归于好，共聚正义阵营的地点在百合谷，当江、叶二人救出赵雪，三个旧日姐妹相拥到一起时，"她们身旁是大片大片的百合花。百合花瓣上的水珠，在夕阳的照耀下，闪着迷人的光。那浓郁的清香，时刻萦绕着她们三个人"。在光与香的沐浴中，她们仿佛回到了过去亲密无间的学生时代。在善之外，百合又是对于恶的惊警。正如赵雪所言：百合花"生性娇贵，万一染上了恶人身上哪怕一丝的邪念，就要用很多纯洁的人的鲜血去洗涤她。不然，她就会永远属于罪恶……"在敌我双方的第一次交战场景中，当罪恶的敌人引爆炸药，将我军家属残忍杀害，"千万片纯白色百合花的花瓣掺杂着火光四处飞溅。火光冲天，洁白的百合花花瓣沾着硝烟的灰尘，雪花般地在空中飘落着……"花上沾染的不仅是硝烟，更是邪恶。作为国军留守分子的匪首孔桂

---

① 汪裕雄. 审美意象学［M］. 北京：人民出版社，2013：137，140.

芬生性阴狠毒辣，她出场时，"百合谷中的百合花在阴冷的月光中，伴着微风摇曳着"。这里的阴冷与上文表现人世感慨的凄怆又有不同，百合正被笼罩着隐隐欲来的恶之山雨的满谷威胁。果然，孔桂芬与王半川会合后，它在他们脚下被肆意践踏。张鲁直每杀一名战士就在其身旁留下一朵百合这一行为很容易使人想起古龙《多情剑客无情剑》里的梅花盗，但百合显然比梅花印记有着更多更复杂的意蕴，前者将张的爱与仇恨及其导致的人性扭曲一股脑囊括到了一起，使多方主题都凝结在这一个点上，百合的聚合作用非同小可。这一聚合方式本身也显示出作者将基于正史的虚构与纯通俗题材相融合的努力。而将百合谷设置为敌我双方交火的主战场，就更加显示出作者将国仇家恨、大善大恶、爱恨情怨"一锅烩"的创作"野心"。低洼的百合谷上空就如同有着一顶盖子，将所有是非恩怨都覆于其下，作为创作者的宋樵却并没有冷眼旁观。

如果没有道具百合的在场，《百合》的故事也就成了没有框架的"独语"，独语或许是深刻的，但也可能是破碎的。一个单靠"讲述"的故事当然也可能是精彩的，但文学需要的并不仅仅是精彩，它需要被人记忆。一个浓缩的意象恰可生成一个象征性的符号，它包蕴深广，又凝练精简。当它一次次反复出现于行文中，人们当然会对其印象深刻。它引起的所有故事，压缩进的所有感情都会在某一个瞬间被整体唤起，留给人体味、咀嚼的深度与厚度也同时被强化了起来。二十一世纪以来，我们已经很少看到由一个自然意象来结构作品的小说了，多的是纯粹的"叙事"，我们在努力探索"叙"的多种可能性，这是现代小说发展的必然需要，但有时候我们可能需要意识到最能打动人心的还是自然与自我的无声交流。所谓"叙"显然是人为成分居多，斧凿痕迹明显，而意象则自然很多，它会在不经意间唤起接受者内心的感应。宋樵正是利用经过人类普遍情感浸透的"第二自然"的显现，将人性雕刻于无处不在的百合花上，使叙事平易流畅，内蕴余味绵长。

在《百合》中，宋樵通过矛盾冲突的设置、场景的安排和道具的运用实现了小说与戏剧两种不同艺术门类之间的融合。戏剧性的内外冲突使情节紧张刺激，或许普通读者并不需要一个明确的体裁分野，所求只是一个故事，在这个故事里爱恨情仇、善恶美丑丰富饱满也就足矣。宋榓更进一步，他让我们看到了戏剧不仅仅是戏剧，它是历史的见证、人性的写照、命运的预言。但是，如果仅仅如此，在谍战剧风行的今天，似乎也并不缺少这样一本书。作者显然没有满足于此，而是通过象征意义不断变换的意象和密集却又清晰的场景将讲述变成了艺术，使人在体味人世冷暖和历史的云谲波诡的同时获得了高度的审美享受。精彩曲折的故事实现了作者对于小说戏剧性的孜孜探索，运用传统意象来打造小说的结构肌理落实了小说与诗歌之间的沟通。而以历史题材完成个体情感经验的传达，以现代故事实现传统继承的努力或许是《百合》的更大价值所在。

初刊于《武陵学刊》2021 年第 4 期，原标题为《冲突、场景、意象——论宋榓长篇小说〈百合〉的创作特色》

在父辈的光耀下茁壮成长

——论裘山山《雪山上的达娃》

　　《雪山上的达娃》是裘山山的第一部儿童小说，是她继侦探小说后对于自己创作题材领域的又一次拓展。由于本质上的裘山山并不是葛冰、杨红樱、沈石溪、北猫等人式的专业儿童文学作家或动物小说作家，所以她的尝试就很容易被看作"越界"之举，"越界"的过程中很可能会带上诸多与"界内"作家不同的质素。写儿童的小说并不一定是儿童文学，后者是专门写给儿童看的，前者的预设读者则要宽泛得多。比如，沈从文的儿童题材小说很大程度上是为了挖掘回忆中的故乡人性美，以及由此产生的对于民族重建道路与方案的思考；被广泛认同为儿童文学作家的曹文轩的读者对象也不仅仅限于儿童群体，事实上他的大多数作品更适合青少年乃至成年人，他的某些"成长小说"甚至包含了"儿童不宜"的内容，比如，《细米》《红瓦黑瓦》等。裘山山延续了自沈从文以来借"儿童"之名表达自己对现实的体验与期望的传统。从这个角度说，在《雪山上的达娃》的创作流程中"儿童"更像是一个"工具"，作者通过这一"工具"表达着普遍性的人生经验，"儿童"只是她观察世界、思考世界、与世界沟通的一个视角。在这个视角下裘山山让我们从一位戍边军人和一只小狗的成长进程中看到了一个全新的当代"中国故事"，展现了青年军人的家国情怀，并表现出人类在进步过程中对于生命根源的求索与继承的愿望。视角的选择、意象的运用和叙事线索的设置使这一主题更为突出。

一

　　成长是大多数儿童文学作品的创作主题，但是在《雪山上的达娃》中成长不仅是个人由小到大、由弱变强的过程，它被提升为保家卫国的宏大主题，这是它与一般儿童文学的最大不同，也是我们说它更适合于青年人看的原因之一。整个故事所呈现的不仅仅是"取悦"儿童的趣味，更包含着作家对新时代青年人如何在家国观念下树立理想并为之奋斗的殷切期盼，使主人公在个体心智的成长中完成了精神境界的升华。"今日的儿童文学，不只是一个童真的旷野，也不只是成人的童年往事，还不只是一条成人与儿童交汇的生命河流，它还是重述当代中国的一种方法。"① 裘山山正是将"儿童"作为一种表达的"工具"，由此让读者看到她的主人公是如何在他们父辈的光耀下汲取力量，承担起作为中华民族一分子的责任。

　　在作品的叙述起始，主人公黄月亮已经当兵，是一个十八九岁的青年人，但他的理想并没有离开父亲光环的照耀。读者第一次见到他的脑海里出现父亲形象是在其入伍之初政委讲完了驻守亚东的重要性之后，他在一刹那明白了曾经驻守在这里的"父亲为什么吃了那么多苦都毫无怨言"，为国戍边的英雄激情与责任感就这样被激发了出来。在后来的军队生活中，父亲一直是他的行为标杆，面对哨所的艰苦生活，他不止一次地想到"只要父亲能经受住，我就能经受住……""当年父亲的条件比我们的更差，他都能熬过来，我也一定能熬过来"。种树和写作是体现黄月亮成长的两个物理性事件，在这两条道路上同样是父亲的形象在起作用。在给黄月亮的信里父亲为他描

---

　　① 徐妍. 儿童文学：以童稚之眼迎向未来人类的梦［N］. 文学报，2020-10-29（8）.

写过藏区的树，但自己的连队没有树，黄月亮种树是"替父亲实现了梦想"，也算是继承了父亲的遗志，对于哨所来说也是大功一件。而树本身恰恰是青年战士不畏风霜雨雪、在艰难环境里不断成长的象征，彰显的是当代中国青年军人的责任与担当。对于父亲留下来的信，黄月亮最初只是单方面接受，后来在卢老师的提议下他与想象中的父亲展开了书面对话，正是这一过程使他的写作水平突飞猛进。与黄月亮一起成长的小狗达娃被带离亚东城时心慌意乱，用的是妈妈的话为自己打气。面对屈辱时它并不气馁，对于"杂种"的称谓达娃并不在意，它坚信自己"是一只好狗，绝对优秀"，因为"我妈说我又健康又聪明……长大了会是一只与众不同的狗狗"。在犯了错误、受到挫折时达娃想到的还是妈妈的话："你是一只坚强、勇敢的狗狗，还很善良。妈妈会保佑你的，妈妈会赋予你强大的力量的。"它正是和黄月亮一样在父辈的影响与鼓励下共同向着成熟一步步迈进。

在父辈的光耀下成长是很多文艺作品喜用的"套路"，但是在其他作品中这丝光亮多在叙述的某处闪现，比如，武侠小说《射雕英雄传》、动画片《彼得兔》等，裘山山则将这一光辉成片地笼罩在了整个叙述的上空，表现得更加突出和经心。黄月亮的父亲是军人，在给他的遗信中始终灌输着作为军人的职责和使命，黄月亮的"小跟班"达娃的成长自然与其主人并驾齐驱，二者形象的最终完成共同指向当代中国的主旋律叙事。作为主人公之一的小狗很容易使我们想起其他的动物小说，比如，杰克·伦敦的《旷野的呼唤》《雪狼》。鲍克因为人类进入文明，又因为人类回归旷野，雪狼从旷野走来，最终匍匐在人类脚下，二者共同呈现了一段由狗到狼、由狼到狗的蜕变过程，它们的主要存在功能是体现作者对于生命本真的野性、自由的探讨。达娃的成长则不同，它的履历是一个由狗变人的故事，妈妈赋予它的勇敢、善良、自信只有在与军人黄月亮的"互文"中才能体现出意义，这样，这只"与众不同"的狗狗的事迹就被划入了人民解放军保家卫国的宏大框架下。裘山山以她特有的军旅生涯经历，从儿童趣味中游刃有余地提炼出当代中国青年军人、家国观念叙述的宏大主题，是对儿童—动物小说创作精神指向上的拓展与丰富。

二

　　黄月亮和达娃的成长是有所本的，前者在父辈军人的爱国主义、英雄主义精神感召下走向集体主义的奉献之路，达娃在黄月亮的带动下走的是同样的路线，这是个体在历史正义作用下产生的将自己塑造成民族主人翁形象的精神向往。作者正是以此完成了接近于"十七年"革命小说似的宏大叙事主题（这一主题在她的《我在天堂等你》中早有表现），呈现出一幕当代中国保境战士的奋斗史。但是，在过去的现代性宏大叙事中，"历史化压制着个人经验，民族国家认同压倒了个体的反思性叙事"①，而"反思性与个人经验进入历史，这是文学叙事深刻性的根本机能……我们关注中国现当代文学的个人性与历史化的关系时，二者总是难以做到恰当的互动深化，或者个人性与历史脱节，或者历史吞没了个人"②。裘山山在叙述的同时或许并没有有意识地对个人性与历史性的关系进行梳理，她或许只是在根据个人的军旅经验和采访所得来描绘一个眼前的画卷。《雪山上的达娃》的整体叙述指向的是当代中国青年军人、家国观念，主人公的成长在一定意义上或许可被看成一次精神朝圣之旅，他们为着心中的理想奋斗不已。但朝圣与奋斗不可能凭空而起，它需要一个精神依傍（如前文所说的父辈的影响），更需要一个出发的起点。奋斗者必须首先知道自己从哪里来，然后才能确定自己向哪里

---

①　陈晓明. 现代性的幻象——当代理论与文学的隐蔽转向 [M]. 福州：福建教育出版社，2008：148.

②　陈晓明. 现代性的幻象——当代理论与文学的隐蔽转向 [M]. 福州：福建教育出版社，2008：150.

去，由此产生的寻根诉求使裘山山让我们从黄月亮和达娃的身上看到了个人生命经验与历史宏大叙述的统一。

人类天生具有探求个体生命来源的欲望，半是出于与生俱来的好奇心，更多的是出于肉体、精神两方面在时空流转过程中所产生的悬浮感，我们要找一个归所，一个本源，使虚薄的生命体有所附系，然后才能确定日后的发展方向。黄月亮刚出生父亲就已经去世，对于他来说，父亲的存在只有那几封信为证。他来到果东拉哨所的初衷是寻找关于父亲的印记，他要离父亲生命消失的地方近一些，再近一些……他"渴望体验父亲曾经经历的生活"，发呆时他"不喜欢看山下，喜欢看前面"，他想"知道自己看到的山和父亲看到的山是不是一样的"。但黄月亮并没有停留在关于父亲的寻找里，他的寻根是为了再次出发。看到雷电时，他想到的是"父亲在信上从来没提过雷电的事……他希望自己在经历了父亲所经历过的一切后，还能经历父亲不曾经历过的"。达娃的寻根愿望似乎要比黄月亮弱一些，或许只能算是单一性质的小朋友想妈妈，但是它的故事以走失起始就已经注定了它将带着对于生命之本的留恋在文明社会里孤身闯荡。这使我们不禁又想起了杰克·伦敦的《旷野的呼唤》，鲍克本来是一只被人类文明驯化的狗，后来在各种偶然机遇下不断向大自然接近，渐渐听见了来自"旷野的呼唤"，那里有它的生命之根。它对于祖先之性的回归一步步应和着古老种族的召唤，寻根之路更像是一种"逆生长"，若以人类文明为参照显然是一种退化。但对于鲍克来说，祖先们在野蛮时代的生活样式正是生命的本源所在，它在实际遭遇中逐渐接近原始生活的过程就是一步步还原自我本性的征途，杰克·伦敦的立足点显然不在现代文明这一边。达娃的出生环境似与鲍克雷同，但后来的命运发展轨迹有异，成长环境有所不同，后者在失去人类的爱之后毅然决然地回归了旷野，前者却在与人类的友好相处中成为战友。故事的主题预设使达娃的寻根变得不可能，对于过往的思念只能作为成长的动力而存在，它的成长氛围不可能使它像鲍克一样深入思考自己从哪里来，它只有不断追问自己向哪里去。

　　杰克·伦敦的《旷野的呼唤》和《雪狼》可以被看作两个关于个体成长、蜕变可能的对比，他让读者看到了鲍克和雪狼在不同的成长环境中如何走向了各自相反的结局（前文所说的狗变狼—狼变狗），鲍克的成长是向"根"的回归，雪狼的成长则是与"根"的诀别。作者通过鲍克要传达的是没有任何人为质素附着的纯粹的生命倔强，雪狼却体现了一种不同生命体之间的相互融合。裘山山似乎综合了杰克·伦敦关于生命之根的两种言说向度，黄月亮放弃大学生活来到哨所为的是寻找父亲的足迹，父亲留给他的信中的话就像时刻响在鲍克耳边的"旷野的呼唤"，使他不停地回顾；达娃跟着不知名的香味儿走出门以致迷路又很像雪狼由于对洞外光亮的好奇而"滚"入陌生世界。但在杰克·伦敦笔下鲍克与雪狼在对于"根"的顺与拒中走上了相悖的道路，黄月亮和达娃却在正能量的照耀下殊途同归。黄月亮最后当然没有找到父亲，达娃最后也没有回到母亲身边，寻根在他们身上也就只能起着成长的助推作用。对于黄月亮与达娃来说，寻根和成长并不矛盾，它们像是生命体扩展进程中的两条射线，看似背道而驰，实则统一于对个体生命求求定位的努力中。黄月亮和达娃一起在"前"与"后"的瞻顾中完成了生命价值的提升，"主旋律"话语的引入使裘山山对传统的以"义犬救主"之类主题表现人与动物关系的作品有了一个深化（"义犬救主"在《雪狼》里有所描写，但只是单纯地救主，为的是保护主人的生命财产安全。在《雪山上的达娃》里则完全不同，狗狗们救的不是普通的"主"，而是正在执行任务的人民解放军）。

三

　　《雪山上的达娃》上述主题的完成有赖于作者在艺术形式方面的新尝试，

包括叙述视角的选取、线索的设置和意象的经营。

在以往的创作中，裘山山所使用的大多是第三人称全知叙事，她像是站在一个高高的观察点上向下俯视她的叙述对象，虽有谜团，但一切都是人为设计，事实上一切都在作者的掌握中。虽然也有《我在天堂等你》这样穿插着的第一人称讲述的作品，但其中的"我"也只是代替了隐含作者，只是给叙述增加现实可信性和艺术感染力的一个手段。《雪山上的达娃》的特出之处在于，将全知视角和限知视角相结合，而且限知视角的主人公以一条小狗来担任，这就在另一个向度上为叙述生色，也使主人公的"狗格"发展更加符合身份特点。达娃的成长是一个向人的意识不断靠近的过程，这个过程当然不是一帆风顺的，它需要一个由起始的思路两歧向统一性的转变。雪山上种树是一件极度艰难的事情，黄月亮们苦心培育、保护的小树苗在达娃的眼里就是一根倒插在泥土里的扫把，它并不知道这根扫把对于黄月亮乃至整个果东拉哨所的重大意义。所以当它咬下这根"扫把"上的枝杈衔去逗小黄哥哥开心时，就有了它与主人之间的第一次冲突。之后梦里在妈妈的鼓励和主人的引导下它终于明白这棵树的价值，于是与军兵们一起投入培植小树的战斗中。作者将人与狗的视角并用，其最大的意义在于不会使动物的行为仅限于纯粹的对于野性的呼唤，而是在两个视角的相互观照交流中达到了二者的融合。而且主人公视角更能见出人物的心理，让我们看到达娃一步一步的蜕变过程。它不仅是戍边行为的参与者，更是哨所战士奋斗历程的见证者、阐释者——一个视角多重功用。

双重视角的使用决定了叙述线索的并行或交叉，裘山山通过交替的言说轨迹使生命的成长与寻根不再孤单，将主人公们的精神进步统一于整个生物界的灵魂完善过程里。章节的设计就已经清楚地表明，《雪山上的达娃》是按照"达娃—黄月亮—达娃"经历的交替来结构故事的，但是二者并不相互孤立，而是你中有我，我中有你。线索的交叉必然隐含着人物命运的遇合，否则这一设置就失去了该有的意义。达娃走失后被黄月亮收留，二者同时来到果东拉哨所，以后的故事就是二者相互扶助成长的历程。而且他们在心理上有着一种亲近感，只因一场小城中的偶遇，他们的命运就被紧紧地绑到了一起，来到哨所后达娃感到"我最喜欢的还是小黄哥哥……最重要的"原因是"我是他带到哨所来的"。在那几只狗中，黄月亮也最喜欢达娃，"觉得它跟他前世有缘，是老天父专门派来陪他的"。这似乎天生的亲近感不仅是主人公们为共同理想而奋斗的情感基础，更使作者的叙事线索和人物的命运线索靠在一起，故事的编织也就更显出细密紧凑。按常理来看，儿童更容易接受单线发展的故事，《雪山上的达娃》这种线索交叉式的叙述并不适合儿童的阅读方式，但裘山山轻描淡写地以一个共同的主题将它们牵连到一起，使人读起来并无隔顿之感，这是其艺术处理功力的显现。

在《雪山上的达娃》里，我们再次见到了裘山山以往惯用的一些意象，这些意象的重拾表现了一个作家对于创作根性的执着，同时又清晰地显示出由题材所决定的意义取向，也承载着裘山山独有的生命体验。"没有一个作家会承认自己没有想象力，但想象力所依据的物质材料是有区别的。"① 由于作家生活经历、文化积淀、个人体验的不同，他们赖以生发想象的材料也有异，即使是同一材料，在不同作家的笔下仍会有不同意蕴，当单一材料凝合起作家要表达的多方意念，它就会形成一种接近于完型状态的意象。由于对藏区雪原的特殊感情和军旅生涯的独特体验，雪在裘山山的想象中就较少与"风月"有关，即使有晶然的美丽，也多包蕴着战士心灵的洁净，更多的是与苦寒相伴的阻力言说，这与我国古代的边塞诗或有一比，远的有《我在天堂等你》，最近的就要算是《雪山上的达娃》了。其中的雪地大多是这种景象："窗外一切都铺着雪，盖着雪，裹着雪，寒冷和寒冷纠缠在一起，凝结成一个肃杀的世界……再往上，连灌木丛也没有了，只有雪，白茫茫的一片。"这里的雪少有亮色，作者突出表现的是雪崩、雪冻、雪雷……战士们

---

① 莫言. 想象力如何变成一枚炮弹，飞向童年山河［A］.《文学报》公众号，2020年10月2日.

就是在这样的环境中完成了一个个看似渺小平常实则意义非凡的功绩，黄月亮和达娃的成长轨迹上几乎每一步都与雪有关，比如，种树、执行接线任务、观察哨执勤……在寻根主题上雪也发挥了作用，果东拉哨所春节联欢晚会上罗布的那首《卡维梅朵》（卡维梅朵在藏语里即雪花的意思）即表达了无家可归的雪花对于大地的思念。月亮在中国传统诗文中本来就有思乡之喻，黄月亮的名字又是父亲给取的，那么他望月寻找生命出处也就理所当然。在《雪山上的达娃》里月亮又可以作为传递勇气的媒介，当达娃受到挫折，梦里的妈妈对它说："你抬起头来看月亮，一直看着，你会感到月光好像要把你溶化了一样，那就是妈妈在通过月亮给你传递强大的力量。记住，要一直盯着月亮，不要眨眼。"事实上月亮正是本部小说的一个总体象征，它是戍边军人理想的代表、力量的源泉，两个主人公名字的重叠显然不是一个偶然，从这个意义上说，"达娃"不仅指那条小狗，也可能是黄月亮以及全体在边关哨所保家卫国的军兵。

《雪山上的达娃》显然不是一部单纯以儿童的趣味来组织叙述的小说，它融合的时代性话语强度并不比以往的主旋律创作弱，作者只是换了一种形式表现爱国主义主题。普通儿童小说赖以构成题旨的成长模式被裘山山从个体领域里提炼出来，融入了历史、时代等重大因素，使其在精神层面有了超越升华。通常的少年寻父和幼子思母的寻根关目也被她作为一种推动力，使成长过程更为自然、实在，讲述逻辑也更为坚实稳固。她调动起自己从前的艺术经验，用熟悉的意象、新颖的结构将叙述集结成一个圆融的整体，更是此次新题材创作尝试成功的一个标志。

初刊于《华夏文化论坛》2022年第1期，原标题为《成长与寻根——论裘山山〈雪山上的达娃〉》

参考文献

［1］陈晓明：《现代性的幻象——当代理论与文学的隐蔽转向》，福建教育出版社 2008 年版。

［2］田本相、刘一军：《曹禺访谈录》，百花文艺出版社 2010 年版。

［3］格非：《文学的邀约》，上海文艺出版社 2016 年版。

［4］王确：《文学理论教程》，人民教育出版社 2003 年版。

［5］汪裕雄：《审美意象学》，人民出版社 2013 年版。

［6］黄霖等：《〈人间词话〉鉴赏辞典》，上海辞书出版社 2011 年版。

［7］吴晓东：《文学性的命运》，广东人民出版社 2014 年版。

［8］裘山山：《一路有树》，昆仑出版社 2004 年版。

［9］杨春时：《文学理论新编》，北京大学出版社 2007 年版。

［10］沈从文：《沈从文全集》，北岳文艺出版社 2009 年版。

［11］［奥］赖纳·马利亚·里尔克著，魏育青译：《里尔克读本》，人民文学出版社 2011 年版。

［12］林建法：《阎连科文学研究》，云南人民出版社 2013 年版。

［13］［美］王德威：《想像中国的方法》，生活·读书·新知三联书店 1998 年版。

［14］［美］王德威：《抒情传统与中国现代性》，生活·读书·新知三联书店 2010 年版。

［15］鲁迅:《鲁迅全集》,同心出版社 2014 年版。

［16］［英］詹姆斯·伍德著,黄远帆译:《小说机杼》,河南大学出版社 2015 年版。

［17］郭济访:《梦的真实与美——废名》,花山文艺出版社 1992 年版。

［18］格非:《博尔赫斯的面孔》,译林出版社 2014 年版。

［19］余华:《温暖和百感交集的旅程》,作家出版社 2014 年版。

［20］阎连科:《我的现实 我的主义》,中国人民大学出版社 2011 年版。

［21］余华:《没有一种生活是可惜的》,陕西师范大学出版社 2019 年版。

［22］郜元宝:《小说说小》,上海文艺出版社 2019 年版。

［23］陈晓明:《中国当代文学主潮》,北京大学出版社 2009 年版。

［24］丁帆:《中国乡土小说史》,北京大学出版社 2007 年版。

［25］陈思和:《中国当代文学史教程》,复旦大学出版社 2008 年版。

［26］黄轶:《张炜研究资料》,山东文艺出版社 2006 年版。

［27］李怡:《现代性:批判的批判》,人民文学出版社 2006 年版。

［28］严家炎:《二十世纪中国文学史》,高等教育出版社 2010 年版。

［29］赵恒瑾:《中国新文学的现代性追求》,学林出版社 2006 年版。

［30］陈晓明:《审美的激变》,作家出版社 2009 年版。

［31］张德祥:《当代文艺潮流批评》,中国文联出版社 2005 年版。

［32］陈佑松:《主体性与中国文学现代性的缘起》,中国社会科学出版社 2010 年版。

［33］余华:《没有一条道路是重复的》,作家出版社 2014 年版。

［34］曹文轩:《小说门》,作家出版社 2002 年版。

［35］［土耳其］奥尔罕·帕慕克著,彭发胜译:《天真的和感伤的小说家》,上海人民出版社 2012 年版。

［36］［日］柄谷行人著,赵京华译:《日本现代文学的起源》,中央编译出版社 2013 年版。

[37] 陈思和：《中国新文学整体观》，上海文艺出版社 1987 年版。

[38] ［美］威利斯·巴恩斯通著，西川译：《博尔赫斯谈话录》，广西师范大学出版社 2014 年版。

[39] 洪治纲：《余华研究资料》，天津人民出版社 2007 年版。

[40] 温儒敏、赵祖谟：《中国现当代文学专题研究》，北京大学出版社 2002 年版。

[41] 吴义勤、王素霞：《我心彷徨——徐訏传》，上海三联书店 2008 年版。

[42] 徐訏：《文学家的脸孔》，汉语大词典出版社 1993 年版。

[43] 乔世华：《徐訏文学论稿》，辽宁师范大学出版社 2015 年版。

[44] 徐訏：《徐訏文集》，上海三联书店 2008 年版。

[45] 曹文轩：《第二世界》，作家出版社 2003 年版。

[46] 曹文轩：《面对微妙》，泰山出版社 1999 年版。

[47] 余华：《音乐影响了我的写作》，作家出版社 2014 年版。

[48] 格非：《雪隐鹭鸶——〈金瓶梅〉的声色与虚无》，译林出版社 2014 年版。

[49] 陈思和：《海藻集》，广西师范大学出版社 2007 年版。

[50] 宗白华：《美学散步》，上海人民出版社 2005 年版。

[51] 严家炎：《严家炎论小说》，江西高校出版社 2002 年版。

[52] ［美］勒内·韦勒克等著，刘象愚等译：《文学理论》，文化艺术出版社 2010 年版。

[53] 许子东：《张爱玲·郁达夫·香港文学》，人民文学出版社 2011 年版。

[54] ［美］李欧梵：《未完成的现代性》，北京大学出版社 2005 年版。

[55] ［法］加缪著，杜小真译：《置身于苦难与阳光之间》，上海三联书店 1997 年版。

[56] 吴福辉：《二十世纪中国小说理论资料》，北京大学出版社 1997 年版。

[57] 陈平原：《中国小说叙述模式的转变》，北京大学出版社 2010 年版。

[58] 朱光潜：《文艺心理学》，复旦大学出版社 2011 年版。

[59] 伍蠡甫：《山水与美学》，上海文艺出版社 1985 年版。

[60] 陈鼓应：《道家的人文精神》，中华书局 2012 年版。

[61] 严家炎：《中国现代小说流派史》，长江文艺出版社 2009 年版。

[62] ［美］夏志清：《中国现代小说史》，复旦大学出版社 2005 年版。

[63] 张艳梅等：《生态批评》，人民出版社 2007 年版。

[64] 赵园：《地之子》，北京大学出版社 2007 年版。

[65] 关峰：《周作人的文学世界》，社会科学文献出版社 2011 年版。

[66] 孔范今：《莫言研究资料》，山东文艺出版社 2006 年版。

[67] ［英］福斯特著，冯涛译：《小说面面观》，人民文学出版社 2009 年版。

[68] 瞿世镜：《音乐 美术 文学——意识流小说比较研究》，学林出版社 1991 年版。

[69] ［苏联］巴赫金著，白春仁译：《陀斯妥耶夫诗学问题》，河北教育出版社 1998 年版。

[70] 张建波：《逆游的行魂——史铁生论》，山东人民出版社 2012 年版。

[71] 刘锋杰：《张爱玲的意象世界》，宁夏人民出版社 2006 年版。

[72] 陈晓明等：《著名作家在北大的演讲》，北京大学出版社 2012 年版。

[73] ［荷］斯宾诺莎著，贺麟译：《伦理学》，商务印书馆 1983 年版。

[74] 陈晓明：《众妙之门》，北京大学出版社 2015 年版。

[75] 刘洪涛、杨瑞仁：《沈从文研究资料》，天津人民出版社 2006 年版。

［76］沈从文：《从文自传》，湖南美术出版社 2005 年版。

［77］张晶：《"追光蹑影"与"通天尽人"——论谢灵运诗的审美特征》，《中国语言文学研究》2019 年春之卷。

［78］张琴：《论阎连科的"神实主义"文学观》，《人大复印资料·中国现当代文学》2015 年第 2 期。

［79］程光炜：《在"寻根文学"周边》，《解放军艺术学院学报》2011 年第 1 期。

［80］程光炜：《重看"寻根思潮"》，《文艺争鸣》2014 年第 11 期。

［81］徐勇：《乡土社会现代转型中的缩影及宿命》，《文艺评论》2015 年第 7 期。

［82］程光炜：《论格非的文学世界——以长篇小说〈春尽江南〉为切口》，《文学评论》2015 年第 2 期。

［83］［美］王德威：《乌托邦里的荒原——格非〈春尽江南〉》，《读书》2013 年第 7 期。

［84］李云雷：《〈望春风〉：格非的三重"乡愁"》，《长篇小说选刊》2016 年第 6 期。

［85］丁帆：《新世纪中国文学应该如何表现"风景"》，《徐州师范大学学报》2012 年第 3 期。

［86］程光炜：《作家与故乡》，《小说评论》2015 年第 1 期。

［87］鹿义霞：《张爱玲政治书写的复调性》，《中国现代文学研究丛刊》2015 年第 1 期。

后　记

　　文学之于人生，可能就像大多数人所认定的那样：对当前境遇并不会产生什么实际意义。但是闲暇时我总会不自觉地拿起一本书翻一翻，看一看，并不明白自己要找的是什么。在很多夜深人静的情境里，闻着字句的墨香，捻着纸张的质感，内心欣然也忘然，不自觉地陷入历史与记忆的旋涡。深深感到，所谓文学，亦是关于历史与记忆的阐发。人类生于天地间，蝼蚁蜉蝣，转瞬即逝，生命的长度往往取决于记忆的深度。是为本书题名之由来。

　　这本小书可算是我在2014—2021年间所写文章的一个阶段性总结，其中或许还留有初涉学术时期的稚嫩色彩和理论上的桀骜。我喜欢那些将理论和抒情糅于一体的文章，这可能是在写作初期就已经存在的无意识追求。漏洞总是会有的，我也为书中的一些思想深度和表达方式感到遗憾，不满意的地方很多。我只能以此慰藉自己的功力浅薄：它是一个生命阶段的存在证明，让它保存在记忆里，或者有幸引起少数人的回应，无论是正面的还是负面的，都会使我不那么消沉。以这样的方式期待活着之外的趣味似乎有点自私。我不知道为什么文学成了我的"自主"选择，我也同样不知道是不是文学选择了我，或许因为文学是美丽的。但正如沈从文所说："美丽总是愁人的。我或者很快乐，却用的是发愁字样。但事实上每每见到"美丽的"光景，我总默默的注视许久。我要人同我说一句话，我要一个最熟的人，来同我讨论这些光景"（引自《从文自传》）。

　　我学术道路的开启要感谢两位恩师——硕士时期的王卫平先生和博士时期的刘中树先生。自我投入卫平先生门下以来的每一段人生道路都得到了他的帮助扶持，时至今日还每每会回想起先生为我指点文章、推荐发表的历历情景。还有在学术道路的每一个关键阶段所给予我的建议，这些建议使我做出了很多对于我来说具有决定性意义的选择。中树先生对我同样有着提携之恩，他的一些看似平常的话语对我鼓舞巨大。我也同样忘不了乔世华老师对我的激励和关于创新的告诫，以及每一次联系时对我近况的关心。感谢曾经刊登过我论文的期刊，感谢为此书的出版付出辛劳的编辑同志。

初：2021 年 8 月 11 日夜于大连北石道街

改：2022 年 6 月 16 日午后于大连开发区

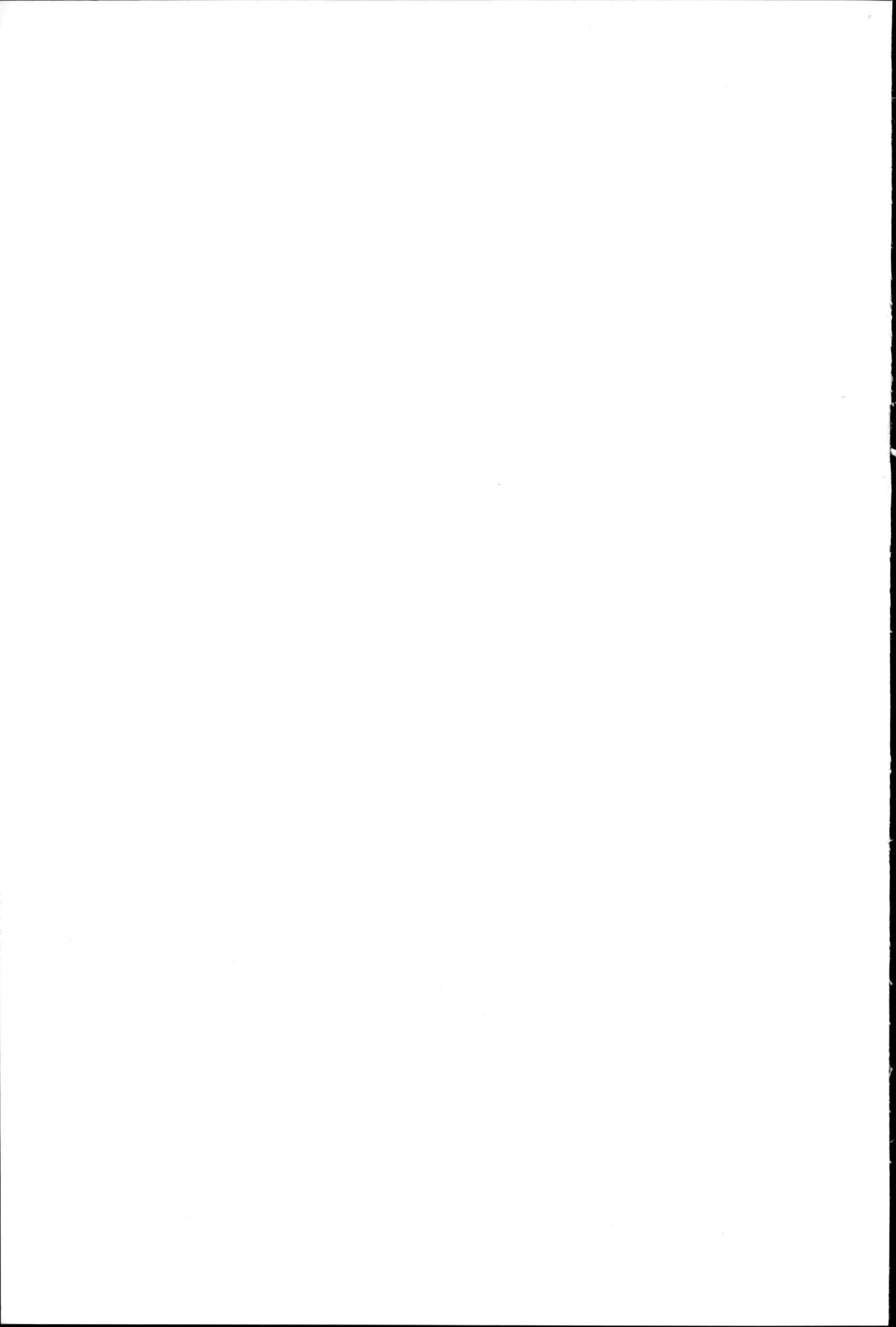